柳叶摘星辰

（上册）

烟秋 ◎ 著

四川文艺出版社

目录

第十一章 混进王府	205
第十二章 花瓶的秘密	258
第十三章 彼此确定心意	296
第十四章 太后赐婚	315
第十五章 拜堂成亲	345
第十六章 「小三」插足	379
第十七章 皇上选妃	403
第十八章 心悦于你	412
番外一	420
番外二	432

目录

第一章 八美之首	001
第二章 替嫁	010
第三章 男扮女装	044
第四章 告假	067
第五章 出门游玩	072
第六章 祸水东引	96
第七章 主持公道	120
第八章 和离	134
第九章 回家	169
第十章 打赌	187

第一章 八美之首

骄阳似火,走在大街上,身上一层水、一层油。

柳蓉走在京城的大街上,伸手一抹,滑溜溜的全是水:"真热!"她转眼一瞧,就看到街那边有一间卖瓜果的铺子,西瓜摆在外边的筐子里,一个个条纹鲜明,就像用青玉镶过边一样。

咽了咽口水,柳蓉朝那铺子走了过去:"店家,买个西瓜!"

伙计懒洋洋地从货架后边探出半个脑袋:"姑娘自己选,选好了到这边给钱就是了。"见柳蓉站着不动,伙计很好心地补了一句,"姑娘,手脚要快些,要不然就会买不到了。"

柳蓉一愣,这是家什么店?客人上门,竟然还不出来招待,还说等一会子就买不到了?他家的瓜就这样好?柳蓉低头看了看那几筐西瓜,也不觉得好到哪里去,就是寻常的西瓜,再看看铺子里边,也不见有几个人,这个伙计莫不是偷懒,嫌外边热不肯出来?

一阵脚步声响起,香风扑面,柳蓉转脸一看,就见数个打扮得花枝招展的姑娘正奋力往这边跑过来,奔在最前边的是一位细细瘦瘦的姑娘,一口气到了瓜果铺子门口,弯腰就抱出一个西瓜:"快快快,快给我称下!"

这姑娘看都不看就选好瓜了?京城里的人果然厉害,眼睛一扫就能识别出这西瓜好坏来,柳蓉敬佩地看了她一眼。这时旁边又跑来一群穿红着绿的姑娘,一个个高声喊叫着:"伙计,快给我称个西瓜!"

"给我称个!"

耳边似乎多了五百只麻雀,正叽叽喳喳地叫着,闹哄哄的一片,这群麻雀将柳蓉越挤越远,毫不客气地将筐子里的西瓜抱了出去,经过柳蓉身边的时候还不满地看了她一眼:"不买西瓜站在这里做啥,显你长得好看啊?"

柳蓉气结,赶着挤到筐子边一看,这满满几筐西瓜已经见了底,只剩一个西瓜孤零零地躺在那里—这伙计还真没说错,现在连挑都没得挑了!

有一个是一个,赶紧捞到手里再说,柳蓉弯下身子正准备伸手去抱,这时旁边挤过来一个肥胖的身子,猛地将柳蓉撞到了一旁,两只胖得像猪蹄一样的手伸了出来,抱着那西瓜就往柜台奔:"还好还好,还有一个。"

挤、抢、买,一气呵成,动作迅速灵敏,与她肥胖的身材十分不相称。柳蓉看得目瞪口呆,这京城里的姑娘个个都练了功夫不成?怎么身手这般矫健?若是师父在这里,肯定会取笑自己,这么多年的功夫都白练了。

"姑娘,凡事都有个先来后到吧?"柳蓉不满地走到铺子里,拍了拍那胖姑娘的肩膀,"你就没看见我站在箩筐旁边要去拿西瓜了?"

胖姑娘回头看了她一眼,嘿嘿一笑:"这位姑娘,有没有听过先下手为强?"

伙计站在柜台后边嗤嗤地笑,一手接过胖姑娘的西瓜:"我早就说姑娘要早些下手,你偏偏不相信,这下后悔也来不及了!"

胖姑娘得了伙计的支持,两个腮帮子鼓了起来,就像稻田里的青蛙一样。她得意地笑了笑,烧饼脸上的几颗麻子特别显眼:"你又不是不知道今天许侍郎要的是西瓜,还在那儿磨磨蹭蹭半天不下手,抢不到也不能怪我!"

"啪"的一声,那胖姑娘将十多个铜板甩到桌子上:"再帮我在西瓜上刻几个字:'我喜欢你,许侍郎!'"她的脸红了,羞答答地捏着帕子绞了个麻花,"下边刻上我的闺名,你把脑袋伸过来,我偷偷告诉你。"

伙计呵呵一笑:"朱姑娘的名字,我早就记下了。"

这是怎么回事?柳蓉有些迷惑,这位许侍郎究竟何许人也,竟然有这么多姑娘买西瓜去送他?

"许侍郎过来了!许侍郎过来了!"街道两边响起了排山倒海的喊叫声,柳蓉探头去一看,就见一匹骏马缓缓而来,马上端坐着一位少年公子。

不过十八九岁的年纪,生得面如冠玉,剑眉星目,鼻梁高挺,只是嘴唇略微有些薄。柳蓉看得有几分炫目,也不知道是哪家府上的少年,竟生得这般俊,简直比很多姑娘还要好看。

"许侍郎,许侍郎!"一个抱着西瓜的少女追了过去,"我这个西瓜可是又大又圆,保准好吃!"她双手托着那个西瓜,用力往上举,"许侍郎,你就收下吧!"

马上的公子瞥了少女一眼,笑着将西瓜接了过来:"多谢姑娘厚爱,这西瓜肯定很甜!"

跟在马匹后边的一干女子都朝少女看了过去,她们的眼神似箭,箭箭穿心。可少女浑然不觉,站在原地,笑得分外甜蜜,似乎忘记了一切,眼中只有马上的少年。

柳蓉张大嘴巴看着眼前这一幕,实在摸不着头脑,这难道是当街表白不成?

几个随从模样的人抬着筐子跟在许侍郎的马后,那群女子便一个个地将西瓜放到筐子里,然后抬起头来,拼命地朝马上的少年抛媚眼:"许侍郎,西瓜上有我的名字,你可要记得我!"

那少年将手中的西瓜递给身边的小厮,朝众人抱拳行礼:"各位姑娘的一番心意,许某记在心头,多谢多谢!"

人堆里忽然有一个沙哑的声音响起听着就知道这人已经有了些年纪"许侍郎,别客气,明日要什么?先说说呗!"

柳蓉定睛一看,就见那群姑娘里边探出了一个人,那人头上包了一块青黑色的布,脸上的粉擦得极厚,就像白日里的鬼。只是粉擦得再厚也挡不住她眼角的皱纹,一看就知道是个上了年纪的大婶。

"你这该死的婆娘，竟敢拿铺子里的西瓜出来送人！"一个中年男子骂骂咧咧地走了过来，气哼哼地伸手去拉那大婶，"看老子打不死你！"

大婶反手一个耳光将男人扇到一旁，一只脚踩到他的身上："老娘看见养眼的送个西瓜怎么了？关你屁事！再敢多说，把你的肠子都踩出来！"

这究竟是怎么一回事儿？柳蓉惊诧地望着那男人被他婆娘踩得哼哼唧唧说不出话来，轻声问了旁边的人一句："大叔，这究竟是怎么回事？怎么这么多人追着那公子送西瓜？"

旁边那人看了她一眼："姑娘，你是刚刚到京城吧？"

柳蓉点了点头："不错。"

"这就难怪了，京城谁人不识许侍郎？这马上的少年乃是镇国将军府的长公子，名叫许慕辰，生得玉树临风，简直是潘安再世！"见有听众，那大叔说得唾沫横飞，"京城不少女子都对他朝思暮想，每次他出来都会有人送花送瓜果，后来这位许侍郎索性就开了一家花店一家瓜果店……"

"等等，"柳蓉打断了那人的话，朝后边的铺子努了努嘴，"这家瓜果店可是他开的？"

大叔点了点头："姑娘聪明！许侍郎每次出行前一刻，都会让下人在府门口贴张告示。他今日想吃何等瓜果，那些女子便会奔到这间铺子买来送过去……"

柳蓉冷笑一声，那些瓜果送到了许慕辰手中，转过身就又回到了瓜果店，真是一本万利的生意！她仔细看了看许慕辰，心中恨恨道，瞧着这人生得俊，可没想到这般黑心！她叹了一口气，师父说了，京城里的人很是狡诈，今日看来，果然不假。

"登徒子！"柳蓉冷冷地哼了一声。

马上的许慕辰皱了皱眉。

他是习武之人，耳力颇佳，虽然街头吵闹，可他仍敏锐地听到了这细细的声音。谁竟敢骂他登徒子？他可从来没受过这样的辱骂！

顺着声音望过去，许慕辰见一个少女从人群中挤了出去，双鬟髻，两绺长发垂在胸前，身上穿着淡绿色的衫子，头微微低着，看不清她的面目，只能见到她耳畔有一闪一闪的光亮在跳跃，应该是她的一副耳珰。

是她？许慕辰微微一愣，只觉得这姑娘身材挺拔，与京城那些矫揉造作的高门贵女相比，显得十分与众不同。

才一错眼，那少女便不见了身影，许慕辰转过头去，心中暗嘲了下自己，什么样的女子没见过？今日怎么就被一个普普通通的姑娘引得多看了两眼？大概是这几日自己忙昏了头，眼睛花了。

唉！年纪轻轻就老眼昏花，这可不太妙，许慕辰长叹一声，还不是自己的发小狠心，将自己累成了这般模样？

吃得比鸡少——每个月俸禄就四十石米不到，都能吃些啥啊？干起活比牛累——刑部大大小小的事情都要他凑上一腿，还美其名曰给他锻炼的机会！

今日这位发小又不知有什么"好事情"传他进宫，许慕辰瞧了瞧天上的日头，策马向皇宫奔去。抱怨归抱怨，不管怎么样，总不能抗旨不遵吧？

昭文殿里，大周新皇许明伦将一本册子扔到许慕辰面前："慕辰，你自己瞧瞧。"

许慕辰捡起册子，暗灰色的绸缎底子，上边用大篆写了几个字：京城八美。

"皇上，你招微臣进宫，难道是想要微臣帮你选妃？这个好像不关微臣的事吧？"许慕辰兴趣缺缺地将册子送了回去，"皇上，你最好先立皇后，然后再让皇后替你挑选后宫嫔妃。"

许明伦咬牙切齿地道："许慕辰，你自己翻开册子瞧瞧！"

看了一眼许明伦，许慕辰很淡定地翻开了第一页，嘴里还在劝慰许明伦："皇上，肝火不宜过盛，否则脸上的痘印消不了。"

许明伦笑了起来："朕深谙养生之道，不用慕辰记挂，你且仔细瞧瞧第一页上的人究竟是谁。"

许慕辰没有回答他，眼睛盯住那张画像，左看看，右看看，最后才长长地叹了一口气："皇上，微臣生得这般丑陋不成？这是谁画的？微臣一定要去找他说个明白！"

他分明是帅到没朋友,饶是潘安再世,见了他也只能掩面而逃,怎么在这画里竟然成了这般模样?

画册的第一页,画着一位少年,他挺直了背端坐在马上,英姿勃发,嘴角含笑,白衣胜雪。虽然这姿容不错,可在许慕辰心里,却还没将他的风采画出来。他可比这画上的人帅多了,要不怎么会有那么多姑娘捧了瓜果鲜花来追他?

"我堂堂大周官员,竟然被市井坊间推举为京城最美,许慕辰,你也招摇得太过了!"许明伦一只手将御案拍得"砰砰"响,"这成何体统!"

"皇上,少安毋躁。"许慕辰将册子放回了御案,语重心长,"他们对微臣这般热情,微臣也只能照单全收,怎么好拂逆了京城百姓的一片心?"

"你!"许明伦一只手撑着御案站了起来,"许慕辰,你与朕是从小一起长大的,可也不能这般放肆!你是朕一手提拔的刑部侍郎,怎么着也该注意影响。身为朝廷命官,竟然跟青楼的花魁一般招摇过市,你你你……"

"皇上,不如将微臣这侍郎的官职给废了,这样你就不用生气了。"许慕辰很是高兴,他才不想挂这劳什子侍郎的头衔,实在是没自由,又忙得分不清东南西北。

就拿起床这件事情来说,许慕辰就有一肚子怨气。

他自幼习武,每日早晨总要练习一套剑术拳法。以前,他每天卯时起来也就够了,可自从被这位发小"提拔"成了刑部侍郎以后,他寅时就得挪窝了——除了练武,他还要上朝。发小可以窝在龙椅上半眯着眼睛打盹,他却还得在金銮殿上站得笔直,身边一群老臣苍蝇一般嗡嗡嗡地说话,实在无趣。

他实在想多在床上躺一阵子,可是……微臣不能这样做啊!

"许慕辰,朕刚刚登基,正是栽培自己人丰满羽翼的时候,你竟然不想给朕效力!"许明伦上上下下打量了许慕辰一番,嘴角浮现出一丝笑容,"苏国公夫人昨日进宫见了太后娘娘,请太后为自己的孙女儿指婚……"

"皇上!"许慕辰的眉头皱了起来,心中有一种不妙的感觉,"皇上,莫非你要让微臣去受罪?你又不是不知道,微臣现在根本不想成亲!"

他才十九岁,大好的青春年华,难道就要浪费在一个女人身上了?这真是惨无人道!自己的发小皇上真是越来越不体贴自己了,竟然罔顾自己的感受要强行赐婚!许慕辰一脸哀怨地看着许明伦:"皇上……"

许明伦哈哈大笑起来:"来人,替朕拟诏,朕要给苏国公府的大小姐与许侍郎赐婚!"

许慕辰嘴角抽搐两下:"皇上,你这样做,实在不道义,咱们十多年的兄弟情,难道就要这样毁了不成?"

"慕辰,朕是为你好!你祖母早些日子还在向太后娘娘抱怨,说你今年都快满二十了,还没有想要成亲的心思。她可是盼着抱曾孙,眼睛都要望穿了!百事孝为先,你怎么样也要满足你祖母的心愿啊!"终于能压许慕辰一头,许明伦心情很好,无比舒服。

许慕辰从小就是他的伴读,两人一起长大,无论是文才还是武功,许慕辰都要比他好,尽管师父们都夸赞自己聪明过人,许明伦心里明白得很,那是因为自己身份不同,东宫太子,谁敢说他笨?

"皇上,你是故意的。"许慕辰站在那里,芝兰玉树一般,只是眼神冷冰冰的,就如冬日的寒霜,渐渐冷起来。

"是,你说得一点都没错,朕就是故意的。"许明伦心情很好,"慕辰,赶紧回府准备接赐婚御旨!说真的,成亲也没什么不好,早点娶了妻生了子,这一辈子的事情就都做完了。"

"皇上,你还是操心操心选立皇后的事情比较好,太后可一直帮你挑着呢。"许慕辰忽然转了神色,春风拂面,笑容诡异,看得许明伦心里一阵发慌,他拍了拍御案:"朕的亲事,用不着你来提!"

"那臣的亲事,也用不着皇上操心。"许慕辰拱了拱手,"皇上,若无旁事,臣请告退。"

"还有一件事情,你附耳过来!"许明伦朝许慕辰招了招手,怎么能因为这件小事,将他要说的大事忘记了?

两人咬了一阵耳朵,站在一旁侍奉的小内侍竖起耳朵听了半天,也没听清楚他们说的是什么。小内侍手捧着如意耷拉着肩膀,想着皇上跟许侍郎的关系可真是铁,小时候许侍郎便进宫做了伴读,皇上一直依赖他,不管许侍郎做了什么让皇上生气的事情,皇上转眼就能放过他。刚刚两人还吹胡子瞪眼的,现在又凑到一处去说体己话了。

许慕辰回府没多久,圣旨就到了。

府上上下下一片欢腾:"皇恩浩荡,皇上竟然下旨赐婚了!"

镇国将军夫人望着拿着圣旨一脸铁青的许慕辰,眉开眼笑,仿佛见着他身边还站着一位贤良淑德的小姐,手里还牵着一个小家伙,真是和美融洽的一家人。她双手合十拜了拜:"吾皇圣明!"

传旨内侍尖声细气道:"老夫人,明年就要抱曾孙哪!"

"快快快,重重有赏!"镇国将军夫人乐得合不拢嘴,"借公公吉言,明年汤饼会的时候给公公送红鸡蛋去!"

许慕辰拿着圣旨站在旁边,闷闷不乐,皇上分明是故意的!他又不是不知道自己喜欢独来独往,不想要一个女人黏黏糊糊老是跟着自己。别说是苏国公府的小姐,就算是天上的仙女,他也不乐意娶!

"锦珍,这下我们可算是放心了。"苏国公夫人笑眯眯地看着木呆呆站在那里的苏锦珍,无比高兴,"皇上与太后娘娘可真是将苏家记在心上,我昨日才进宫跟太后娘娘说起你的亲事,今日皇上竟然亲自下旨了!"

"可不是,谁家赐婚不是太后娘娘的懿旨?可咱们府上却是皇上的圣旨!"苏大夫人说不出的欢喜,"更何况赐了许侍郎给珍儿,真是青眼有加!"

苏锦珍苍白着脸,一双手抓着圣旨,微微发抖。

"珍丫头,你怎么了?"苏国公夫人瞧着孙女这模样,有几分纳闷,"怎么这脸色如此难看?"

"祖母,锦珍听说,那刑部许侍郎生性风流荒诞……"苏锦珍就如要哭出来一般,实在说不下去,"这样的人……"

"男人嘛,成亲之前风流荒诞又如何?只要成了亲就会懂事了。"苏国公夫人语重心长地劝慰孙女,"谁不是这般过来的?珍丫头你就别多想了,安心备嫁便是。"

苏锦珍苍白着一张脸慢慢走了回去,丫鬟绫罗见着她那模样,差点要哭出来:"姑娘这可怎么办才好呢,怎么办才好呢?"

"我……"苏锦珍的泪珠子滚了下来,坚定地摇了摇头,"我才不要嫁那许慕辰,我只想嫁给王郎,除了他,我谁都不嫁!"

"可是圣旨都下来了,姑娘!"绫罗抓住苏锦珍的手,"姑娘,你不能抗旨啊,你要想想苏家!你要是抗旨,苏国公府会遭殃的!"

苏锦珍的肩膀瞬间瘫了下来,脸色更白了:"怎么办?怎么办?我与王郎已经海誓山盟,如何能毁约?我们两人说好了要结缘三生三世,永为夫妇的!"

"姑娘,你便死了这条心吧!"绫罗低声劝慰,"王公子今年还要下场秋闱,能不能考上举人再中进士还说不定,你要等着他发达了再来苏府求亲,只怕是遥遥无期的事情哪!那许侍郎是镇国将军的长孙,年纪轻轻又做到了正三品,也算是人间俊才……"

"住嘴!"苏锦珍呵斥了一声,"我才不嫁那种烂人!"

绫罗垂手站在一旁,不敢再出声,苏锦珍朝她摆摆手:"你出去,我要一个人静静。"

第二章 替嫁

夜，寂静的夜。

明月照在琉璃瓦上，冷清清地发着光。

一个黑影从琉璃瓦上轻轻掠过，没有一丝声响，就如轻风刮过，了无痕迹。

站在屋檐上，四处望了望，柳蓉叹了一口气："京城里这些勋贵的园子，怎么都盖得这么大！让人都找不到要去的地方。"

到京城才两天，柳蓉便已经将京城走了一大半，有些地方还走了两回。

这次来京城，柳蓉肩负着两个任务：首要的任务是要将一只珍贵的粉彩双釉瓷瓶偷到手；另一桩任务，就是要帮师父打探一下，苏国公府的苏大老爷与苏大夫人的小日子可过得美满。

柳蓉实在觉得奇怪，为什么师父要她来打听这个，不过她还是很顺从地答应了。师父之于她，就是最亲的人，自小她便与师父生活在一起，师父就是她的亲娘，亲娘要她做什么，她就一定会去做什么。

脚尖从光滑的琉璃瓦上溜了过去，柳蓉站在一座绣楼的边缘，用脚勾住横梁，倒挂金钩翻了下去，身子就如卷起的珠帘一般一节节地放了下去。柳蓉眯了眯眼睛，透过那茜纱窗户，就见屋子里影影绰绰有个人，正浮在半空中。

没想到苏国公府也有身手这般好的人,竟然能练到这般上乘的武功。柳蓉擦了擦眼睛,用一根簪子将纱窗挑破,她眯了眼睛往屋子里一看,惊得差点从横梁上摔了下去。

那人,吊在一根白绫上,悬挂在屋子中间。

"有人上吊了!"柳蓉一手将窗户撑开,飞身跃了进去,一把捞下白绫上吊着的那个人,飞身下地。

伸手一探,还有气息,柳蓉赶紧掐住她的人中。只听喉间一阵咯咯作响,那姑娘慢慢地睁开了眼睛,见柳蓉在自己面前,低低地惊呼了一声:"我……这是到了阴间吗?"

柳蓉伸手摸了摸自己的脸,自己长得像牛头还是马面啊,怎么会让这姑娘问出这样的话?她闷声回了一句:"姑娘,这是在苏国公府,你什么事情想不开要上吊啊?都说好死不如赖活着,再说看着你这屋子,你该是娇滴滴养大的小姐,又何苦想不通?"

那姑娘捂着脸哭了起来:"若是不能跟王郎在一起,生不如死!"

看来自己是遇着个痴情的人儿了,柳蓉怜惜地看了她一眼,正准备劝上几句,就听见拍门的声音:"姑娘,姑娘,你在里头做甚?快些开门让我进去!"

柳蓉蹿到门边将门打开,一个丫鬟冲了进来,抓住柳蓉的手不放:"姑娘,吓死绫罗了,还以为你想不开……"她抬头看了看床上坐着的苏锦珍,又看了看柳蓉,不由得惊奇地张大了嘴巴,"你、你、你不是我们家姑娘?"

柳蓉总算明白为何苏锦珍问是不是到了阴间,原来自己和她长得一模一样!柳蓉自幼在山间长大,只在溪水里看过自己的倒影,根本不知道自己长什么模样,直到那丫鬟塞给她一面镜子她才发现,自己与面前这位苏大小姐就像一个模子里刻出来的一样……

正当柳蓉拿着镜子感叹这世间的事情真是难以说清的时候,绫罗扑通一声跪倒在地:"柳姑娘,俗话说,宁拆十座庙,不毁一门亲,你身手这样好,许侍郎肯定占不到便宜,过得几个月,你找个理由提出和离就是了。"绫罗声音里透着急切,一顶一顶大帽子往柳蓉头上送,"柳姑娘,一见你

011

就知道你肯定心地善良，能急人之困、救苦救难……"

"打住打住！"柳蓉喝住了绫罗，瞟了苏锦珍一眼，见她已经哭成泪人儿，长叹了一口气，昨天才听说皇上赐婚给许侍郎，那位准新娘是苏国公府的大小姐，没想到今日就见着本尊了。

不怪苏大小姐要上吊，有情之人不能在一起，偏偏还要去嫁那人渣许慕辰，以后的日子该怎么过啊！柳蓉的同情心顷刻间有如江河之水滔滔不绝，泛滥成灾，伸手拍了拍苏锦珍的肩膀道："莫哭莫哭，我代你去嫁人就是。"

苏锦珍止住啼哭，睁大眼睛望着柳蓉："柳姑娘，许侍郎可不是个好人！"

柳蓉笑了笑："他是个登徒子！"

"那你……"苏锦珍的眼睛红得像桃子一样，"那你还去嫁他？"

"你那丫头绫罗不是说了吗？我身手好，他占不到便宜的！过几个月我就自请和离出了镇国将军府就是！"柳蓉心中暗自得意，自己在京城里租住客栈，每日还要花银子解决吃饭的问题，这苏国公府包吃包住，而且这吃的住的用的，样样都是精品，也算是省下一笔银子了。

"柳姑娘，大恩大德，锦珍真是无以为报，唯有……"苏锦珍弯腰想下跪，却被柳蓉一把提了起来。柳蓉顺手扔了一块帕子给她："明天你去大相国寺，咱们到居士寮房那边换衣裳，我替你约王公子，让他到后山接你。"

苏锦珍能跟心上人在一起，她可以住进奢华的"客栈"，这也算是各取所需。

第二日，苏锦珍向苏大夫人提出要去大相国寺进香，让菩萨保佑她成亲以后万事顺意，苏大夫人见女儿改了口风，喜不自胜，赶紧带着苏锦珍去了大相国寺。

从大相国寺回来，车上坐着的人虽瞧着依旧是苏大小姐，可实际上已换了内芯。

皎洁的月亮挂在天空，晚风习习，带来阵阵清凉，树叶簌簌作响，打破一片静谧，树下三三两两的人影，一个个打着哈欠道："今儿晚了，该去歇息了。"

柳蓉穿着黑色的夜行衣站在屋子中央，皮肤显得更加白皙。她将面纱蒙在脸上，只露出一双眼睛。此时，便是她出去溜达的时候了，最近每天晚上，她都会到京城各处转一转——要先熟悉了京城的各处地形，才好逃跑。

"姑娘，你早些回来。"绫罗提心吊胆地望着柳蓉，心中非常懊悔，自己真是出了个馊主意，替嫁，替嫁，这位来替嫁的柳姑娘，实在太不着边际了。

柳姑娘白天起得很晚，一到晚上便活跃起来，到亥时便赶着出去，一直到子时以后才回来。每次柳蓉出去，绫罗便焦虑得睡不着，想着，柳姑娘不是去做坏事了吧？要是被抓住了怎么了得？自家姑娘会不会背黑锅？

柳蓉得知绫罗的担忧后，很体贴地笑了笑："你放心，我不会失手的。"

柳蓉从记事起就跟着师父苦练本领，这十几年不是白过的。师父常赞她骨骼清奇，乃是练武之良才，对面山上那位道长也一直这么认为，两人一唱一和，弄得柳蓉也得意扬扬，觉得自己真是为练武而生的。

师父教她武功，对面山上的道长教她妙手空空之术，这么多年下来，柳蓉自认为修为还算可以，能到外头闯荡一番了，此次来京，便是她第一次单独执行任务。她还记得师父骄傲地拍着她的肩膀，笑眯眯道："蓉儿，这是你出道的第一桩生意，一定要顺顺当当地将那个花瓶带回来。师父不是贪图那笔银子，主要是想让你雏凤清音，扬名江湖。"

"那个花瓶究竟是什么做的？为何那人要出十万两银子做这笔买卖？"柳蓉觉得有些好奇;"即便是个羊脂玉的花瓶,也不会卖到十万两吧？"

可师父只是摇头："你不必问这么多，有银子拿就好，你此次出山，只许成功，不许失败，若是拿不到花瓶，就不必再回终南山了。"

"师父，你说的是什么话？太看轻你徒弟了。"柳蓉背着包袱一溜小跑下了山，可是到现在她才明白，师父为何要这般郑重，因为从偌大的一个京城里找出一只粉彩双釉瓷瓶来，还真是有些为难。

要是知道花瓶在谁家，她完全可以长驱直入那人家中，将花瓶偷走，但她现在连花瓶在哪个方向都不清楚。买家只留下一些没有太多帮助的信息,京城这么多大户人家,她还得一家一家去偷窥,看看谁家有这样的花瓶,真是一桩麻烦事。

柳蓉叹了一口气,师父接的这桩买卖也太诡异了,虽然她给了一张名单,上头罗列着江湖各处能帮忙的人,可柳蓉觉得暂时还用不着,总不能在什么都不知道的情况下发出邀请:"今晚星光灿烂,最适合散步谈心,不如到京城的屋顶上乘凉,顺便看看谁家花瓶最好看?"

她要真这么说了,人家肯定啐她一口:"抽风了不是?"

还是先自己去摸索一番,实在找不到线索再劳烦各路英雄好汉吧。她可是罗刹女的爱徒,这点事情都做不好,说出去不是丢了师父的脸面?

好一座绣楼,楼里影影绰绰的,还有微微烛光。

柳蓉心中一动,这个时候怎么还有人未歇息?她有几分好奇,身子从屋顶倒挂下来,透过茜纱窗户向屋子里望去。

一位小姐坐在床边,幽幽地叹了一声:"许侍郎……"

柳蓉一个哆嗦,差点没从屋顶上掉下来。

许侍郎?肯定就是那个惯于招蜂引蝶、自己要替嫁的对象!渣,实在是渣,都要成亲了,还害得人家姑娘为他神魂颠倒。柳蓉伸手将茜纱的几根纱抽掉,露出一个小洞,她往里边看了看,只见那位小姐身材有些丰腴,但生得还算美貌。

床边站了两个丫鬟,正苦口婆心地劝那位小姐:"姑娘,许侍郎都要成亲了,你又何苦再想他。"那位小姐掩面大哭起来:"我真恨自己不是庶出的,顶了个嫡女的身份,自然不能去做小妾,倒被那个郑月华占了好处!"

这渣男弄得同府的姐妹都翻了脸,实在是渣呀,柳蓉又狠狠地鄙视了一下自己即将嫁的许侍郎。真是京城少女的杀手,弄得一群人神魂颠倒的,都开始手足相残了。

从绣楼下来,溜到另外一个园子,就听着屋子里一个苍老的声音道:"许侍郎明日也会去宁王府别院……"

柳蓉情不自禁地打了个哆嗦，起了一身鸡皮疙瘩，这许慕辰真是老少通吃，听那妇人的声音，不说六十，五十多总是有了一竟连老妇都惦记着他，这许侍郎真不是个人！柳蓉停在那里，听了两耳朵："他隔几日便要成亲了，你们可要抓住这最后的机会，看能不能将月华塞到镇国将军府去。"

屋子里另一个妇人说道："母亲真是偏爱月华，不过是姨娘生的，怎么就入了母亲的眼？"

"我还能拿嫡女去笼络镇国将军府不成？许侍郎与苏国公府的大小姐乃是圣上赐婚，难道他还能悔婚来娶春华？你可别太由着春华的小性子，许侍郎虽然生得俊俏，却不算是如意郎君……"

屋子里两个人叽叽喳喳地说着话，柳蓉总算是听懂了，这大理寺卿府的大小姐郑春华看上了京城鼎鼎有名的许侍郎，大理寺卿府也有意巴结镇国将军府，可怎奈许慕辰有圣上赐婚，无可挽回，只能想法子将庶出的三小姐送去做贵妾了。

可又怕许慕辰看不上，所以郑老夫人精心设了一个局，想让许慕辰不得已将郑月华抬回家做贵妾："明日的事务必要成，你可别因着春华不能嫁去许家便心生恨意，将这桩好事破坏了。"

屋子里寂静无声，看起来郑大夫人心疼女儿，一直不肯说话。

柳蓉在屋顶上听得清楚，这郑老夫人的主意还真不错，要是郑三小姐进了镇国将军府做贵妾，自己就可以一脚将许慕辰踢到她屋子里去，免得他晚上赖在自己屋子里不出去。柳蓉高兴不已，这真是柳暗花明又一村，自己可要祝许慕辰与郑月华两人恩恩爱爱天长地久，缠绵到死都别分离。

第二日一早，太阳刚从云层里透出些影子，柳蓉便反常地起来了。在园子里头溜达了一圈，看着太阳慢慢地爬上来，她哈哈一笑："天气真好。"

绫罗有几分奇怪："姑娘，今日宁王在别院大开荷花宴，当然天气要好才行。"

"哼！我才不跟着去。"柳蓉轻轻哼了一声，转过脸望了望湖面，要是跟着去了，自己的计划就不好办啦。

绫罗有些莫名其妙，可还是老老实实地跟着柳蓉去了主院。

015

柳蓉先向苏老夫人请安问好，然后扶了绫罗的手走到旁边椅子坐下来，腰杆挺直，头微微低下，含羞带怯地看着自己的脚尖。

在苏国公府待了快一个月，没事的时候绫罗便关起房门教她规矩礼仪："笑不露齿坐莫摇身，行得端正言语细细。"

柳蓉领悟力高，此时她坐在椅子上，已经完全就是苏国公府的大小姐苏锦珍了。

苏老夫人笑着道："珍丫头，今日宁王府荷花宴，你怎么穿得这般素淡就出来了？头上的簪子都没配一套。"

柳蓉捏着嗓子轻声答道："祖母，想来许侍郎也会去，珍儿还是回避的好。"

"唔，珍丫头考虑得周到，这未婚男女在成亲前一个月是不该见面。"苏老夫人拧起眉头，"照着许侍郎的性子，这种场合他不会不去，那珍丫头你便留在府里吧。"

哼！那渣男怎么会放过招蜂引蝶的机会，这场合他肯定是会去。

"是。"柳蓉低低应了一声，粉面含春。

苏老夫人带着苏府的女眷出了门，柳蓉便好好打扮起来。她问绫罗要了一套衣裳，对着镜子开始精心易容。不一会儿，一个年纪不过十三四岁，满脸稚气的小丫鬟便出现了。

绫罗吃惊地望着柳蓉，嘴巴都合不拢："姑娘，你白天也要出去了？"

柳蓉点了点头："我今日有大事要解决。"

她急需为渣男许慕辰找一个心上人，免得到时候他缠着自己不放，既然郑三小姐有意，自己当然要成全她。柳蓉拿着镜子左看右看，确定没有纰漏，这才大大方方地走出去。

宁王府别院实在大，亏得柳蓉提前踩了点，才没有弄错方向。她分花拂柳地在青石小径上走着，很快就到了水榭附近。那边站了一位小姐，杨柳细腰，十分窈窕，旁边伴着一个小丫头，正不住地张望。

柳蓉走过去，低声喊了一句："郑三小姐？"

郑月华眼神慌乱，将脸避了过去，怎么宁王府的丫鬟知道她是谁？她身边的丫鬟柳儿大喝了一声："你是谁？怎敢与我家姑娘搭话？"

柳蓉没理睬这个丫鬟，只是望着郑月华笑："郑三小姐，你是不是想嫁许侍郎？"

郑月华的矜持登时不翼而飞，她抬眼望向柳蓉，声音颤抖："你难道是我祖母安排好的那个丫鬟不成？"一瞬间，她的脸颊通红，星眸如醉，神情摇摇，仿佛不能自已。

柳蓉朝郑月华笑了笑："郑三小姐，你且在这里等着，我这就去将许侍郎找过来。"

一柄纨扇遮住了美人脸，半透的纱里露出一双含情脉脉的眼睛，郑月华望着柳蓉飞快跑去的身影，低低道："也不知祖母给了她多少银子，瞧她那模样，甚是卖力。"

柳儿扶着郑月华，看了看一池子湖水，皱起眉头："姑娘，这湖水不知道有多深，跳下去好像不大稳妥。"

郑月华眼神坚定："再深我也要跳，这可是我进镇国将军府的机会。"

自己的嫡姐想嫁许侍郎想得都快疯了，可她身份金贵，做不得贵妾，家里为了能靠上镇国将军府，又不愿舍弃嫡女这枚棋子，就将主意打到了她身上。郑月华笑了笑，莫说是给许慕辰做贵妾，就是给他做丫鬟，自己也心甘情愿。

瞥了一眼波光滟滟的湖面，郑月华微微一笑，跳进湖里算得了什么，舍了半条命，换个贵妾的身份，这买卖值！

要找许慕辰实在容易，只要看看哪里女人多就知道了。

柳蓉飞快地在园子里跑了大半圈，终于从一群花花绿绿的身影里找到一个穿白色衣裳的身影。她不以为然地撇了撇嘴，这许慕辰就是臭美，总是穿件白色衣裳，要知道白色是最不耐脏的，随随便便就会蹭一身灰。

走到许慕辰面前，柳蓉低头行礼："许侍郎，我们王爷有请。"

许慕辰瞧了眼柳蓉，只觉这丫鬟有几分眼熟，仿佛在哪里见过。

旁边几位小姐个个都露出不高兴的神色，苦大仇深地盯着柳蓉，那凉飕飕的眼神就像一把把小刀，恨不得将柳蓉的肉一片片割下来。

"各位小姐,在下先去见过宁王再说。"许慕辰潇洒地朝众位千金笑了笑,一干小姐顿时头晕目眩,完全忘记了要朝柳蓉下刀子,全对着许慕辰笑靥如花:"许侍郎,见王爷是正事,等会儿再一道欣赏这园中风景便是。"

嘴里虽然这样说,可她们还是恋恋不舍地跟在许慕辰背后,不敢靠得太近,就只能跟在一丈开外,时走时停。她们一双双眼睛死死地盯住前边的两个人:"那小丫头真是无耻,竟然跟许侍郎走得这般近!"

"可不是!不该走到几步开外?"有小姐咬牙切齿,"愚蠢的奴婢,也想到许侍郎身边多站一阵子沾沾光?"

"下回咱们可要跟许侍郎说说,他身份高贵,可不能跟那些奴婢走得太近了,免得损了他的威名。"有人捻着衣角不停地揉搓着,恨不能揪住柳蓉的头发拖过来,好好扇她两巴掌才解恨。

柳蓉与许慕辰并肩走在青石小径上,她暗自打量他,许慕辰个子很高,自己只到他的耳垂边,生得也确实不错,特别是一双眼睛,她斜眼看过去,许慕辰正在对她笑,那一刹那,简直就像有千万朵桃花挤着从他的眼睛里蹦出来一般。

难怪这么多女人喜欢他,人渣还是有他的长处的。柳蓉回敬许慕辰一个笑脸:"许侍郎,你干吗偷看我?"

许慕辰一愣,这丫鬟说得好理直气壮,分明是她在偷看自己,自己才对她笑了笑,现在她却反过来说自己偷看她,真是倒打一耙!"你不看我,怎么知道我在看你?"许慕辰笑得气定神闲,对付这种小丫头,那还不是小菜一碟?

"我走得好好的,忽然觉得有人在偷偷看我,那是种感觉,感觉你懂吗?"柳蓉皱起眉头,"我知道我生得美,每日都有人偷偷看我,可像许侍郎这种看了不认账的还是头一次遇着。你看了便看了,我又没让你赔银子,何必否认?"

许慕辰听了这话,几乎要笑出声来,这个小丫头实在太有意思了,竟然大言不惭地赞自己生得美,他是垂涎她的美色才去看她。宁王府竟然还有这等有趣的丫鬟!他含笑看了柳蓉一眼:"这位姑娘,你叫什么名字?"

"我叫什么你管不着。"柳蓉快走了几步,就见到水榭尖尖的檐角,"王爷就在水榭里边,许侍郎快些跟我来。"

许慕辰看了看前边,湖面上波光粼粼,湖边金丝柳垂下来,点点缀在水面上,泛起一圈圈涟漪。湖边有一座水榭,朱红廊柱,飞梁画栋,瞧着十分精美。

水榭一旁站着一位美人,许慕辰扫了她一眼,唇边露出冷冷的笑容。

看起来是有人在这里布了局,宁王喊他去水榭,水榭旁边却站着一位娇滴滴的小姐,这里边有什么古怪,他一眼便看得出来。

京城不知有多少贵女想嫁给他,即便知道他已经有了皇上的赐婚,还是有人愿意接近他,给他做贵妾,眼前这个,便是其中的一位。

他根本不想成亲,也不想与女子同床共枕,可过几日他便要娶苏国公府的小姐了,两人免不得要共处一室。许慕辰脑中忽然闪过一个念头,或许他是该抬一个贵妾进镇国将军府,到时候也好做幌子。

许慕辰越走越近,郑月华脸上的神色也越来越紧张,她拿纨扇遮住脸,盯着一步步走过来的许慕辰,又瞟了一眼身后的湖水,正在犹豫要不要跳下去。

忽然,一声惊叫。柳蓉跌坐在路旁,一只手撑着地,脸上露出痛苦的神色。

许慕辰转头哈哈大笑:"小丫头,你竟然走个平路都能摔倒,真是太没用了。"

柳蓉龇牙咧嘴,恨恨地盯着许慕辰:"你真不是个好人,见我摔跤竟然笑得这样开心。"她伸手揉了揉脚,泪珠一下就滴落下来,"好痛。"

许慕辰笑得一脸灿烂:"还不是想让小爷来拉拉你的小手?哼!真是装模作样。"

见许慕辰半分同情心也没有,柳蓉气得从地上站起来,直直地往许慕辰身上撞了过去:"让你笑,让你笑!"撞过去的一刹那,她手腕上戴着的镯子机关也打开了,一柄小小的匕首轻轻从许慕辰的腰带上划了过去。

"哎，你这丫头是怎么回事？宁王府的管事妈妈没有好生教过你什么是待客之道吗？"许慕辰觉得有些不可思议，赶紧往前边走，想要摆脱柳蓉的纠缠，谁知"喀拉"一声，他的腰带忽然断了。

这腰带是上个月才买回来的，怎么就断了？珍珑坊里的东西越发假了。许慕辰暗自嘀咕了一声，弯腰就去捡腰带。柳蓉装出一副吓坏了的模样，将那腰带捡了起来，拍了拍上边的灰，恭恭敬敬地递给许慕辰："许侍郎，你的腰带。"

不起眼的银光闪过，纤纤玉手收了回来，可指环上边一根小银针已经飞快地从许慕辰的衣襟前边划过，将他系在侧面的带子割断。

这些年的功夫不是白练的，柳蓉很欢快地望着许慕辰朝水榭走了过去，暗自念着："一、二、三……"

许慕辰的衣襟应声而开。他浑然未觉，继续往前走，站在湖边的郑三小姐目瞪口呆地望着许慕辰走过来，衣裳飘飘，露出了胸前白色的肌肤，她就连这时候该要做什么都忘记了。

按着计划，郑三小姐是要装作含羞带怯地走开，结果踩住了自己的裙袂，不慎滑进了湖里，就等许侍郎来英雄救美了。可现在郑三小姐却只会做一件事情，那就是张大嘴巴狂叫出声："啊……"

声音高亢而尖锐，似乎要划破云霄。

跟在后边的小姐们个个莫名其妙，不知道郑三小姐为何如此激动，于是，赶紧朝前边快走了几步，忽然间一件白色的衣裳飘了过来，将走在最前边那位小姐的脸兜住。

"啊……"走在后边的小姐们也惊呼了起来，一个个掩住了脸孔。

那玉树临风的许侍郎，此时上衣已经不见，裸出了背部，下边仅着中裤，露出了腰间一抹白肉，还有两条光溜溜的腿！

这实在太不雅了！

而且实在也太令人难以相信了！

京城八美之首的许侍郎，见了大理寺卿家的三小姐，竟然色心大发，当着她的面宽衣解带，做出各种猥琐行径来！

郑老夫人与郑大夫人听说，急急忙忙走了出去，两人一边走一边用极低的声音交谈："怎么这事儿完全走样了呢？莫非是你没交代清楚？"

郑大夫人心中酸溜溜的，那郑月华怎么比得上自己的春华，怎么就那样入了许侍郎的眼？竟然大庭广众之下将衣裳褪去要调戏她！唉！想来想去，也只能自我安慰，许侍郎这样的人不是个好夫婿，幸亏自己的春华不用嫁他。

"母亲，我也觉得奇怪，我分明交代得清清楚楚，见许侍郎过去，月华便跳入水中……可究竟怎么成了这模样，媳妇也不知道。"郑大夫人本来还算计着庶女到湖水里头泡上一泡，回去以后少不得要被折腾得卧床几日，现在倒好，庶出的孙女儿不仅不用遭罪，而且那许侍郎还对她一见钟情。

"不管怎么说，反正这桩事情算是成了。"郑老夫人欢欣鼓舞，眉毛都飞了起来。

"是呢是呢。"郑大夫人满口苦涩。

"辰儿……实在太胡闹了！"镇国将军府的许老夫人与许大夫人眉头紧锁，不安地往苏老夫人那边看过去，"不过几日便要成亲了，这节骨眼上却出了这种事情，这怎么跟亲家交代！"

要什么女人没有？偏偏要在宁王府的荷花宴上做出这等丑事来，辰儿究竟是怎么想的！许大夫人捂着胸口，气得胃都痛了，幸好苏大小姐今日没有来，否则她若是亲眼见着，还不知道会多尴尬。

许老夫人有几分坐立不安，最终还是站了起来，走到苏老夫人面前："苏老夫人，这……实在是对不住了。"

苏老夫人拉着脸，也不好拂了许老夫人的面子，只能闷闷不乐地回答："只盼许侍郎婚后收敛些，也盼老夫人与大夫人多疼爱我家珍丫头一些。她素来不与人争执，只怕会吃亏。"

"苏老夫人尽管放心，我会将苏大小姐当自己的亲孙女儿的！"许老夫人只能将姿态放得很低，"若是辰儿敢欺负苏大小姐，我必然不饶他！"

苏老夫人长长地吐了一口气："有许老夫人这句话，我就放心了。"

"哦？真有这样的事情？"窗户边上站着一个四十余岁的男人，头戴紫金冠，身着深紫色的锦衣，正透过雕花格子窗朝外边张望，"那郑三小姐生得美貌至此？竟然引得许侍郎当众脱衣？"

"回王爷的话，小人也未曾见过郑三小姐，可许侍郎委实当众脱衣了。"一个管事站在旁边笑得格外猥琐，"京城都说那许侍郎贪好美色，果然没有说错。"

宁王将手上套着的一个玉扳指拨了拨，淡淡的绿色光芒一闪而过，映着他脸上怪异的笑容："嗯，许侍郎，果然有点意思。既然他这般喜欢郑三小姐，本王也该促成他的美事才行，他定然会感谢本王。"

"只是……"那管事犹犹豫豫，"皇上不是已经替许侍郎赐婚了？"

"男人嘛，三妻四妾乃是常事，你方才说的那个郑三小姐是庶出的，去做贵妾不是刚刚好？"宁王爽朗地笑了起来，"走，本王去瞧瞧这一对情投意合的鸳鸯鸟。"

水榭旁边站了一大群人，郑三小姐此时已经止住了哭声，正拿着纨扇挡住脸，不敢看旁边的人。许慕辰站在那里，脸色铁青，手中拿着他那根断掉了的腰带。

腰带是新买的，怎么会断！他摸着那断裂的地方，心中极其愤怒，在刑部做了一年多，要是还看不出来这是被人割断的，那他也是个不折不扣的傻子了。

方才跟他有过接触的就是那个来传话的小丫头，这绝对是她做下的手脚。许慕辰一张俊脸上全是寒冰，眼睛朝旁边的人一望，众人皆忍不住打了个寒战——许侍郎生气了，后果肯定十分严重！

那小丫头到哪里去了？四周全是讨好的笑脸，唯独不见那个古怪精灵的小丫头。许慕辰仔细回忆了一番，那张脸瞧着有几分眼熟，可真要仔细去想，他却一点也想不起来究竟是长什么样子了。

那是一张平淡的脸，没有半分与众不同的地方，就像一滴水，掉进湖泊里就再也找不到。许慕辰心中有隐隐的怒火，这小丫头究竟是谁？怎么他会有熟悉的感觉？

"许侍郎,赶紧穿上衣裳吧。"有个婆子将许慕辰的衣裳拎过来,旁边的人纷纷转过头去。许慕辰板着脸,不声不响地将衣裳穿上,伸手想要系带子,这才想起带子已经被割断,短得根本不能系在一处。

婆子很体贴地凑过来:"许侍郎,我给你打个结吧。"

许慕辰没有吭声,任由婆子一双手在自己胸侧与腰部擦来擦去,心中的怒火已经熊熊烧了起来——他一定要找到这个小丫头,好好收拾她一顿!

只是,许慕辰忽然一惊,这小丫头的身手实在了得!竟然能在那么短的一瞬间,将他的腰带割断,还能将他衣裳上的三根带子全部割断!而且,最重要的是,他竟然毫无感觉!

这个小丫头究竟是谁?许慕辰眉头紧锁,江湖上什么时候多了这么一号人?实在不可小觑!

这世上有一种东西走得最快,那便是风言风语。

宁王府别院的那件香艳事慢慢在京城街头巷尾流传开来,口耳相传,最终的故事变成了这样:许侍郎与郑三小姐真心相爱,孰料得了皇上为许侍郎与苏国公小姐赐婚的圣旨,两人心痛如绞,相约跳湖殉情,却不想命不该绝被人救起,现在就看苏国公府大小姐的表态了!

"若是那苏大小姐是个贤淑的,便该成全了这一对,让那郑三小姐进了镇国将军府做贵妾才是!"有人一脸惋惜,"虽然有圣上赐婚,可真爱难得!"

"只是刚刚成亲就抬贵妾,那不是在打苏国公府的脸?我瞧着郑三小姐少说也得一年半载才能进镇国将军府了,双方都是有名望的,肯定不会做出这种伤体面的事情。"有人不住摇头,"这事儿可真是麻烦!"

苏大夫人愁眉不展地望着柳蓉:"珍儿,这可怎么办才好?"

纸包不住火,这事情女儿迟早会知道,还不如现在就告诉她,让她也好有些准备。苏大夫人一只手按着胸口,觉得里边生疼,幸亏珍儿没有跟着去宁王别院,否则见着那两人的样子,还不知道会愤怒成什么样子。

柳蓉挑眉一笑:"母亲,没什么大不了的,许慕辰既然喜欢郑三小姐,我遂了他的心愿便是。"

自己刚好想要找个人拖住许慕辰，晚上才能出去继续做自己想要做的事情，郑三小姐这般奋不顾身地跳到这个局里，不让她满意怎么行呢？再说了，古话说得好，宁拆十座庙，不毁一门亲，这两人郎有情妾有意，不成全他们，对不住自己的良心哪！

"珍丫头说得对，这才是当家主母该有的风范，男人三妻四妾也不是什么稀奇事儿，只要正妻的位置坐稳了就好。"苏老夫人很是欣慰，自己这个孙女果然是个贤淑的，就连这事情都能忍得下，心也够宽的，以后哪里会愁日子不好过？

苏大夫人默默无语地看了一眼柳蓉，哽咽道："珍儿，若是许慕辰欺负你，一定要回府告诉娘，娘替你讨个公道！"

柳蓉赶紧装出一副感激涕零的样子："多谢母亲怜惜。"心中却是鄙夷，那个许慕辰还当得自己去争风吃醋？自己只是先在镇国将军府住下，权当省了客栈的费用，白吃白住，还能通过镇国将军府的关系将京城勋贵们的底儿摸清，这事是百益而无一害，柳蓉觉得，没有比这个更划算的了。

第三日艳阳高照，苏国公府门口喜炮连连，一顶红色的步辇停在了门口。许慕辰背着一个大红花球站在那里，皱眉瞧着两个丫鬟扶着一个袅袅婷婷的人。

头上蒙着喜帕，他看不出新娘长什么模样，使劲一想，以往那些游宴里好像没怎么见过苏大小姐，跟在自己身后的贵女一串一串的，可里边没有她。

意识到这个事实，许慕辰微微有些奇怪，京城里的贵女们谁见了他不是心生爱慕，眼睛一眨也不眨？这苏大小姐还真是有些与众不同。他看着穿着大红嫁衣的身影越来越近，深深地吸了一口气，他的发小可真是厉害，在自己逍遥自在的时候狠狠地算计了他一把，从今天开始，他就是有妻室的人了！

大红步辇从京城的大街小巷穿过，路边挤满了人，大家都跑出来看京城八美之首许慕辰成亲的盛事。鞭炮声压不住心碎一地的声音，柳蓉坐在步辇上，听见到处都是凄凄惨惨的哭泣声。

"许侍郎,你怎么能成亲啊!"

"许侍郎,你成亲以后,走在街头还会看我们吗?"

柳蓉憋着一肚子气,难怪苏锦珍宁愿死都不愿意嫁给这许慕辰,果然有她的道理,若是正常人成亲的时候听着这样的话,只怕还没撑到镇国将军府就已经气死在半路上了。她镇定自若地摸了摸胸口:"还好还好,与我何干。"

步辇终于停了下来,柳蓉掀起喜帕看了看,前边有一座高大的府邸,看来镇国将军府到了。两个喜娘赶紧过去伸出手来:"苏大小姐,我们扶你下来。"

镇国将军府门口放着个火盆,根据大周的规矩,新郎必须背着新娘跨过火盆,那意味着以后的日子会过得红红火火。喜娘扶着柳蓉走到许慕辰面前笑眯眯道:"恭喜许侍郎,赶紧将夫人背过火盆吧!"

身后响起一阵绝望的哭泣声:"许侍郎、许侍郎……"

开始还是小声抽泣,慢慢地哭声越来越大,抽泣的声音越发肆无忌惮,最后镇国将军府门前一片鬼哭狼嚎:"许侍郎要成亲了!呜呜,许侍郎要成亲了!"

其中有个胖胖的姑娘哭得最是伤心:"许侍郎,你难道不记得金明池畔的朱圆圆了吗?你每次骑马走过京城,圆圆都会送上瓜果,上边都刻着圆圆的名字哪!"

这不是瓜果店里遇见的那位胖姑娘吗?瞧她哭得这惊天地泣鬼神的模样。柳蓉心里十分同情,还不是身边这渣男给害的,让人家大姑娘对她神魂颠倒,自己却拍拍屁股去成亲了,渣男,实在太渣了!

许慕辰站在柳蓉身边,没有蹲下身子背她的意思,只是连打了几个喷嚏,喜娘见着,有几分尴尬。正准备说话,柳蓉将喜帕微微掀开半边,一双眼睛犀利地看了许慕辰一眼,又迅速将喜帕放下。

两个喜娘你看看我,我看看你,只觉得莫名其妙。

新郎不准备背新娘过火盆,新娘还没进洞房就自己掀起了红盖头,她们真是头一遭遇着这样的事情。

"我知道,你心中喜欢的是郑三小姐。"柳蓉装出了委委屈屈的声音,"你不用勉强自己。"

"你知道就好,我心中自始至终只有她一个人。"许慕辰回答得冷冰冰的,心中却是窃喜,没想到这流言传得这么快,竟然就连苏大小姐都知道了。

这样挺好,让她提前有准备,免得她总是一副怨妇的眼神看着自己。

"我知道你心中想的是她,不想背叛与她的山盟海誓,不想背我过火盆……"柳蓉觉得自己越装越纯熟,说起话来还真像大家闺秀的口吻了,"那我还是自己过去吧,省得你觉得委屈了自己。"

她一把撩起自己的大红嫁衣,露出两条洁白的小腿,喜娘与旁边的绫罗、锦缎看到都惊呼一声,扑过去想要制止她:"姑娘,姑娘,你可不能这样!今天是你的大喜日子……"

话音未落,柳蓉已经大步从火盆上跨了过去,她将裙子放下来,回头看了火盆那边的许慕辰一眼:"怎么?难道还要我来背你不成?"

许慕辰震惊得几乎不敢相信自己的眼睛,周围观礼的人此时也是惊讶无比,那些抽抽搭搭正在哭泣的姑娘们更是停住了哭声,睁大眼睛望着他们两人,谁也不再开口说话。

"你再不过来,我就先进屋了。日头这样大,晒得人头昏眼花的,我还穿着这么厚的一件衣裳站着,你是故意想累死我吧?"柳蓉瞅了瞅许慕辰,透过朦朦胧胧的红色盖头,她见许慕辰撩起长袍一角,大步跨了过来:"走走走,拜堂去。"

那口气,好像是一个局外人赶着去参加旁人的婚礼一般。

柳蓉微微一笑:"走走走,拜堂去。"

两人的语气如出一辙,实在默契。

夜深,本该人静,而此时却怎么也静不下来。

屋子里有两只苍蝇正在嗡嗡地吵闹个不休——准确地说,是两位喜娘正在苦口婆心地劝说柳蓉:"苏大小姐,新娘子是不能这个姿势坐着的,须得坐得端正。"

都已经坐了小半个时辰了,她累都要累死了,还不能放松下? 若不是不想破坏苏大小姐的美名,柳蓉恨不能趴到床上,给两个喜娘一个后脑勺看。现在她斜靠着床栏杆休息都不行了? 一动不动坐上几个时辰,她又不是庙里的泥雕木塑!

两个喜娘见柳蓉不搭理她们,只是扯了盖头蒙住脸,随便她们怎么说也不改改姿势,两人互相望了一眼,小心翼翼地伸手去扶柳蓉:"新娘子真不能这样坐着……"

话音未落,柳蓉站起身来,一手拉了一个喜娘笑眯眯地往外边走去,那块红盖头从脸上掉下来,落在了地上。

"苏大小姐,盖头掉了!"这盖头可是要夫君拿着喜秤挑起的,就这样落在了地上,可不是大吉之兆! 喜娘全身颤抖,弯腰就想去捡,却被柳蓉一把拎起来,将脚踏在了盖头上边,还用力碾了碾,"掉了就掉了,难道谁还真想与他好好过日子不成?"

原来苏大小姐还是介意那位郑三小姐哪,两个喜娘互望了一眼,这般幽怨的口吻,啧啧……以后这日子该怎么过哪,镇国将军府恐怕会鸡飞狗跳!

"苏大小姐,你要将我们带到哪里去?"喜娘跟着柳蓉走到门口,有几分莫名其妙,难道这位苏大小姐还想带着她们去游园不成? 这可是她的新婚之夜,她只能待在洞房,哪里都不能去啊!

柳蓉将两个喜娘往门外一推,朝她们挥了挥手:"你们就到外边待着吧,我想一个人静一静!"

苏大小姐好可怜,两个喜娘站在紧闭的洞房门口,不住地摇头哀叹,还不是许侍郎的所作所为为太伤她的心了? 好好的一个千金大小姐,还没过门就知道自己夫君心里有别的女人,肯定苦闷得要吐血了吧? 唉! 这世上的事情,谁能说得清楚?

躺在床上睡得正香的柳蓉被一阵敲门声吵醒:"苏大小姐,苏大小姐,你快开门啊!"敲门声里还夹杂了锦缎的哭声,"姑娘,你可不能想不通啊!"

这是什么意思? 想不通? 柳蓉揉了揉眼睛从床上翻身起来,踏着一地

027

的桂圆红枣莲子往门边走去。也不知道谁在床褥下边放了这些东西,她刚刚躺上去的时候被硌着了,抖了好久才将那些东西全部抖干净。

打了个呵欠开了门,外边黑压压的一群人。

"你们……"柳蓉吃了一惊,见着穿了大红吉服的许慕辰,这才想到已经是晚上了。

"新娘子怎么没有罩着盖头?"后边有人议论纷纷,一双双眼睛往柳蓉身上瞄,柳蓉落落大方,站在那里朝许慕辰嫣然一笑:"原来是夫君来了。"

这就是那位传言中柔弱娴静的苏大小姐?好像有些不对。许慕辰盯着柳蓉看了几眼,根本就没有发现她有半分柔弱的气质,相反的,那双眼睛里有一种说不出的坚强干练。

"看热闹的都散了吧。"柳蓉伸手将许慕辰拉了进来,"我们春宵一刻值千金,就不劳你们围观了。"

听到这话,众人的眼珠子都快掉到地上了,直到洞房的门关上,这才回过神:"这……都还没闹洞房哪!"

许慕辰看了看散落一地的桂圆红枣,哑然失笑:"苏大小姐,你怎么将这些东西都扔到地上了?"桂圆红枣莲子这些东西放在床上,寓意早生贵子,竟然就被她这样给扔了?许慕辰有些疑惑,难道她就不知道这规矩?

"我要睡觉啊,这些东西放到床铺下边究竟是什么意思?"柳蓉指了指那床薄薄的被子,"哎,许慕辰,咱们现在来说个清楚。"

许慕辰好奇地看了柳蓉一眼:"你想说什么?"

"许慕辰,我知道你喜欢郑三小姐。"柳蓉满脸同情地看了他一眼,"我也知道你是被迫娶了我,娶了自己不喜欢的人,你心里肯定会很难受,你放心,我会尽快让郑三小姐进府做贵妾,这样你就可以与你心爱的人双宿双飞了。"

看起来自己的法子果然有效,借着宁王府别院那件事情放出了风声,这位苏大小姐竟然主动提出要成全他与郑三小姐。那她自己呢?许慕辰狐疑地看了看柳蓉:"你这是真心话?"

这人真是自我感觉良好,以为凡是个女的就一定要喜欢上他?柳蓉瞟了许慕辰一眼:"绝对真心,你要不相信我也没法子。"

"好,咱们就这样说定了。"许慕辰笑着点头,笑容灿烂,让柳蓉不由得愣了愣,京城八美果然名不虚传,这许慕辰笑起来还真好看,比他板着一张脸顺眼多了。

"咱们还得商量一下。"见许慕辰举步往床边走过去,柳蓉赶紧伸手拦住了他,"既然你无情我无意,那咱们当然不能睡到一张床上,这样也对不住你的郑三小姐是不是?今晚你自己去找个地方歇息吧,这里可是我的地盘。"

许慕辰摊手:"我祖母与母亲派了听壁角的,我今晚只能在这里睡。"

柳蓉睁大了眼睛:"听壁角?那是什么?"

许慕辰将自己的耳朵贴到墙上,朝柳蓉眨了眨眼睛:"明白了吗?"

原来这洞房还是有人偷听的!柳蓉惊骇得头发根根竖起,这镇国将军府的老夫人与夫人究竟是想怎样?难道不觉得这样做有些不厚道?万一那听壁角的是个尚未成亲的丫鬟,怎么好听得下去?

"那……咱们先将那个听壁角的支走才行。"柳蓉挽起衣袖,咬牙往床边走过去,见许慕辰呆呆地站在那里一动不动,朝他瞪了瞪眼睛,"你快些过来,站到床的那一边!"

"你要做什么?"许慕辰实在好奇,这位苏大小姐的所作所为真让人不敢相信,京城里那些传言真是不可相信!那张黄花梨的床被她抓着用力一推,就发出了吱呀吱呀的响声——这也叫柔弱女子?没五石弓的臂力,怎么可能将这结实的床铺给摇响?

屋子外边站着几个人,耳朵贴在墙上听得津津有味:"咱们大公子可真是勇猛,就连那张床都被弄得响起来了!"

"可不是吗?幸亏那床是上好的黄花梨,要是一般木材做的,只怕现在要散架了!"有个婆子跟同伴挤眉弄眼,"大公子一支枪十八年还没开张,自然勇猛!"

"只是这新娘子真是羞怯,到现在还没听见她有声响!"有个婆子听

029

了好一阵子,有些惆怅,"怎么也不叫上一两声呢?"

"苏国公府的大小姐,又不是青楼里边那些淫娃荡妇,即便在床上也是很端庄的,怎么会喊出声音来?"另外一个婆子将耳朵贴过去听了听,连连点头:"这才是真正的大家闺秀啊!咱们回去报给老夫人与夫人听吧,就说已经入港了。"

听着脚步声慢慢远去,柳蓉与许慕辰这才停下手,相互看了一眼,露出一丝微笑。柳蓉冲许慕辰点了点头:"哎,你将手伸过来。"

"干什么?"许慕辰有几分不解,可还是很顺从地将手伸了出去。

柳蓉手里握着簪子,在许慕辰还没反应过来是怎么回事之前,用力地刺了下去。许慕辰痛得"哎呦"直叫,鲜血从他的手指进涌而出。柳蓉抓起床上一张雪白的帕子将他的手指包住,笑嘻嘻地道:"喜娘告诉我,这叫元帕,明天会有人过来收,元帕上没见血怎么行,我怕痛,只能用你的血了。"

雪白的帕子上点点殷红,就如雪地上落下的一地梅花。

"你将就着到那边桌子上睡好了。"柳蓉将床上铺着的一堆绫罗绸缎里扯了一块床单出来,很体贴地给许慕辰铺好,拍了拍桌子,"许侍郎,不好意思了,今晚只能委屈你了,等以后郑三小姐进了门,你就可以软玉温香抱满怀啦!"

她可真是……体贴。

许慕辰看了一眼那张桌子,只觉得上边铺的床单格外刺眼,他纵身一跃,掀起床单跃上了横梁:"桌子太短了,不方便,我睡这上头就好。"

柳蓉抬起头看了看横梁上垂下的一角床单,哈哈一笑:"随便你睡到哪里,只要不和我抢床睡就行。"

"大公子,少夫人,该去向老夫人、老爷、夫人敬茶了!"门板被拍得砰砰响,柳蓉瞬间睁开了眼睛,窗户外边有明亮的阳光照射进来,一地的金黄。

一幅绸缎从天而降,柳蓉正在迷迷糊糊之际,就见一个人落到了床

030

前。

摸了摸脑袋,柳蓉才记起那是她的新婚夫君许慕辰:"你醒了?"

"外边这般吵,还能不醒?"许慕辰一大早就醒了,已经在外边院子练了一套剑回来了,进屋见柳蓉睡得又香又甜,连身子都未曾翻一个,不由得惊叹这位苏大小姐真是心宽。

坐在横梁上往下边看,一张美人脸越看越好看。许慕辰不禁有几分鄙夷自己,这天下哪有配得上他的女子?通通不过是些庸脂俗粉罢了,怎么自己忽然觉得这苏大小姐好看起来了?

"去开门吧,睡了这么久,也该起床了。"柳蓉伸了个懒腰,扭了扭身子,满足地叹息了一声,"原以为我会认床,没想到你们家的床睡着还算舒服,勉强对付了一个晚上。"

这是什么话?分明昨晚她脑袋挨着枕头边就睡得跟死猪一样,偏偏还说"勉强对付了一个晚上",这可真是睁着眼睛说瞎话!许慕辰白了柳蓉一眼,走到门口将门打开:"进来伺候梳洗。"

外边站着七八个丫鬟,有的捧着瓷杯,有的捧着脸盆,有人手里拿着帕子,还有人拿着扫帚站在后边。进来见地上落着一张床单,桂圆红枣滚得到处都是,几个丫鬟都低了头,脸上迅速泛起了红晕。

大公子与少夫人昨晚可真是恣情肆意,竟然从床上大战到了地上,大概饿了的时候还捡了红枣桂圆吃呐。收元帕的丫鬟走到床边,伸手去摸床褥下边,柳蓉笑眯眯地从怀里将那雪白的帕子掏了出来:"拿去。"

丫鬟羞红了脸,接过帕子行了一礼,匆匆忙忙地飞奔出去。

"看起来咱们府里明年又能添丁了。"堂屋里,许老夫人与许大夫人笑得格外舒心,原来还担心两人会不和谐,可是几个听壁角的婆子回来禀报,说大公子与少夫人鱼水之欢,都要将床弄散架了,许老夫人笑得嘴巴都合不拢,"散架便散架,赶着去打一张黑檀木的拔步床,随便他们怎么滚。"

许大夫人却有些担心:"那郑三小姐的事情怎么办才好?"

许老夫人想了想,长长地叹息了一声:"咱们不能对不住苏国公府。"

"老夫人，夫人，奴婢去取元帕回来了。"丫鬟捻着雪白的帕子抖了抖，上边的斑斑血迹不住地晃动着，已经成了深红色，不再似刚落地的梅花，倒像那快要残了的美人蕉。

许老夫人眉毛挑了挑："呵呵，竟然有这么一大块，看起来是个好生养的。"

许大夫人也是笑容满脸："快些收起来，等会让少夫人一并带回去。"

柳蓉跟着许慕辰走到堂屋时倒也没惊叹里边的富丽堂皇，反正苏国公府也差不了多少，她已经不是刚刚到京城的那个愣头青了。她很贤淑端庄地给许慕辰的一干长辈敬过了茶，瞄了瞄跟在自己身边的绫罗手里端着的盘子，里边装满了贵重的首饰，还有几张银票，粗粗看了下，约莫有上万两银子。

没想到这替嫁的报酬还不错，柳蓉心里美滋滋的，这么多银子拿回终南山，师父肯定会夸自己能干。她将最后一杯茶放回茶盘里，在管事妈妈的指引下纤纤细步地来到右侧的一排椅子前边，刚刚坐下身子，就听许老夫人说："孙媳妇，现儿你嫁到我们许家，便是许家的人了，祖母也就将你当自己的孙女儿看待，辰儿有什么地方做得不对，你就过来告诉我……"

柳蓉赶紧表示出由衷的谢意："祖母对珍儿真是太好了，珍儿实在感激。"她说得十分真诚，一副感激涕零的模样，看得许老夫人心中更是欢喜，望了望一脸阴沉沉的许慕辰，她轻咳一声，心中暗道，我只不过是说说客气话安慰下你那新媳妇，怎么你还给祖母甩脸色看？

"珍儿，"许大夫人忐忑不安地开口，"你放心，我是不会让郑三小姐这么容易进我们镇国将军府的！"

"什么？"柳蓉大惊，这许大夫人在说什么话？不让郑三小姐进来，难道要许慕辰一直跟自己睡一间房子不成？这可不行，有许慕辰在屋子里，她晚上怎么好溜出去到各家各户串门？

绫罗站在柳蓉身后，很默契地递上一块帕子，柳蓉接在手中，在眼角处揩了揩，显出一副悲戚的样子来："母亲，既然木已成舟，何必再去计较？说出去反倒让人觉得我们镇国将军府不讲诚信，还是让她尽早进府吧。"

她费尽心机,促成了许慕辰与郑秋月的一段佳话,难道功夫白费了?

满堂的长辈个个点头赞叹,这苏大小姐真是贤惠无比,竟然一点也不计较郑三小姐,还主动要迎她过府。许老夫人更是觉得面上无光,自己这个孙子也太不是东西了!

"珍儿,你放心,我是绝不会让郑三小姐一年之内进咱们府的!辰儿不懂事,我这个做祖母的不能跟着他不懂事,会被人指着后背骂呢!"许老夫人说得大义凛然,孙子刚刚成亲就抬贵妾,这不是打苏国公府的脸?

"辰儿,这些污糟事情你少想些,昨日你已经成了亲,自然要有担当,哪里还能恣意妄为?你赶紧带珍儿出去走走,两人多说说话,以后慢慢地就会将郑三小姐忘记了。"许老夫人笑得和蔼可亲,小夫妻嘛,多处处就有感情了!

柳蓉瞠目结舌,没想到事情会发生这样的转变,好像跟她的计划不怎么合拍?许老夫人瞧见柳蓉这惊奇模样,以为她被自己的话感动了,很慈祥地挥了挥手:"珍儿,你且跟着辰儿一道出去散散心,这新婚宴尔的,就不必留在府里陪我这个老太婆了。"

看起来无论自己怎么解释不在意郑三小姐,许老夫人都已经下定决心这一年半载的不让她进府了。柳蓉跟着许慕辰走到堂屋外边,抬头一望,只觉得天都黑了一片。

"哼!你别以为我祖母帮你说好话,我就会乖乖地陪你出去走。"许慕辰很不耐烦地往马厩走了过去,他根本就不想带一个女的到外边去逛街,不能骑马,只能陪她坐马车坐软轿,想想都头疼。

"我知道,你带我出去,肯定就没有那么多人给你送花送瓜果了。"柳蓉气定神闲地眯眼睛看了看他,"只要你将那鲜花店和瓜果店里赚的银子分一半给我,我就可以不跟着你到处走。"

"你!"许慕辰冷冷地瞥了柳蓉一眼,今天早上醒来的时候瞧着这张脸还算生得顺眼,可说出来的话怎么就这样难听?竟然还想要挟他?门都没有!

"你不给我?"柳蓉嫣然一笑,从袖袋里摸出手帕,"我这就一路哭着回前堂去。"

许慕辰瞪她："能不能少一点？"

他确实在京城开了两家店，但那两家店赚的银子他都拿去办了义堂，专门给那些乞丐与流离失所的孤寡老人提供食宿，要是给这狠心的苏锦珍分去一半，那不是不少人又要挨饿？

"不能。"柳蓉也瞪了瞪眼睛，"许侍郎，你不会少这点银子吧？"她手里拿着手帕子，一直在眼睛面前擦呀擦，好像随时能掉眼泪。

许慕辰嫌恶地转过头去，沉着声音道："一半没有，我每个月给你一千两银子做零花就是。"

柳蓉笑眯眯地点了点头，心里感叹了一番，自己原以为要了那两家店收成的一半，每个月就能捞个二三百两银子，没想到许慕辰竟然这般大方，一开口就甩给她一千两！这许慕辰真是自己的摇钱树！

"少夫人，大公子已经走了……"身边的绫罗悄声提醒她，"你最好把口水擦擦。"

柳蓉拿手帕擦了擦嘴角，指着马厩里的一匹高头大马："给我把这马牵出来，我要出去。"

街道上传来撕心裂肺的哭喊声，让骑在马上的柳蓉吃了一惊。

放眼望过去，一位老人正在地上打滚，周围有一干百姓正苦口婆心地劝他："周老爹，你就替你闺女想想吧，她现在进了王家，总算是过上了穿金戴银的好日子，可不比跟着你吃不饱穿不暖要好？"

周老爹一把眼泪一把鼻涕："我的女儿早有婚约，王家把她抢去做小妾，我女儿肯定不从！我可怜的女儿哟，说不定活不过今晚了！"

柳蓉蹬蹬地走过去，将众人扒开，望着地上躺着的周老爹，心中很是同情，她看了一眼周围看热闹的百姓，气呼呼地道："方才谁说去做小妾是过上好日子的？"

旁边一个汉子唾沫横飞："难道不是去过好日子？要是我闺女能长得同周老爹家闺女一样水灵，我就替她找家高门大户，让她进去做小妾！"

柳蓉一拳头打过去，将那汉子打到地上："你怎么自己不去做！"

摊上这样一个父亲,他家的女儿着实可怜。柳蓉瞥了闲汉一眼,一把将周老爹扶起来,带到了一个安静角落:"老爹,你女儿被谁抢了去?快些告诉我。"

周老爹嘴唇直哆嗦:"她被平章政事府里的王三公子抢了去,那个王三公子扔了十两银子给我,说是我红儿的卖身银子……"他哆哆嗦嗦地掏出一个银锭子,"姑娘,你认识王三公子吗?能不能替我将这银锭子还给他,让他把我的红儿送回来?"

柳蓉按住了周老爹的手低声道:"老爹,今日晚上戌时在北城门口子等我,我会将你的红儿送出来。这银锭子你拿好,以后你们还要花钱哪。"

"真的?"周老爹不敢相信地睁大了眼睛,看着柳蓉,膝盖一弯就要下跪,柳蓉赶紧搀住他:"老爹你快去收拾东西,以后就别在这里住了。"

"好,我这就去。"周老爹抹了一把眼泪,欢欢喜喜地朝自己家里跑去。

柳蓉气得捏了捏拳头,王三公子?这人是京城里的无赖,仗着父亲做了个大官,就到处为非作歹,欺男霸女,她非得好好教训他一通才行!

夜色朦胧,平章政事府的一间房子灯火通明,床上有个被绑住手脚的姑娘,正惊恐万分地看着站在床前,脱得只剩一条中裤的男子。

"王三公子,你放过我吧。"那姑娘哭哭啼啼的,眼泪像断线的珠子一样。

"美人儿,你哭起来的样子都很好看。"见着白玉般的脸蛋上泪痕交错,王三公子似乎越发高兴起来,俯身朝床上的姑娘亲过去,"美人儿,三爷来好好疼疼你。"

"不,不,不,你别过来!"那姑娘奋力挣扎起来,无奈手脚都被缚住,怎么也动弹不得,急得眼泪簌簌地掉。

王三公子越来越近,肮脏的手就快摸到姑娘娇嫩的脸上,忽然间,一道寒光闪过!

一支匕首"嗖"的一声钉在床头,微微发颤。

王三公子脸色一变,四处打量了一下,却不见任何异状,这时就听有人在头顶上咳嗽了一声:"你就不往上边看看?"

上边？王三公子很听话地一抬头，忽然眼前一花，一个穿着黑色夜行衣的人从横梁上飘落下来，一伸手捉住王三公子的头发，另外一只手将一团东西牢牢地塞进他的嘴里。

见那人手里拿着一把明晃晃的宝剑，王三公子一翻白眼，往地上一倒，晕了过去。

柳蓉将那姑娘身上的绳索挑断："你可是叫红儿？周老爹的女儿？"

"是。"红儿全身发抖，捉住了柳蓉的手，"姑娘，你是我爹找来的吗？"

柳蓉点了点头，弯腰看了看躺在地上的王三公子，厌恶地皱了皱眉头，这贱人两腿之间有个东西竖得老高，实在有碍观瞻。她弯下身去，手起刀落，一道血箭喷出，一截东西从划开的裤子里滚落出来。

王三公子醒了过来，他是被痛醒的。

好痛，好痛，痛得他张大嘴巴想叫，可那里堵着一团东西，严严实实，发不出半点声音。

柳蓉笑嘻嘻地朝他俯下身子，拿着宝剑在王三公子的脸旁边比画了一下，王三公子一翻白眼，又昏死过去。

从床边拔起匕首，柳蓉用它戳住了那截滚落的东西，走到屋子的隔间，把那一段肉扔进了漆着金边的马桶里："这块臭肉，也只配与这些乌七八糟的东西到一起。"

是夜，平章政事府里传出撕心裂肺的喊叫声："幺儿啊！娘的命根子啊！"

王三公子也号啕大哭："我的命根子啊！"

第二日刑部那边便接手了这起案件。

"这不该是京兆府管的？"许慕辰扫了一眼卷宗，看见封皮上写着盗窃、抢夺的归类，不由得皱起眉头，"这等小事怎么送到刑部来了？"

主事愁眉苦脸："因着这苦主乃是平章政事家的三公子。"

"王三公子？"许慕辰有了点兴趣，"谁去摸老虎屁股了？"他伸手将卷宗拿过来，仔细地看了下里边的记载，不由得哈哈大笑起来，"王三公子竟然也有今日？"

王三公子可是京城有名的无赖,但他爹是平章政事,那些被迫害的百姓告状无门,他就一日比一日嚣张,京城百姓都喊他叫王老虎,没想到这只老虎终于被人给打了。

"是。"那主事点头,"听说王府昨晚找了一个晚上的……"说到这里他停住了话头,嘴角扯了扯,似乎想笑,又笑不出来。

王三公子的命根子不见了,遍寻不获,众人都认为是被女飞贼剁了喂狗去了。

女飞贼的名头从王三公子这桩事情开始就响亮起来,王大人为了替爱子报仇,宴请了刑部的捕头,王夫人让人端出一盘金子来:"大家只要替我捉到了女飞贼,这盘金子就是我王家的小小谢仪。"

王大人可真是有钱,这一盘金子只怕有好几百两,还说只是一点点谢仪,实在是过谦了。众人望着黄灿灿的一盘金子,眼睛都没法挪开。

吃饱喝足以后,众人向王大人、王夫人告辞。结果,就在王大人、王夫人将客人送到大堂门口这一眨眼的工夫,回头一看,那盘金子已经没了踪影。空空的盘子里只放着几块石头,还有一张字条,上边歪歪斜斜地写了几个字:刚好没钱花了,多谢多谢。

捕头们还没走到王家大门口,就被喊了回去:"各位,各位!"王大人全身都在发抖,不知道这女飞贼还在不在府中。这般轻而易举地就将金子拿走了,连个人影都没见着,几乎让他以为家中有鬼。

"什么?金子没了?"捕头们奔到盘子前边,刚刚还金灿灿的盘子里,现在就只有几块灰不溜秋的石头和一张字条了。

"刚刚有谁来过没有?"捕头们围着盘子走了一圈,觉得实在蹊跷。

"没有,屋子里的下人都还在,就两个贴身丫鬟跟我们出去了。"王夫人也惊骇得快说不出话来,这屋子里点着油灯,亮堂堂的,女飞贼究竟藏匿在哪里,怎么就能不露行踪地将那盘金子拿走?

捕头们将屋子里的下人拘回刑部,一个个审问,但大家都只说一阵风吹了过来,灯影晃动了几下,还没弄清怎么回事,金子就不见了。

"慕辰,看起来这事儿非得你出手才行了。"许明伦看了看刑部送过来的折子,脸上露出笑容,"真有这般好身手的女飞贼?你若是将她抓住,先给朕送过来瞧瞧,看看是什么三头六臂的人物,竟然身手如此了得。"

"是,皇上。"许慕辰欠了欠身子,"臣会满足你的好奇心的。"

"只不过……"许明伦惋惜地叹息一声,"现在你新婚宴尔,就让你出来接手这个案件,朕好像有些不讲兄弟情分。"

"皇上,若你真讲兄弟情分,就不会给我赐婚了。"许慕辰抓起那本卷宗,朝许明伦行礼,"臣先告退了。"

"慕辰,你真是不明白朕的一片苦心啊!"许明伦笑得格外开心,京城里谣传皇上与刑部许侍郎有不一般的关系,还有人甚至晦涩地用了"南风""龙阳"之词,许明伦如何能让这些谣传愈演愈烈?

许侍郎成亲了,这谣言也就不攻自破了。

只不过太后娘娘却未放过他,这些日子还一直要给他广选秀女入宫,从中甄选出皇后、贵妃来:"皇上,你年纪不小了,要早生皇子,稳定民心才是。"

看着太后娘娘眼神里透露着的疑惑,许明伦委屈得只想振臂高呼:"朕的母后不懂朕!朕与慕辰,只是兄弟情谊、兄弟情谊!"

骑马走在街头,许慕辰觉得满心都不是滋味。

都说女人成亲就掉价,其实男人也一样哪!许慕辰回头望了望身后,原先那一群跟在他马后大呼小叫的大姑娘小媳妇们已经不见踪影,只有两三个姑娘手中拿着帕子,无比哀怨地看着他。

没有追随的人,没有瓜果,没有鲜花……

许慕辰只觉得头疼,自己早两日还答应那个女人,说一个月给她一千两银子,这下倒好,自己去哪里寻一千两银子?

瓜果店的掌柜见许慕辰骑马经过,赶紧飞奔出来:"公子,这几日瓜果店生意惨淡,眼见着就要亏本了!"

大公子还是这样英俊潇洒,那些姑娘们却不跟着他了,唉!掌柜的连连摇头,还是小鲜肉吃香哪!

"没有人送瓜果,你难道就不知道自己进些瓜果来卖?"许慕辰没好气地白了他一眼,"京城这么多铺子,也没见谁家要关门?"

虽然说这是个看脸的世界,但自己总不能将这张脸卖一辈子吧?许慕辰想了想,忽然觉得原来自己的所作所为有些可笑。他一夹马肚子,飞快地朝义堂跑了过去,心中有些焦虑,以后瓜果店与鲜花店没那么好的生意了,义堂里也救济不了那么多人了,他该想点什么法子才好?

跑到义堂,那管事见了他如见亲人,擦着额头上的汗,作揖打拱地将他迎了进去:"大公子,你总算来了!"

许慕辰沉痛地想,管事肯定要告诉自己,义堂已经没什么银两买米粮了,才这么几日辰光,一切全变了!人生若只如初见,何事秋风悲画扇?他悲愤地叹了一口气:等闲变却故人心,却道故人心易变啊……

"大公子,有人送了一百两金子过来!"管事的一句话,让许慕辰几乎要跳了起来:"什么?送了一百两金子过来?这人是谁?"

管事摇了摇头:"我也正在纳闷,是有人从围墙那边扔进来的,还写了一张纸条,说这些金子是送给义堂的,让我们拿了去买米粮周济穷苦百姓。"

许慕辰拿着那张条子一看,眼前一亮,这纸条上的字迹,与留在王大人家盘子里那张条子上的字,一模一样!那这一百两金子就是那女飞贼送过来的了?他拿了一个金锭子看了看,十足的成色,果然是真金。

这女飞贼难道知道是他在管着她犯下的案件,所以想拿金锭子来贿赂自己?许慕辰摇了摇头,不,她肯定不是这个目的,他开这家义堂的事,京城里无人得知,除了自己的发小——皇上许明伦。

莫非这女飞贼是个好心的?竟然抢了金子送到义堂来,许慕辰有些疑惑,摇了摇头,才不会这样好心,她要是这样好心就不会去做贼了。

回到镇国将军府时,已经是晚饭时分。

香樟树下站着几个人,说说笑笑的格外快活,许慕辰瞟了一眼,他新娶的娘子穿着一件正红色的衣裳,就像一团火焰烧着她的眼睛。

"苏锦珍,我跟你商量一件事。"许慕辰板着脸走了过去,"我不能每个月给你一千两银子了。"

"许慕辰,你说话不算话!"柳蓉一挑眉毛,嘴唇边露出了快活的笑容来,"这话你才说了几天,怎么就要反悔?你还是不是男子汉?"

"此一时,彼一时也。"虽然说这话确实是有些厚颜无耻,可许慕辰不能不说,毕竟现在他已经不再有往日风光,如何能挣出一千两银子一个月给苏锦珍来花销?

"哼!"柳蓉看了一眼许慕辰,忽然就哈哈大笑了起来,"许慕辰,要不要我帮忙?我到京城里去走一圈,告诉那些痴心女子,我大度得很,她们只管继续跟着你走,想进镇国将军府的,只管进来就是!"她伸手拍了拍许慕辰的肩膀,"怎么样?这个主意不错吧?肯定会有不少人哭着喊着奔你过来了。"

许慕辰有些气结,这位苏大小姐是怎么一回事,怎么一点不把自己放到心上?想着那些跟在他马后奔跑的姑娘,许慕辰忽然觉得索然无味,外边的女人一个个哭爹喊娘的要跟着他走,而身边的女人只把他当不存在。

这几天许慕辰都是睡在书房里的,每次到了该歇息的时候,苏锦珍那扇房门便关得飞快,好像生怕他闯进去一样,许慕辰望着关得紧紧的房门,有些郁闷,这人怎么能这样!好歹自己是她夫君,好歹也长了一张名动京城的脸!

连续睡了几天书房,许慕辰已经忍无可忍:"苏锦珍,你既然已经为人妻,自然要照顾好我的饮食起居。"

柳蓉点点头道:"你说得没错,我是没做好。"

态度诚恳,表情沉痛。

见着她那反思悔过的样子,许慕辰这才稍微平息了心中的怒火,此时在花园见着苏锦珍,想起了自己的晚饭来:"我饿了,有晚饭吃没有?"

柳蓉惊奇地睁大了眼睛:"这几日你不都是在刑部衙门用的饭?你不是说皇上命你捉拿那个女飞贼,还不赶紧替皇上办事,竟然回来问我要饭吃?"

许慕辰喉头含着一口血,几乎就要喷到柳蓉的脸上,这世间竟然有这样的娘子,根本不关心自己夫君的温饱,看她那模样,自己不回来她还觉得很高兴,许慕辰心底好一阵翻江倒海,挣扎着喊道:"难道我没有抓到女飞贼,就不能回来吃饭?快些安排,让厨娘去准备!"

"绫罗,赶紧让厨娘去下半斤面条!"柳蓉打量了许慕辰一眼,又将绫罗喊住,"不用半斤,下三四两就够了。万一吃得太饱,跑都跑不动,怎么去追女飞贼?"

许慕辰一言不发地往厨房里走去,柳蓉瞧着他的背影,嘻嘻一笑:"自己想吃什么就去厨房说嘛,干吗还要我去说?我又不是你肚子里的蛔虫,你咳嗽一声我就要知道你什么意思?"

"少夫人,大公子是不是今晚要在府中过夜?"绫罗小声提醒,"你还没给他准备房间呢。"

柳蓉指了指前边一进屋子:"现在赶紧给他腾一间屋子出来。"

"大公子……不跟少夫人一起住?"旁边有个丫鬟脸红了一半,前边那进屋子可是丫鬟们住的地方,大公子要是住到那里……她的心一阵怦怦直跳,难道是她的机会来了?

"他喜欢的是郑三小姐,要为她守身如玉啊,我也不能去破坏他们的感情,是不是?"柳蓉很大度地点了点头,"我当然要促成他们,有情人终成眷属嘛。"

她住在最后边那一进屋子,许慕辰当然要住在最前边,两人相隔远了,他才不会注意到她的行动。听说最近刑部正在商议要追捕女飞贼,自己当然要小心一点才行。柳蓉看了看那几个欢欢喜喜跑着去清理房间的丫鬟,嘴角露出一丝笑容来,许慕辰,你想玩猫捉老鼠的游戏,我就陪你玩一玩,看看你这只猫究竟有多么蠢。

"大人,女飞贼这些日子再也没有声响了。"一个捕头愁眉苦脸地望着许慕辰,"她不出来,咱们去哪里追捕去?"

这些日子刑部一直在查,却始终找不到女飞贼的身影,京城里风平浪静,好像王三公子的事情根本就没发生过一般。

"查,人在京城就总能查出!可曾问过客栈、民居,有没有最近来租住的?那些人都是要追查的对象!"许慕辰心中有些气恼,这女飞贼好像对他的行踪了如指掌,他带人出去查的晚上,女飞贼就销声匿迹,要是他在府中歇息,女飞贼就会在京城的某处出现,顺手拿些金子银子,过一日就会在义堂的院子里出现。

这女飞贼难道在自己府里布下了眼线?许慕辰仔细留心了那些丫鬟婆子,没有发现什么可疑之处,而且最近府上也没买下人进来,都是些老人,根本就不存在与女飞贼勾搭上的可能。

平章政事府催得急,皇上也问得勤,许慕辰只觉得头大,总要想法子将这女飞贼给抓到才是。可最近女飞贼忽然就没了响动,刑部众人都觉得心中有些失落,好像猎物莫名就失踪了一般——其实他们压根也没见过这猎物。

"许大人,咱们不如用引蛇出洞的方法?"一个捕头深思着道,"那女飞贼既然对王三公子强抢民女的行径这般痛恨,竟然连他的命根子都割了去,那咱们就制造一起强抢民女的事情,诱着女飞贼出来。"

旁边的人听了,脸上个个露出兴奋的神色:"对对对,以前咱们都不知道女飞贼究竟会在哪个方向出现,这次的地点可以由咱们定了。"

许慕辰沉思了一下,点了点头,这法子不错,引蛇出洞。

"我们先来商议一番。"许慕辰望向一干捕头,"谁去做恶霸?"

"我!"

"我!"

"我我我!"

众人很是积极,做恶霸总比那些趴在草丛里埋伏着遭蚊子咬的要好,还能亲近美貌女子,何乐而不为?

许慕辰白了他们一眼,看了看一群人,点出一个武艺最好的:"就是你了。"

那人咧嘴欢喜:"多谢许侍郎提拔。"

捉住女飞贼,这做恶霸的自然是头等的功劳了,一想到能有赏金,指不定还能升成总捕头,他便高兴得分不清东南西北。

"谁来扮民女？"许慕辰看了看面前的十几个，个个膀大腰圆，不由得有几分泄气。

恶霸人人会做，可这民女便为难了。

若单纯是挑个生得美的，花些银子到青楼里请个姐儿出来就是，可是要想配合这次追捕的行动，肯定要找个会些功夫的女子，这刑部……只怕是没得这样的人选了。

许慕辰叹息了一声，抬起头来，就见面前众人一双双眼睛都盯住了他，个个不说话，可眼神里的意思，分明就是在说许侍郎，你是再合适不过的人选了。

许慕辰咬了咬牙，薄施朱粉，描眉画眼。

等着他打扮好，穿了件葱绿色的抹胸，披着一件轻纱走出来，刑部里吧嗒吧嗒全是滴口水的声音，水磨地板上全是湿漉漉的。

被一干男人用这样的眼神望着，许慕辰十分不自在，厉声呵斥了一句："快把你们的口水擦擦，成何体统！"

他一开腔，众人顿时醒悟过来，面前这妖娆娇媚的小娘子，正是自己的顶头上司许侍郎。众人拿了衣袖擦了擦嘴："许大人，你这副扮相真是美，若是去丽香院，肯定能一举将花魁娘子的牌子夺过来。"

许慕辰白了他们一眼，甩甩衣袖就往外边走去，一层轻纱裹在他手臂上，实在有些麻烦，动弹不得。

他皱了皱眉，做个女子真是麻烦，若不是为了要捉拿女飞贼，自己怎么要遭这份罪！他咬了咬牙，抓到那个女飞贼，自己一定要好好教训她一番，好好的良民不去做，偏偏要干偷鸡摸狗的勾当，害得小爷要男扮女装！

第三章 男扮女装

夜色渐深,四周一片寂静,京城某家府邸里灯火微弱,忽明忽暗。

一处院落里有一幢三层的小楼,楼上垂下一串红色灯笼,将茜纱窗户映得更红了些许。屋子里有一张床,床上躺着一个二八芳龄的少女,洁白的肌肤,精致的眉眼,身上只着一层轻纱。

床边站着一个穿着短裤的男子,正低声与少女说话:"大人,都这么晚了还没有动静,那女飞贼究竟会不会来?"

床上的少女缓缓开口,只是声音有些粗犷:"她自然会来,今天白天咱们演得不错,现在京城里应该已经传遍了薛家公子强抢民女的事情。都说那女飞贼好打抱不平,喜欢管闲事,我想她要是知道了这事,肯定会来。"

男子唯唯诺诺地应了两声,低头站到一旁:"大人说的是。"

虽然站到了一旁,男子的眼睛却不由自主地盯着许慕辰,心中暗道,许侍郎这模样,可真是春色撩人啊!若不是自己知道他是男子,又是自己的上司,恐怕都会把持不住!

突然,一缕淡淡的甜香钻进鼻孔,说不出的舒服。那种香味不像一般的安息香那样重,也不比鹅梨香那般清淡,就像美人的手在轻抚人的肌肤,微微瘙痒,诱得人只想抱着美人慢慢入睡。

许慕辰只觉得自己的眼皮子越来越沉,倦意袭过心头,就想在这张大床上睡过去。他看了看床边站着的下属,刚刚想开口喊他,就见他"扑通"一声朝床边扑了过来。

许慕辰大惊:"你胆大包天!"

话还没说完,他就发现自己的身体忽然间不能动弹了,手脚发软,连抬手的力气都没有。

这时,一个黑影从横梁飘下,黑衣、蒙面,身材窈窕,看得出来是个女的。

"好你个女贼!"许慕辰心中悲喜交加,好不容易将女飞贼诱了出来,可自己与手下却着了她的道儿,被迷香放倒。现在,他连说话的力气都没有,方才那句愤恨的话也只是反复在脑海里翻滚,没有力气说出口。

柳蓉俯身看了一眼倒在床边的那个汉子,伸手翻了翻他的眼皮,心中满意,道士师傅的迷香效果不错,连许慕辰都被放倒了。她伸出手将那汉子推到床上,刚好压住许慕辰的身子,装出一副嘶哑的声音道:"许侍郎,你竟然想用这卑鄙的法子捉我,这可是你自找的,怨不得我!"

她问过许慕辰,今晚要去做什么,许慕辰只是扔下两个字"办案"就匆匆走了。

原本以为许慕辰是得了那薛家公子强抢民女的消息,他准备埋伏下来捉拿自己,结果没想到那位千娇百媚的美人竟然是许慕辰扮的!

要是自己没听到床边那人喊"大人",飞身下去救人,以许慕辰的身手和帮手,或许她今晚就走不掉了—这人真是心肠歹毒,自己可得好好收拾他才行!

柳蓉伸出手来,快速将许慕辰与他手下的穴道点中,将两人抱着放到了一处。

灯光微黄,纱帐轻垂,帐幔里隐约可见两个人相拥在一起,如胶似漆,无法分离。

薛家后院里响起了一阵敲锣声,"铛铛铛"的声音在这寂静的黑夜里传出去很远:"快来看啦,许侍郎在耍龙阳啦!快些来看啦,许侍郎原来喜欢扮雌儿!"

夜深人静,这锣声分外响亮,那人的声音也是中气十足,埋伏在阁楼旁边的捕头们都是一愣,赶紧飞奔着朝阁楼跑了过去。此时,四周也亮起了灯笼,从月亮门里涌进一群下人:"都有谁在那里呢?"

翌日,京城的大街小巷里流传最广、最劲爆的小道消息就是:许侍郎果然是喜好男风,借了薛家公子的小阁楼,深更半夜跟属下在里边……呃……偷情。

众人说到这事,眉飞色舞,仿如亲眼所见:"许侍郎穿了抹胸,披了轻纱,香艳袭人!都说比京城第一花魁都要美!"

这消息流传甚快,不多时便流传进了皇宫。

宫里每日清早都有内务府的内侍出来买菜,得了这消息,惊讶得嘴巴都合不拢:"许侍郎……竟然真的好男风!"

急急忙忙地滚了回去,奔着往慈宁宫去了:"太后娘娘,奴才有重大的事情要禀报!"

陈太后刚刚起身未久,在香堂做了早课,由大宫女扶着正在花园散步,听了内侍来报了这件事情,心中一惊:"这事属实?"

内侍连连点头:"真真儿的,真得不能再真!街上的人都这般说,是薛家的下人传出来的,说他们亲眼见着许侍郎与他的下属抱在一处,正在床上翻云覆雨哪!"内侍嘻嘻一笑,声音阴柔,"听说许侍郎头发披在肩头,肌肤洁白如玉,还穿着淡紫色的抹胸……"

"够了够了!"陈太后皱了皱眉头,"快些去金銮殿那边候着,朝会散了将皇上请到慈宁宫来,哀家有事找他!"

许明伦没见着许慕辰来早朝,有几分奇怪,许慕辰身子棒棒的,即便是贪夜去捉拿女飞贼,也不至于不能来早朝,莫非他与新婚的娘子……许明伦嘿嘿一笑,打算早朝以后宣许慕辰进宫,问问他成亲以后的感受。

"皇上,太后娘娘请皇上去慈宁宫一趟,"金銮殿后门站着一个小内侍,许明伦刚刚踏出门,他便跪倒在地,"说是有要紧事儿找。"

要紧事?许明伦苦笑一声,恐怕又是催着要给他选秀了。

看过父皇的嫔妃你争我夺的戏码,又亲眼见着父皇因沉迷女色身体日渐消瘦,最后死在荣贵妃的床上,许明伦已经下定决心,他的后宫只能有一个女人,故此他必须找一个自己真正喜欢的人,而不是随随便便让一大把女人进宫,在自己面前晃来晃去。

陈太后双眉紧皱:"皇上,你可听得坊间传言?"

许明伦见着陈太后一脸忧心忡忡的模样,不由得好奇:"母后,又是哪些多嘴的奴才编排了些话儿来惹您不快?"

"这可不是编排的胡话,全京城都知道了!"陈太后叹着气道,"哀家早就有这预感,心中焦急,这才想催着你成亲……"

许明伦听得云里雾里,只是听到成亲两个字,即刻坐正了身子:"母后,到底出了什么事情,让您老人家竟然想起我的亲事来了?"

"许侍郎……"陈太后捏紧了拳头,重重地砸在了桌子上头,"真有断袖之癖!"

一想到许慕辰进宫伴读这么多年,与许明伦同出同进,住在同一座宫殿里,陈太后便悲伤得快要说不出话来,自己好好的孩儿,全被许慕辰给毁了!难怪许明伦不肯成亲,多半也是被许慕辰带坏了,有这种癖好。

"母后,你听谁说的呢?"许明伦惊愕得嘴巴快要合不拢,赶紧伸手扶了扶下巴,"朕早些日子才给他赐了婚,他娶了苏国公府的大小姐,夫唱妇随,恩恩爱爱,今日连早朝都没来上呢!母后,你就别将慕辰想得这般不堪。"

"慕辰、慕辰,皇上,你可叫得真亲热!"陈太后只觉心慌气闷,"你自己去传了许慕辰来问问,看他昨晚究竟去了哪里,都做了些什么事情?"

许明伦被弄得莫名其妙,只不过从陈太后的话里头,他琢磨出一点点八卦的气味来,一出慈宁宫,他便吩咐贴身内侍:"快快快,去将许侍郎宣到朕的清泉宫来,朕可要好好地盘问他一番。"

从一大波人涌进小阁楼的一刹那,许慕辰就有想死的感觉。

该死的女飞贼,为了防止他运气清醒过来,竟然将他与属下的穴道都点中,将两人放到一处,还生怕旁人不误会,特地将属下的手环住了他的腰,这样一来,别人从外边进来的时候,一眼就能见着他们两人暧昧的姿势。

"你相信许侍郎是清白的吗?"

"呵呵……"

柳蓉正趴在床上睡得死死的,忽然觉得有人在摇晃着她,耳边也是哀哀的哭泣声。

她心里很不高兴,一伸手将放在自己肩膀上的那只手拨开,能不能让她多睡一阵子觉啊?没见她眼皮子粘得紧紧的都不想睁开?

许慕辰真是狡猾的狐狸,骗得她溜达那么远跑到薛家去救人,可万万没想到竟然是他设下的圈套。幸好她警醒,还在横梁上看了一阵,要不然这时候她大概已经在刑部的大牢里跟老鼠睡在一块了。

柳蓉哑吧哑吧嘴巴:"绫罗,你烦不烦?我还想睡觉呢,快些出去!"

"珍儿,珍儿,是娘啊,娘来看你了!"身边那人用力更猛了,几乎是抓着柳蓉的肩膀乱摇,伴着几滴冰凉的眼泪落在了她的脸颊上,"蓉儿,是母亲不好,母亲就算抗旨也不要让你嫁给许慕辰这种人。"

确实如此,嫁谁都比嫁许慕辰好,别看他出身名门,长得也算帅气,可惜就是一个人渣。

柳蓉赞了几句,睁开眼睛,就见着苏大夫人坐在床边,一双眼睛肿得跟桃子似的,脸上一副怜悯的神色。

"珍儿!"见柳蓉醒来,苏大夫人惊喜万分,一把抱住了她,"我的孩子,你受苦了!"

柳蓉有些莫名其妙,苏大夫人怎么一大早就跑过来上演母女情深的戏码?她疑惑地望了望苏大夫人:"母亲,出什么事情了?你怎么到镇国将军府来了?"

苏大夫人没有回答她的话,只是抱着她哭个不停:"珍儿,母亲知道你心里苦,又受了那许慕辰的虐待,偏生又说不出口……唉!都是母亲不好……"

柳蓉丈二和尚摸不着头脑,正准备开口说话,就听外边有一阵脚步声,她赶忙将头埋在苏大夫人肩膀上,偷眼看了看门口,许老夫人与许大夫人两人站在那里,两人都有些尴尬。

"亲家母。"许大夫人走了过来,见着母女两人正在抱头痛哭,实在不知道该怎么开口才好,这事情本来就是辰儿的错,她都没脸见苏大夫人了。

京城清早就流言四起,都在说镇国将军府里许侍郎的风流艳事,个个说得绘声绘色唾沫横飞,只差没有画张图去到处张贴了。这事儿一传十十传百的,这边才是辰时,苏大夫人竟然就来登门拜府了。

见着苏大夫人阴沉沉的脸色,许大夫人实在不知道该怎么说,自家儿子好男风,与下属在薛家花园的阁楼里偷情,可真不是件好事,她都不知道该怎么说才能让苏大夫人心里头好受些。

"亲家母,都是我们家慕辰不对,等他从宫里回来,我自会好好教训他,你就放心吧,我们绝不会亏待珍儿的,自打她进门,我就是将她当亲生女儿看待的。"许大夫人低声下气地赔着罪,只希望苏大夫人不要太计较,要是她执意将苏锦珍带回苏国公府,那镇国将军府的面子就丢光了。

这才成亲一个月还不到呢,媳妇就闹着回了娘家……许大夫人打了个冷战,回头看了看许老夫人,眼里全是求助的目光。

姜是老的辣,自然还是请婆婆出来说话才有分量。

"珍儿,你告诉祖母,慕辰是不是亏待了你?"许老夫人无奈,只能觍

049

着老脸走了过来,瞧着柳蓉不断耸动的肩膀,心里也没有底,辰儿到底是怎么了?这样好一个媳妇他看不上,竟然还去与属下搞七捻八的!心中恨恨地咬牙切齿了一番,真是恨铁不成钢,"你别怕,他有什么做得不好的,你只管说,祖母一定替你主持公道!"

柳蓉迅速抬起头来,衣袖从眼角前边擦过,假装是在抹眼泪:"夫君开始说每个月给我一千两银子,可后来又说不给了。"

许老夫人愕然,没想到孙媳妇竟然只是在意银子的事情,她慌忙点头:"这个没问题,府里头每个月给你两千!"

眼前有无数的银子在飞啊飞,柳蓉欢快地笑了起来:"多谢祖母。"

苏大夫人愕然,自己的珍儿怎么就这般眼皮子浅了?才一个月两千两银子就把她收买了?她拉了拉柳蓉的衣袖:"珍儿,许慕辰还有什么别的地方对不住你的,比方说……"她看了看那张拔步床,叹了一口气,床上没有男人的衣裳,许慕辰肯定没在这里过夜。

柳蓉并没有体会到苏大夫人的意思,她茫然地看了苏大夫人一眼,摇了摇头:"没有,没有,除了不给我银子,其余都很好。"

包吃包住还很听话,晚上不来骚扰她,这已经是很合格的夫君了,现在许老夫人贴补她两千两银子一个月,柳蓉可是一万个满意。

苏大夫人叹着气走了,临别之前叮嘱道:"珍儿莫怕,若是许慕辰威逼你不让你开口,你千万不要搭理他,咱们苏国公府也不会比镇国将军府差!"

分分明明在许家受了虐待,可女儿却不敢说出口,苏大夫人的心都要碎了,捏着手帕子捂着脸,眼泪汩汩地往外流。

"母亲,真没有对我不好,你就放心吧。"见着苏大夫人那副慈母模样,柳蓉实在有一些不忍心,赶紧举起手来发誓,"女儿若是有半点隐瞒,必然被菩萨降罪……"

"珍儿,你在胡说些什么呢!"苏大夫人吓得赶紧拉住了她的手,"快别说了,你过得好母亲就安心了。"

分明是许慕辰长了一张人神共愤的脸孔,女儿已经被他诱惑了,一心在维护他!苏大夫人心中无比愤怒,可却丝毫没有办法,只能拉着柳蓉的手依依不舍地说了些话,这才钻进了马车。

送了苏大夫人离开,许老夫人立即将许慕辰院子里的丫鬟找了过来:"快些说老实话,大公子与少夫人晚上有没有睡到一处?"

今日她仔细打量了孙子孙媳的内室,发现里边根本没有许慕辰的衣裳鞋袜,干净得像间未出阁姑娘的闺房,丝毫没有半分男子气息,这让许老夫人疑惑了起来,联想到今日街头的传闻与苏大夫人红得像桃子一样的眼睛,许老夫人不由得肝儿胆儿乱颤,莫非孙子真有那种嗜好?

被带过来的几个丫鬟脸上都是一红,其中有一个大着胆子回道:"回老夫人话,大公子与少夫人只是洞房那晚睡在一处,然后便都是分房而居了。"

"什么?"许老夫人眼前一黑,许大夫人捂着胸口好半日喘不过气来。

两人相互看了一眼,许大夫人厉声喝道:"哪有这样的事儿?他们两人分明是如胶似漆,你们眼瞎了不成?"

几个丫鬟战战兢兢,磕头如蒜:"是是是,是小红说错了,大公子与少夫人新婚宴尔,每日黏在一处,就像鸳鸯鸟儿一般,谁也离不了谁。"

"算你们聪明。"许大夫人气呼呼地瞪了几人一眼,"给我记牢了,嘴巴都闭紧一些!"

"媳妇,防民之口甚于防川,你这样做只怕也是于事无补。"许老夫人皱着眉头,忧心忡忡地望着那不住摇晃着的门帘,"这几个丫鬟不说,你就能保证那些碎嘴的婆子不说?纸包不住火,这事情总会传出去。"

"依照母亲的意思,究竟我们该怎么样做才能保住慕辰的名声?"许大夫人愁得两条眉毛成了个"八"字,"唉!没想到辰儿他……竟然好这一口!"

许老夫人想了想,叹了一口气:"现儿咱们只能是想些法子,让辰儿喜欢上珍儿,等到珍儿有了孩子,一家人和和睦睦地过日子,这才能让那些说闲话的人闭嘴。"

许大夫人点了点头:"母亲说的是。可……"她的面色沉重,"辰儿喜欢的是男子,怎么才能喜欢上珍儿呢?"

"咱们先得让他们两人睡到同一张床上才行,要让辰儿尝了那味道觉得好,自然就会舍弃那没味道的了。"许老夫人深思片刻,这才想出了一个主意来,"去让管事到外头去配几服药过来。"

"母亲,他们两人已经圆房,辰儿如何没体会到那妙处?这样做恐怕不妥当。"许大夫人眼前闪过那块洁白的元帕,上边有点点殷红的血迹,就如雪地上盛开的梅花。

"嗐,指不定那晚他们是摸索着乱入了一下,后来就没动静了。你要知道这新婚之夜并不都是鱼水之欢的哪,你想想当年你是怎么过来的就知道了。"许老夫人一脸笃定的神色,"肯定是那一晚没尝到美味,故此才会继续好男风,这次咱们给他下点猛药,好让他得了甜头就不撒手。"

"猛药……"许大夫人脸上抽了抽,"就怕珍儿受不住。"

"抓几服药过来,每次用一半就是了。"许老夫人的口吻不容反驳,"别再想这样有的没的了,咱们总不能让辰儿背了这样一个臭名。"

一只脚刚刚踏进门,门后边"嗖"地闪出个人来,许慕辰吃了一惊,定睛一看,却是许老夫人身边的金妈妈。

见着她一张老脸上的皱纹堆成了一朵菊花,许慕辰扶额,心中暗道,不用说是祖母又要来折腾自己了——这日子过得真是酸爽。

昨日被那女飞贼摆了一道,自己到寅时才拖着疲惫的身子回了镇国将军府,好不容易闭了眼睛,才打个盹的工夫,就有人急切地摇着他的床,口里大喊着:"大公子,皇上请你即刻进宫!"

在皇宫里被逼着说了昨晚的囧事,没想到发小皇上压根也不安慰他,只是拍着龙椅狂笑:"慕辰,你都已经被京城的人认为有断袖之癖了,你这一辈子该怎么活啊!"

瞧着发小笑得那样舒畅,许慕辰只能哀叹自己交友不慎,被陌生人讥笑是一回事,被好友取笑,实在太堵心了!许慕辰看着笑得前仰后合的许明伦,冷冷提醒道:"皇上,咱们小时候可是一起长大的。"

自己有断袖之癖,那许明伦也跑不了!城门失火殃及池鱼这道理,二货发小怎么就忽然不懂了?瞧着许明伦神色渐渐郑重,许慕辰继续提醒道:"那时候咱们同吃同住,一同跟着师父们念书……"

"够了!"许明伦伸出手制止住他。

总算是扳回了一局,许慕辰得意扬扬,却听许明伦说得坚定:"慕辰,你得赶紧弄个孩子出来才行。"

如果京城的百姓将许慕辰认定了是好男风之人,自己的母后肯定会更担心,到时候少不得又要提给他挑皇后的事情了。许明伦忽然觉得自己的龙椅有些烫,坐立不安起来。

"什么?孩子?"许慕辰目瞪口呆,发小总是有些乱七八糟的主意,只不过说来说去归结成几个字——坑、真坑、实在太坑人了!

坑人的猪队友,许慕辰暗自怨念一句,深深地叹了一口气。

投胎是门技术活,许明伦只要掌握了这独门技术,就能轻而易举地赢在起跑线上,自己再有文才武功又如何?还不是只能一次次地被他坑。

被皇上坑了以后,回到府里,这下该继续被坑了,这次坑人的主儿换了一个,变成他和蔼可亲的祖母了。许慕辰满心惆怅,忽然发现天不蓝了,草不绿了,池子里头的荷花也没那么好看了。

许老夫人笑得一贯的亲切:"辰儿,你这孩子,这么久没有来陪祖母用过饭了,刑部虽然事情多,可你也不能把祖母给忘了吧?"这话说到后边,慢慢地有了些酸味儿,"你忠心皇上是不错的,可忠孝两全,怎么就将这个孝字给忘了呢?"

许慕辰赶紧声明:"祖母,孙儿怎么会忘记祖母?就算我将刚刚成亲的妻子给忘记了,也不会忘记祖母的。"

这是出自许慕辰的肺腑之言,彻彻底底的发自内心,他压根儿没想要去记住那位从苏国公府嫁过来的新婚妻子!可是说出来以后,他忽然觉得这话有些飘飘忽忽没有分量,眼前闪过一张清秀的脸孔——貌似自己还是记得住她的相貌,那张脸瞧着还挺顺眼的。

"我便知道我的辰儿最好。"许老夫人笑眯眯地点了点头,"今晚便到祖母这边用饭。"

各色菜肴陆陆续续地端了上来,虽然只是祖孙两人用饭,可却摆上了六个菜,许慕辰端着饭碗吃饭,有一句没一句地回着许老夫人的话,玉箸敲着碗盏的金边,清脆的响声不住叮咚而起。

丫鬟捧了一盏汤进来,许老夫人亲自给许慕辰舀了一碗:"辰儿,这是我精心准备好的大补汤,你日日劳累,人都瘦了这么多,可要好好地补补身子才是。来,快些喝了,让祖母心里也踏实几分。"

许老夫人慈眉善目,许慕辰不好推辞,只好在祖母灼灼的注视下,将那碗汤喝了个干干净净。

"再喝一碗。"许老夫人示意丫鬟,"快些给大公子盛汤,怎么就光会站着不会动?也不知道机灵些。"

汤碗里又装得满满的。

许慕辰叹气:"祖母,我没有亏到这般地步吧?你这是想要把我补成什么样子?"

"还没亏!新婚宴尔最费体力,你还睁着眼睛说瞎话!"许老夫人板着脸孔道,"别以为你祖母老糊涂了!"

没法子,许慕辰只好默默端起碗来。

那一盏汤被许慕辰喝了一大半,许老夫人瞧着剩下的一小半,眉开眼笑:"剩下的去倒了,记着别乱倒,就拿去浇园中的花树吧。"

许慕辰端着一肚子汤汤水水回了自己院子,走几步就打个饱嗝,那些汤好像要从喉咙里倒出来一样。他在自己屋子里坐了片刻,准备等肚子空了就去沐浴歇息,昨晚折腾到现在,脑袋还没转过弯来呢,有些昏昏沉沉。

坐了一阵子,肚子依旧很饱,许慕辰站起来,准备到外边走走,也好消食。才迈出门,就见柳蓉带着绫罗从外边兴冲冲地走进来,手里还攥着一大把莲蓬。

"你摘莲蓬做甚?"许慕辰皱了皱眉头,与这位苏大小姐成亲一个月了,根据他的观察,他的这位娇妻根本就没有什么风花雪月的柔情,她的眼里只有银子,一提到银子,两只眼睛便放出光来。

"剥莲子出来熬粥喝。"柳蓉快活地朝许慕辰挥了挥手中的莲蓬,昨晚整了许慕辰,今日又得了许老夫人的话,每个月能有两千银子进账,实在是开心。现在见着许慕辰,也没昨晚那种气愤了,相反还有一丝丝怜惜,今日许慕辰肯定不好过,不知有多少人打听过他昨晚的那桩风流韵事。

许慕辰一口气差点没提得上来:"池子里的莲花可是南疆进贡来的珍品,祖母好不容易才从宫里弄了几节藕过来种着,你竟然摘了莲蓬来熬莲子粥喝?"

许家池子里的莲花与别处不同,不是一般的粉色白色,花瓣是白色带些浅绿的脉络,远远看上去,一池子的碧绿衬着几枝浅绿,就如一块美玉。每年京城里都有不少人慕名前来赏莲,可现在……许慕辰望着柳蓉手中的几枝浅碧,实在无话可说,这也实在是暴殄天物!

"你别小气,到时候我熬好了粥,会分一碗给你尝的。"柳蓉举着莲蓬朝许慕辰晃了晃,笑靥如花。

"你……"许慕辰咬了咬牙,这苏锦珍是老天派过来与他对着干的不成?望着那浅浅碧色后的一张笑脸,他忽然间觉得一阵燥热。

那张脸怎么越来越好看了?许慕辰用力掐了掐自己的手,自己是疯了吧?看到这个女人竟然会觉得她好看?他站在那里望着柳蓉的背影,喉咙干涩,用力地咽了一口唾沫,艰难地制止住自己想要追上去将她抱住的冲动。

柳蓉丝毫没有感觉到许慕辰的变化,她握着一把莲蓬高高兴兴地回了自己屋子:"去厨房那边拿个盆子过来,我现在就要将莲子给剥出来,等会配了金丝燕窝与银耳,拿着小火熬了粥,咱们做消夜吃。"

绫罗欢欢喜喜地应了一声,飞奔着走了出去,见着前边月亮门边有个身影一晃,嘴唇边浮现出笑容来:"哼!大公子可真有意思,分明就是想要到少夫人屋子来,偏偏要做出不屑一顾的模样。"

虽然这个少夫人只是个替身,可这替身是与原主长得一模一样,自家姑娘那模样,谁见了不爱?亏得这许侍郎还强撑着,看他能撑到几时!

许慕辰确实撑不下去了,他摇摇晃晃地踏进了柳蓉的房间。

本来以为是绫罗回来了,柳蓉欢欢喜喜地抬头,见着门口站着许慕辰,一脸潮红,那双桃花眼往她身上瞟来瞟去。

他这样子,可真像个登徒子,柳蓉有几分惊诧,许慕辰虽然在她心中印象不好,可进镇国将军府一个月了,她还未曾见过他这副猥琐模样。许慕辰的嘴角带着邪魅的笑容,斜靠在门边,双手抱在胸前,那小眼神要多猥琐就有多猥琐。

"你怎么了?"柳蓉站起身来,横眉怒目,一只手暗地里做了个起势,要是他敢扑向自己,那自己非得用小针扎他十万八千个透明小窟窿不可!

"我好热,好热。"许慕辰喃喃答道,一点都不觉得柳蓉彪悍,在他眼里,此时的柳蓉真是花容月貌,就如一块鲜美的肥肉在眼前晃来晃去。

"热?那就脱衣裳。"柳蓉笑了笑,"这事情好办得很。"

"脱衣裳?"许慕辰神志又恢复了些,拉着衣裳羞答答道,"男女授受不亲,我怎么能在你面前脱衣裳?"

"那你喊热干啥?热不死你!"柳蓉走到许慕辰面前,伸手就去推他,"还不快些回你自己屋子里待着去!少到这边来骚扰我!"

一双软绵绵的小手贴过来，许慕辰只觉得脑袋"轰"的一声，完全不知道自己身处何处，他此刻只想抓住那双手，用力将那个美人儿拉到自己身边。

"美人……"许慕辰的呼唤里充满了激情。

"咔擦"一声，一把笤帚重重地落到许慕辰的脑袋上："美你个头！"

许慕辰一头栽到了地上，蒙了。

眨巴眨巴眼睛，看着眼前面露狰狞之相的柳蓉，他摸了摸脑袋，羞愧得说不出话来。

丢人丢到姥姥家去了！自小就刻苦练习武艺，没想到今晚却栽到一个手无缚鸡之力的大小姐手里！虽然他是毫无防备，可也不至于被她一棍子就打到地上去了！

许慕辰半侧着身子，一只手撑着地想要站起来，却只觉得全身发软，好半天都不得力气——这究竟是怎么了？他还从来没有过这样的感觉，仰头看着柳蓉，许慕辰眯了眯眼睛，忽然觉得站在自己面前的是一个绝色天仙。

她笑得真妩媚，许慕辰吞了一口唾沫，喉咙发干，鼻孔里滴滴哒哒地落下了几滴鲜红。

柳蓉拿着笤帚站在那里，就像一只被踩到尾巴的猫，身子微微弓起，时刻防备着许慕辰从地上跃起。可她摆好了姿势以后，却发现许慕辰忽然没了动静，水磨地面上出现了几朵殷红的花。

——许慕辰流鼻血了？

偏着头看了又看，柳蓉决定应该表示一下关心，她手里握紧笤帚，身子蹲了下去，凑到了许慕辰面前看了看："你还好吧？"

"你别凑过来好吗？"许慕辰实在有些受不了，柳蓉蹲着身子在他前边，衣裳领口微微张开，露出了一片雪白的肌肤，还有……她那红色的肚兜。

"不凑过来我怎么看得出你哪里受伤了？"柳蓉从袖袋里摸出一块

帕子,很好心地凑到了许慕辰身边替他擦鼻子,"刚才是我不对,不该下手这样重,可谁叫你闯到我屋子里头来,还说那样奇奇怪怪的话。"

她的手一动,衣领更是开了些,那雪白的胸口离许慕辰又近了几分,他甚至能清楚地看到她肚兜最上边绣着一朵桃花,他不能再忍,鼻血几乎如箭,直直地喷了出来。

"咦,你这是怎么了?怎么流了这么多鼻血?"柳蓉赶紧一把抓住了许慕辰的脖子,"抬头看着屋顶,你就不会流血了。"小时候柳蓉也流过鼻血,师父总是让她仰脸看着天空,过一阵子鼻血就不会流了,这是个好法子,柳蓉赶紧用了起来,让许慕辰的脑袋枕着她的腿,眼睛看着屋顶上的横梁。

"你肚兜上是不是绣着桃花?"脑袋枕在柔软的大腿上,还能闻到幽幽的体香,许慕辰很享受,嘴里无意识说出了这句话来。

"登徒子,渣男!"柳蓉低头一看,这才注意到自己的衣领斜着开了些,不由得脸上变色,猛地站起身来,许慕辰又重重地摔回到了地上。

竟然在这时候来偷窥她的肚兜,真是变态!柳蓉扶着笤帚站在许慕辰身边,越看他越气,抬起腿来用力踩到了他的肚子上边:"你再敢偷看,我非得把你的肠子踩出来不可!"

脚尖用力,在许慕辰肚子上踩了几下,忽然脚背碰到了一样东西,柳蓉低头看了看,就见许慕辰那里似乎长出了一个什么东西,高高地耸起在那里,就像支起了一个小小的帐篷。

上回去救那位姑娘的时候,王三公子那里也是这般模样,渣男果然是一路货,柳蓉轻蔑地一笑,用脚碰了碰,有些硬。

"苏锦珍,你快停手!"许慕辰实在羞愧,自己竟然被祖母给算计了,那汤里不用说,就是加了那些特别的药,要不然他怎么会有这样的反应,见着苏锦珍都会有非分之想了?一只脚伸出来,在他那里磨磨蹭蹭地弄了个不停,让许慕辰更难受了,"苏锦珍,我叫你住手,你听到没有?"

"我哪有动手？我动的是脚，你没看到？"柳蓉嘻嘻一笑，见着许慕辰满脸通红，一副难受的模样心里就快活，她看过王三公子那丑陋模样，自然知道许慕辰那里究竟是什么东西。只是她现在准备装着什么都不知道，好好戏弄许慕辰一番，"你这里怎么就多了个东西？看着有些不对，是不是生病长出来的？要不要我喊人拿刀子来给割了？"

"你……"许慕辰怒目而视，可心里那团火怎么也压不下来，祖母灌了他这么几大碗汤，看起来自己今晚不会好过了。两腿之间的那团炙热越来越烫，让他有翻身起来将身上那个可恶的女人压倒的想法。

究竟要不要纵身跃起化作猛虎将她扑倒？许慕辰心中不住地在想着这个问题，眼睛望着自己头顶上方的柳蓉，越来越觉得她生得迷人，全身曲线毕现，仿佛在向他招手："你过来，你快过来！"

不能再忍！

许慕辰蓄势待发，正准备一跃而起，将柳蓉掀翻在地，自己恶狠狠地扑上去好好将她蹂躏一番，可身上轻了几分，那淡绿色的身影忽然朝门外奔去。

一个鱼跃，却没有抱到人，许慕辰呆呆地站在那里，望着不住晃动的房门，简直不敢相信自己的眼睛，这苏锦珍是自己肚子里的蛔虫？怎么就在他准备下手的时候跑了？

到嘴边的肉……飞了。

许慕辰站在那里，觉得全身燥热，只想抱住一个柔软的东西，拼命地揉碎，嵌入自己的身子。可这屋子里就他一个人，烛光寂寞地照着他的脸，冷冷清清的一片。

门外有冷风灌进来，许慕辰全身一抖，几分热度又退了。

不行，他怎么能被那些乌七八糟的药毁了清名，自己洁身自好十九年，哪里能对不喜欢的女人下手？许慕辰一只手掐住自己的虎口，将一口真气沉下丹田，慢慢地坐下来，闭目凝神，两只手放在膝盖处，长长地吐出一口气。

他要用吐纳之法将体内存的那些药逼出来，否则，他不知道今晚该怎么过。

他与苏锦珍可是约定好了的，彼此不能侵犯，若他把持不住，霸王强上弓，自己一世英名可就全毁了—说好的井水不犯河水呢？说好的洁身自好呢？毁去一个并不是自己真心喜欢的女子的清白，这与禽兽何异！

"天方地圆，上有北斗，下有南极……"许慕辰心中默念秘籍上的口诀，用尽全身力量将那些喝进肚子里的汤逼出体内。

指尖渐渐有水滴渗出，滴落到膝盖上，那里很快有了黑黑的一块水迹，许慕辰心中大喜，这个法子还是行得通的，他奋力催动体内真气，就如有一只耗子到处在跑动，驱赶着原本已经进入体内的那些药随着汗水排了出来。

沙漏里的沙子慢慢地流了下来，盘坐在沙漏附近的许慕辰觉得自己越来越轻松，膝盖上的水迹也越来越多，蜿蜒而下，就像一条小河，他的身子不再有那种燥热的感觉，渐渐地恢复了常态，心情也慢慢放松下来。

忽然，一桶冷水从天而降。

"哗啦"一声，许慕辰被浇了个透心凉，头发粘成一绺一绺的，眼睛完全被蒙住了，怎么也睁不开。

"这是怎么回事！"许慕辰伸手抹抹眼睛，正准备睁开眼睛看看究竟是哪个不长眼的用冷水浇他，可还没等他睁眼，又一桶水浇了下来，来势比上边那一桶更凶猛。

"快快快，再不给你们大公子浇冷水，他那病就没救了。"柳蓉指挥着几个婆子拎着桶子往许慕辰身上倒水，一边说得体贴，"夫君，你这病非得拿冷水泼才能治好，你且忍忍，忍过这一阵子就好了。"

婆子们在旁边听着柳蓉这贴心贴意，温柔可人的话，一个个感动得抹眼泪，少夫人对自家大公子可真是好，这般无微不至地照顾着他，娶妻若此,夫复何求!

大公子风流放诞,不仅在京城街头招蜂引蝶惹得一群姑娘大嫂跟着他乱跑,还有断袖之癖,可是少夫人不仅对他不离不弃,还想出各种法子来给大公子治病,这份贤惠,放在大周都是数一数二的,谁家的夫人能比得上呢!

但愿大公子能迷途知返,早些收了心,能与少夫人恩恩爱爱过日子,否则就连她们都要看不下去了—大公子都不与少夫人同房,夜夜睡在前边那一进屋子,谁知道他在那里到底做了什么勾当!

许慕辰被几桶水浇得全身打战,他刚刚用内力逼出那些汤汁出来,正是最虚弱的时候,不料当头几桶水,浇得他跟落汤鸡一般。

"苏锦珍,你究竟在做什么!"许慕辰撑着地站了起来,咬牙切齿地望着柳蓉。

"夫君……"柳蓉用衣袖擦了擦眼睛,喜极而泣,"你的病就好了?"

"你才有病!"许慕辰气得快要发疯,"我哪里有病了?你都在瞎折腾什么?"

"哎呀呀,大公子,你可不能忌医啊!有病不要紧,要紧的是要快些治!"几个婆子赶紧拦住柳蓉,脸上仿佛写满了忠心耿耿四个字,"大公子现在病得不轻,及时治病才是正理儿!怎么能来打骂少夫人呢?"

打骂少夫人?他可是一个手指头都没挨到那女人身上!许慕辰看着躲在婆子们身后,一脸委屈模样的柳蓉,恨恨地瞪了她一眼,甩着手走了出去,身后留下一地水。

"少夫人,大公子的病会好吗?"几个婆子忧心忡忡地望着许慕辰的背影,个个唉声叹气,"大公子小时候可没这么多毛病,人一大,就什么毛病都来了。"

"什么?两人昨晚还是分房而睡的?"许老夫人眉头皱起,脸色很不好看。

那包药粉可是管事从京城生意最好的青楼里买过来的,不会没效,要是那青楼敢糊弄镇国将军府,以后它还想要开门做生意?

"听大公子院子里的人说……"那婆子吞吞吐吐,"两人好像还打了一架哪。"

许老夫人更是愁容满脸,这能不打架吗?孙媳妇没过门就遇着一个郑三小姐想上门做贵妾,成亲那日京城一群大姑娘小媳妇跟着花轿哭哭啼啼喊"许侍郎",刚刚成亲没多久就抓到许慕辰与下属偷腥……还是个男的。

分房而眠了那么久,自己弄了些药给许慕辰吃了都没用,还是各顾各的,长久这般下去,只怕孙媳妇会提出和离,那镇国将军府就成了京城的笑料了。

"老夫人,老奴觉得这事儿还有转弯的余地。"来报信的婆子想了又想,最终决定为自己的主子出个主意,"大公子与少夫人两人不和,该是两人没有相互了解,若是能给些时间让他们互相发现对方的好处,那自然便会和谐。"

许老夫人眼前一亮:"你说得不错。"

唉!当年将辰儿送进宫做伴读真不是个好主意,或许就是那时候养成的恶疾—现在皇上也不是没有选妃立皇后吗?指不定两人……许老夫人打了个哆嗦,不行,不行,自己可非得将辰儿这个毛病矫正过来才是。

孙媳妇乃是名门闺秀,生得一副好模样,最要紧的是脾气性格好,即便辰儿闹成这样,她都没说要和离出府,这份修养也算是好的了。许老夫人暗自叹气,辰儿要惜福呀,无论是郑三小姐还是那下属,都不该去想了。

要治好辰儿这病,少不得给两人的时间才是,许老夫人想了想,自己还得带着孙媳妇去皇宫亲自替许慕辰告假才行,否则许慕辰不一定会自己提出要求,皇上指不定也会舍不得放手。想着自己的孙儿沦为皇上眼中的明珠,许老夫人打了个哆嗦,大义凛然地站了起来,不行不行,为了辰儿的终身幸福,自己拼了。

柳蓉听着许老夫人说要带她去皇宫,惊奇地瞪大了眼睛:"去皇宫?"

许老夫人有些不好意思,望着柳蓉尴尬地笑:"是,去皇宫,我想带着你去觐见太后娘娘,顺便为辰儿告个假,让皇上准他一两个月不用上朝……"

"一两个月不上朝?"柳蓉有些疑惑,"皇上准吗?他的俸禄会照发吗?"

许老夫人暗自叹气,孙媳妇千好万好,就是有些小气,镇国将军府还会少了那点俸禄银子不成?一个月几十石禄米,塞牙缝都不够。

"珍儿,这俸禄银子你就不用管了,皇上若是准假,我给你一万两银子,你伴着辰儿到外头好好走走,散散心,你们两人也可以相互熟悉、彼此了解……"许老夫人笑得和蔼可亲,一万两银子能让孙子改了恶习,不知有多划算。

听说许老夫人给她一万两银子,柳蓉眼睛放光,犹如天边一抹闪电,将堂屋都照亮了三分:"祖母,我们快些走吧,这就进宫见太后娘娘去。"

刚好还没见过皇宫长啥样,今日去瞧瞧,若是那里防守没有传闻里的严密,那以后自己就能去皇宫里溜达溜达,想来皇宫里的金银财宝应有尽有,自己随便拿几样,肯定不会被人发现。柳蓉美滋滋地站起来,撒娇似的扶住了许老夫人的胳膊:"祖母,留心脚下,珍儿扶着你。"

许老夫人感慨连连,多好的孙媳妇呀,辰儿若是与她待在一处久了,定然能发现她的好。

皇宫比柳蓉想象里的小,宫里的卫士也比柳蓉想象里的少,柳蓉跟着小内侍往前走,眼睛不住地瞟皇宫内院。朱红色的长廊蜿蜒曲折,碧色琉璃瓦映着阳光闪闪发亮,御花园里的花朵争奇斗艳,来来往往的宫娥们身上穿的衣裳五彩缤纷。

这些都不是重点,柳蓉关注的是那些手执金戈的羽林子。

从后宫门口到慈宁宫,她一共经过了五个院子,每个院子只有在拐弯的路口才见着全身金甲的卫士,那些羽林子瞧着似乎也不是什么好手,一个个嬉皮笑脸的,不时斜歪着眼往她身上看过来。

传言果然不可信,柳蓉暗自下定了决心,过几日就夜探皇宫,看看能捞着什么宝贝,说不定那花瓶就藏在皇宫里头呢。

陈太后一副慈目善目的模样了,见着柳蓉有些同情,这苏国公府的大小姐也是命苦,竟然嫁了那样一个人。想着皇上与许慕辰两人"如胶似漆"的模样,陈太后就摸着胸口喊痛,自己怎么着也要成全了这苏大小姐,让她与那许侍郎做一对恩恩爱爱的夫妻。

给人方便就是给自己方便,陈太后笑得和蔼可亲:"快些去请了皇上过来,就说哀家有事找他。"

许明伦正在昭文殿上批阅奏折,旁边不远处站着许慕辰。

"慕辰,你怎么眼圈发黑,气色不好,是不是昨晚去作孽了?"许明伦批完一沓奏折,心情轻松,笑着看了看许慕辰,才一日不见,他的这位发小怎么便憔悴了几分,眼圈子黑黑,似乎被烟熏火燎过一般,一张脸白里透青,去扮地府的小鬼都不用搽粉。

"多谢皇上关心微臣。"许慕辰压着心中的一口气,对自家娘子的怨气怎么能当着发小皇上说?依照许明伦那德行,肯定又会拍桌打椅狂笑不止。他闷闷不乐地瞧了许明伦一眼,"皇上,你脸上的痘印好似又深了。"

许明伦闻言迅速伸手拦住了半边脸,恨恨道:"朕还年轻,所以长痘,许慕辰,你可是长痘的机会都没有了。"

旁边那小内侍尖声细气插嘴,讨好地替皇上反击:"许侍郎成亲了,那便是有家室的人啦,如何能像皇上一般……年轻有朝气?"

提到"家室"两个字,许慕辰登时没了声息,他的霉运从许明伦赐婚那一日便开始了,刚刚赐婚没多久,便在宁王府别院出了个洋相,让不少京城贵女大饱眼福。再后来……许慕辰嘴角抽了抽,事情越来越走了偏,若不是苏锦珍土生土长在京城,他还真有些怀疑是不是皇上赐下来的这个媳妇就是那跟他对着干的女飞贼。

那日在宁王府,他假装潇潇洒洒毫不在意,憋着一口气回了镇国将军府以后,仔细查看了那件可怜的衣裳,湖州新出的抽纱绉绸,他仔细看过以后,发现除了三根带子被割断,腋下也被划了两道长长的口子,难怪被湖边的大风一吹就会从自己身上飞走了。

那小丫头,肯定就是女飞贼。

许慕辰不得不承认,那女飞贼的身手真好,自己要抓住她,可能还要大费周章,从最近的事情来看,自己可是一点便宜也没占到。

正在咬牙切齿地想着,外边来了个慈宁宫的掌事姑姑,笑得格外甜蜜,脸上开出了一朵花儿来似的:"皇上,太后娘娘有要事相请。"

许明伦算得上是个孝子,听说太后娘娘相请,未敢多做耽搁,交代了许慕辰一句:"慕辰,你且在这里等着,我去去就来。"

掌事姑姑望了望许慕辰,小心翼翼道:"不如许侍郎也一道去慈宁宫吧,尊夫人跟着镇国将军府老夫人来觐见太后娘娘了。"

"慕辰,同去同去。"许明伦赶紧吆喝着许慕辰一道走,他对苏国公府的大小姐颇有些抱歉,本来还想给她一桩美满姻缘,可万万没想到发小许慕辰坚决不配合,这大事小事一桩一桩地弄了出来,让他有些措手不及。

虽然知道许慕辰不是那不靠谱的人,只是现儿京城的大街小巷里头都传遍了许侍郎的风流韵事,苏大小姐心里头肯定会不舒服。许明伦一边走一边唧叨:"慕辰,不管怎么样你也与她已经成亲了,别再倔强,该柔和的地方便柔和些。"

许慕辰摸了摸脑袋,心中叹气,发小皇上是不知道自己过的是什么日子!应该柔和一些的是那苏锦珍吧?想想昨晚她拿着笤帚狠命地敲打着自己的模样,许慕辰就全身不自在起来:"皇上,是你要我故意装成这德

065

行去骗那人信任的,现在又叫我改……"

"偷偷地对她好就是了!"许明伦哈哈一笑,支吾了过去,"你们两人关起门来甜甜蜜蜜的,外边有谁会知道?"

"反正皇上的意思就是让我继续顶着那风流浪子的名声了?"许慕辰垮着一张脸,暗自嘀咕,发小该是故意的,肯定是在嫉妒他的才干,这才变着法子将他的名声给毁了。

交友不慎就是这结果,许慕辰默默擦了一把辛酸泪。

第四章 告假

陈太后和颜悦色地坐在那里，望着柳蓉笑得慈祥："许少夫人，你两年前进宫觐见过哀家，当时可没现在这精神，见了哀家还有些缩手缩脚，不敢多说话。"

柳蓉忽然想到了苏锦珍的身份，赶忙将手中掂着的一块糕点放回了盘中，挺直了背，脸上笑容淡淡："那时候第一次见着太后娘娘真容，凤姿绝世，震惊不已，自然不敢多说话。熟悉了以后发现太后娘娘原是这般平易近人，于是便松懈了些。"

"许少夫人可真是会说话。"陈太后呵呵地笑着，心中得意，"喜欢吃这糕点就多吃些，哀家赐你一碟子，带回府去尝尝。"

心中对柳蓉存着些小愧疚，陈太后绞尽脑汁想弥补她一二，见她一口气吃了三块鹅油玉带酥，觉得她该是喜欢吃这个，赶紧命宫娥让御膳房去现做一坛子过来，封好口子好让柳蓉带回镇国将军府去。

许老夫人的脸颊抽了抽，孙媳妇实在也不像话了，怎么能在太后娘娘面前这般大口大口地吃东西呢？好像镇国将军府亏待了她一样。正准备开口说话，就听着主殿门口传来爽朗的笑声："母后这里有什么好东西，竟然让许侍郎的夫人这般胃口大开？"

柳蓉抬眼一望，就见门口站了一个穿明黄色衣裳的年轻男子，长得还算俊，只是被他身后那个人一衬，马上就变得平凡了些，更何况他脸上还长着几颗小小的痘子，其中有一颗红亮亮，里边似乎有东西要破土而出。

"吾皇万岁万岁万万岁。"柳蓉赶紧跟着许老夫人行大礼，心中感叹，这人比人气死人，也不过是个年纪轻轻的毛头小伙子，可就是连许老夫人都会要给他下跪行礼呢。

许明伦笑着看了一眼柳蓉，他方才在外边听了几句才进来，没想到这位苏国公府的大小姐竟然在慈宁宫放开肚皮吃鹅油玉带酥，倒也是真性情，不像旁的那些贵女，遇着好吃些的东西还故意要装出目不斜视的样子来。

"皇上，今日许老夫人进宫，是想请你准许许侍郎两个月的假。"陈太后掂量了下，还是开口了，瞧皇上与这许侍郎焦不离孟孟不离焦的样子，她心中也是着急，怎么着也得将他们两人掰开才行！

"替许侍郎告假？"许明伦愣了愣，"许老夫人，这好端端的，何事告假？"

许老夫人见着许慕辰跟着许明伦走进来，一股怨气慢慢地涌上心来，皇上可真是厉害，走到哪里都带着自家辰儿，看起来都是他将自己的乖孙带坏了！早就听说宫里那些内侍因着不能人事，故此捣鼓出一些奇奇怪怪的事情来，指不定那些不男不女的人在皇上耳朵边多熏了几句，皇上就……

可纵使许老夫人向人借了一千个胆子，也是不敢来埋怨皇上的，她只能小心翼翼地赔笑道："皇上，我家辰儿的身子似乎没有以前好，面黄肌瘦，精神不济，臣妇特地进宫想向皇上替他告几日假，让他媳妇陪着到外边走走，延请名医替他诊脉看看。"

"许爱卿，你这身子就垮了？"许明伦斜眼看了看许慕辰，脸上带了一丝耐人寻味的笑容，"你这才成亲一个月啊。"

柳蓉听了这话满不是滋味，皇上的意思难道是将责任都归咎到她身上来了?不行,自己可不能背黑锅!她站了起来,满脸不赞同:"皇上,请恕我多言,许侍郎晚上可没在我屋子里头过夜。"

一屋子人的脸顷刻间便变了颜色,众人望向许慕辰,什么表情都没有。

许明伦强忍着笑,对许慕辰点了点头:"许爱卿,你这新婚妻子怨气很大。"

许老夫人趁热打铁:"他们俩彼此不熟悉,还请皇上多拨些时间给辰儿与珍儿,臣妇不想见着这世间多一对怨偶。"

陈太后更是觉得心有不安:"皇上,让许侍郎歇息一两个月,也不是什么大不了的事情。"

这事情似乎在朝许老夫人计划里的那样发展,许明伦被陈太后双目灼灼盯着,只能点头:"既然如此,朕便准了许爱卿的假,这两个月里,你带着新婚妻子到处走走,也好彼此了解,不再互相猜疑。"

陈太后拿着眼睛觑着许明伦,心中暗自猜度自家儿子说的是不是真心话,瞧着模样好像有些难舍难分哪。许老夫人却没管这么多,高高兴兴地叩谢隆恩,拉了柳蓉就要出宫。

走到慈宁宫主殿门口,柳蓉鼓起勇气回头道:"皇上,我知道一个法子,能治你脸上的这些痘印。"

皇上让她顷刻间便赚到了一万两银子,投桃报李,自然要感谢一番才是。

许明伦的脸瞬间就红了,鼻子一侧的那颗痘子忽然又红又亮。

许慕辰心情大好,真恨不能拍桌打椅狂笑一番,许明伦心中最大的痛处就是脸上的这些痘痘,太医给他开了不少药方子,也吃过不少药,可就是没用。素日里君臣两人互相攻击,他便是拿着痘子来说许明伦的,现在却被自己那挂名的新婚妻子指着痘子说了出来,许慕辰忽然觉得很是痛快,看着柳蓉也觉得顺眼多了。

"皇上,有了痘子不要紧,将痘子去了便是,你可不能忌医。"柳蓉见许明伦有些尴尬，赶紧出言安抚，"痘子去了以后，皇上便更英俊了，皇后娘娘也会更喜欢了。"

"朕……没有皇后。"许明伦呻吟了一句，在他准备继续说话之前，许老夫人已经伸手扯住了柳蓉，抬腿就往外走，这孙媳妇胆子贼肥，竟然敢对皇上脸上的痘子指指点点的，不要命了不成。

"没有皇后？皇上，你可不能自暴自弃，"柳蓉眨巴着眼睛，挣扎着站住身子，"有痘子不是你的错，可你不去治就是你的错了。"

许明伦几乎要泪流满面，他真心不是因为这个原因才不娶皇后的！他那时候看惯了后宫的倾轧，讨厌那些心机重重的女子，这才不愿意广选秀女的！其实只要他肯点头，不管他脸上有没有痘子，不知道会有多少女子愿意进宫来呢！

许慕辰忍着笑，望向柳蓉，这苏国公府的大小姐还真是有些意思，天底下敢这样与皇上说话的，除了自己，只怕就轮得上她了。

陈太后木然地坐在那里，脑子里还转不过弯来，这位秀气清丽的许少夫人，怎么一眨眼便成了无厘头的傻大姐？没见皇上的痘子都闪闪发亮了么，还在拿着他的痘子说话！若不是出于对于许少夫人的一份内疚，陈太后几乎就想喊着掌事姑姑将柳蓉赶出慈宁宫去。

柳蓉蹬蹬蹬地走到了许明伦面前，一脸诚恳："皇上，我真有良药，你要不要？"

终南山对面那个道士，潜心研究各种药物，其中就有一种叫雪肤凝脂膏的，咳咳，那是他为了讨好师父送过来的，那种膏药搽了，人的肌肤就如雪般光亮柔和，莫说是痘子，便是连一个小斑点都没有。

对面道观里有几个小道士，脸上也是长了皇上这种痘痘，她偷偷从师父那里拿了半瓶给他们用着，不出一个月，这脸上就光溜溜了。

"你真有良药？"见着柳蓉竟然无视这屋里低沉的气氛，还跑到面前来与他说话，许明伦简直要被柳蓉的勇气折服了，他摸了摸鼻子上的那颗痘痘，用力擦了擦，那里有些刺痛的感觉，"保证能消？"

"我保证。"柳蓉点了点头，"这药十分金贵，我现儿也只有大半瓶，不好意思收你一整瓶的银子，就收一百两吧。"

慈宁宫里的人都倒吸了一口凉气，好东西不该是供奉给皇上用的？竟然还要收银子？而且是她自己用过了剩下的东西，还要收银子！这苏国公府的大小姐，是掉、进、钱、眼、里、了、吧？

柳蓉浅浅一笑，内心独白："不对不对，我从来就没从钱眼里钻出来过。"

许明伦咬牙切齿，点了点头："好吧，还请许少夫人将那瓶神奇的膏药送进宫来，朕让慕辰将一百两银子给你带回府去。"

"皇上，我送膏药进来的时候，你就把银子给我，谁知道他拿了银子会不会贪了放到自己腰包里。"柳蓉很不满意地望了许慕辰一眼，此人乃小人，不可信，不可信！

见许慕辰脸色忽然就转黑，许明伦心中大喜，刚刚失了面子的感觉不翼而飞，他喜气洋洋点头道："好好好，你送了膏药进宫，朕给你两百两银子！"

"多谢皇上！"柳蓉甜甜地冲许明伦笑了笑，"皇上果然是旷世仁君，这般关爱民众体贴入微，真让人佩服感动、涕泪交零……"

高帽子一顶顶地抛了过去，许明伦头晕身子轻，几乎要飘了起来，一双眼睛望向柳蓉，只觉这位许少夫人生得格外好看，乃是世上少有的绝色。

第五章 出门游玩

许侍郎比原来更出名了。

原来许侍郎因为他的俊美而出名，现在的许侍郎，出名是因为他的好色。京城里的人一提到许侍郎，个个摇头："没想到瞧着好好的一个人，竟然也做出那般龌龊的勾当。"

许慕辰开的两间铺子瞬间门可罗雀，每日里头只有那个胖胖的朱圆圆姑娘一片痴心地过来，与伙计们闲谈的话不外乎是如此："若我变成一个男的，只怕许侍郎会更喜欢我。"

伙计差点吐了出来，自家大公子有喜欢过她吗？

瓜果店与鲜花店是开不下去了，只能改了个行当，专卖胭脂水粉，一家卖姑娘大嫂们用的，一家门口写着的牌子是……呃……男子专用。

许侍郎这招牌很好使，虽然没人送花送瓜果了，可究竟觊觎他的人还是会趋之若鹜地来捧场，两家铺子生意很好，看得旁边几家铺子的掌柜个个眼红："呸呸呸，不过是仗着镇国将军府的势！只不过也猖狂不了多久，皇上都看不过眼了！"

因着许侍郎这般恣意妄为，他愈发成了京城风口浪尖的人物，就连他的发小都忍无可忍，觉得他这般胡作为非有损大周官员名声，下旨将他侍郎一职革去,让他在家里反省两个月,以观后效。

"皇上这般做似乎有些欠妥。"宁王摸着胡须望了望侍立在一旁的老者,"他这不是在给自己添麻烦?"

许明伦登基才大半年,根基未稳,该是要笼络着那些世家大族为他效命。镇国将军府乃是把持着大周的军备设施,许慕辰是镇国将军的长孙,就这般将他的职位给夺了去,镇国将军府岂能没有怨言?

镇国将军府绝不会是因着许慕辰以后没俸禄领了,主要是面子上过不去。

说起来,镇国将军也算得上是宗亲,当初镇国将军的先祖是太祖的堂弟,与太祖一道打下这大周的江山,虽然这么多代传了下来,这王爷的封号是没了,可依旧还是大权在握,西北与西南各部兵力全由镇国将军把持着,七八十万人都要听他的指挥。

许慕辰素有才名,众人皆赞镇国将军府家的长公子文才武略兼备,乃是人中龙凤,可随着年纪渐长,人却也混账起来,最近一两年,京城里关于许慕辰的传言,全是不好听的了,明面上说什么风流倜傥,可其实不是暗地里指着说他招蜂引蝶?

上回宁王在别院开了荷花宴,这位许侍郎就看中了郑三小姐,竟然不顾脸面地脱了衣裳勾引她,宁王正琢磨着想个法子将那郑三小姐送进镇国将军府,也好将那许侍郎给笼络住,可没想过了阵日子,许侍郎的口味就变了,与他的下属在薛家园子废弃的绣楼里颠鸾倒凤……口味转得可真快,让人目不暇接。

"呵呵,王爷,皇上这般做,可不正合了你的心意?"那老者谄媚地笑了起来,"皇上最近整治贪腐,京中官员已有怨言,现儿又大刀阔斧地将一批重臣给裁了……日后他这皇位可不一定坐得稳哪!"

宁王摸了摸胡须,心情大好:"去打探下,看看许慕辰现儿正在做甚?本王也该小恩小惠地笼络着他,毕竟镇国将军府的势力不可小觑!"

"王爷真乃高瞻远瞩！"那老者点了点头，"我这就派人去打听打听。"

风光一时的许侍郎，现儿却垂头丧气，销声匿迹了。

京城的大街上再没见他雄姿英发的身影，问来问去，方才打听到他被镇国将军府扫地出门，带着新婚妻子到处游山玩水去了。听人说，是许老夫人亲自拿笤帚赶着出去的，还指着他痛骂了一顿："你媳妇儿若是不说喜欢你，可就别回来！"

许老夫人也是横下了心，自己孙子生得这般俊，只要甜言蜜语地哄着些，孙媳妇还能不贴着身子过去？指不定两个月回来以后，孙媳妇就已经有了身孕了呢！

一想到自己要抱曾孙了，许老夫人赶紧在菩萨前边多添了一炷香："大慈大悲的观世音菩萨，保佑这两个冤家顺顺利利的，早生贵子啊！"

按着名字来说，观世音菩萨该能听到世间一切乞求的声音，可毕竟她只有一双耳朵，加上莲花宝座前的金童玉女，也就三个人，怎么能听得尽这世间的声音，故此她总是选择性地听一些，不听一些。

镇国将军府乃是钟鸣鼎食的大家，难道还有什么烦恼？观世音菩萨可是眼睛都不会往这边瞄一下的，许老夫人的乞求完全被遮挡在她的听闻之外。

许慕辰与柳蓉，自然就不会顺顺利利。

"许慕辰，咱们来说说今后该怎么办。"柳蓉趴在马车的小窗上头，伸着脖子往骑马走在马车一侧的许慕辰看了过去，"哎哎哎，你别垂头丧气的，虽说皇上贬了你的职，可这也是实事求是，你也没必要这么耷拉着脸。"

许慕辰朝柳蓉瞥了一眼："闭嘴。"

被祖母扫地出门，他心情实在不快，最重要的是，还要带着这个累赘到外边游山玩水，这可真是一件苦差事！马车里不时传来嘻嘻哈哈的声音，那是柳蓉跟她两个贴身丫鬟在说笑—她们笑得欢快，可许慕辰却觉得烦躁。

若不是要陪着她"游山玩水",他早就扬鞭打马跑没影了,哪里还像现在只能守着这马车一步一步地往前挪。

往前挪倒也罢了,马车里传来的声音,就像几百只麻雀在耳边叽叽喳喳地叫唤,而且现在索性撩开帘子来和他说话,大概是想将他同化,也变成麻雀里的一只。

"许慕辰,我可是想和你说说真心话。"柳蓉毫不气馁,朝着许慕辰嘻嘻地笑,"我在想,我什么时候与你和离会比较好?"

"和离?"许慕辰惊讶地看了柳蓉一眼,实在不敢相信自己的耳朵,她怎么会想出这两个字来?和离对于一个女人伤害有多大,难道她不知道?可瞧着她那笑得如春花灿烂的脸孔,仿佛这"和离"是一件挺不错的事情。

"唉!就说你这人薄情寡义。"柳蓉摇了摇头,长叹了一声,许慕辰不是喜欢郑三小姐?当然要将这正妻的位置空出来给她才行。自己偷到了花瓶就回终南山去了,也不必占着这个地方不干活,还不如大发善心,将许少夫人这个名头扔给那郑三小姐,也好让他们有情人终成眷属。

许慕辰咬紧牙关没有说话,京城里的人都误会他喜欢郑三小姐,全是那女飞贼的功劳,扮成宁王府的小丫头捉弄了他,害得他忽然间就变成了与郑三小姐两情相悦的人。现在听着柳蓉旧事重提,他实在有些气愤,旁人家的妻子,知道自己夫君心目里有别的女人,一个个都是横眉怒目,恨不能将那女人千刀万剐,可这苏锦珍真是奇怪,好像迫不及待想要将那郑三小姐接进府来。

她是贤惠过头了吧?许慕辰看着柳蓉那笑得眉眼弯弯的脸,气呼呼道:"苏锦珍,你究竟打算做什么?"

"我要和离!"许慕辰终于肯重视她提出的问题了柳蓉心中实在高兴,一只手攥着软帘直摇晃,"你与我根本就是两个陌生人,却被捆绑到一起做夫妻,多尴尬啊!不如等过上一阵子,这赐婚的热乎劲过了,咱们就和离,你过你的,我过我的。"她嘿嘿一笑,"我可是很体贴的,现在就提出和离,只怕旁人都会闲言碎语,皇上也会过问,等过得一段时间,京城的人不再守着你转了,咱们再悄悄地和离了。"

许慕辰心动,却有些犹豫:"这样不好吧?毕竟是皇上的赐婚,我们镇国将军府也没有什么对不住你的地方……"

"怪我吗?"柳蓉白了他一眼,"你自己摸着良心说,对不对得住我!"

"……"许慕辰忽然发现,自己无话可说。

"许慕辰,就这样说定了,等我住到不想住的时候,那我便提出和离,你可不能阻拦我,快快地在契书上签了字,咱们以后就你走你的阳关道,我过我的独木桥!"柳蓉将软帘扯得呼呼响,嘴角浮现出一丝笑容,"许侍郎喜欢的人多,少我一个也没什么了不起的。"

等自己拿到了花瓶,自然就要回去了,柳蓉心中赞美自己,本姑娘就是一个不喜欢占人便宜的,能帮镇国将军府省点银子,就是一点银子,更何况自己还不知道会不会有意外的财宝砸过来,让她接到手软。

掰着手指头算,成亲第二日见长辈得了一万多两银子,还有二十多件珍贵的首饰,后来许老夫人答应给她一个月两千的零花,这次出来又给了她一万一银子来得太快,柳蓉都有些愧疚了。

许慕辰皱着眉头看了看靠着小窗的那个女子,一双眼睛瞪着天空,几根手指不住地在晃动,也不知道她在想什么高兴的事情,嘴角的笑容深深。

"难道做个和离的妇人比做许少夫人更快活?"许慕辰有些许气愤,受到了柳蓉一万点伤害,血槽已空。

京城里繁华无比,镇国将军府的马车从街头辘辘而过,差不多走了小半个时辰方才到了城门口。

守城的副将识得许慕辰,见他没精打采的骑马走在一辆马车旁边,赶紧上来行礼问好:"许侍郎……"忽然想到许慕辰已经被皇上下旨免了官职,又不知道该怎么称呼他,好半日才憋出一个"许大公子"。

柳蓉掀开门帘往外边张望,见着许慕辰脸色尴尬,嘻嘻一笑道:"夫君,不用这么垂头丧气的,等你将坏毛病都改好了,皇上肯定又要你回去做侍郎了。"

"许少夫人!"这副将也乖巧,听着柳蓉如是说,赶紧上来行了一礼,"许少夫人与许大公子要出城去?"

真是奇怪,这位许少夫人怎么一点都没有不开心的神色,仿佛许慕辰遭了贬斥是件大好事一般,脸上春风得意,笑得格外开心。若是换成旁家的夫人,只怕是坐立不安,只想着要好好打点打点,看看能不能快快官复原职,哪里还能笑得这样开怀?

不过转念一想,这许少夫人不是苏国公府的大小姐?想来许大公子当不当官,她都会觉得无所谓,苏国公府打发的嫁妆,够她一辈子吃穿不尽了。

"这位将军,你想不想立功?"柳蓉的眼睛眯了眯,有一支队伍朝着城门走了过来,一路的鞭炮响得震天,白色的招魂幡被风吹得左摇右摆。

"立功?"副将一愣,许慕辰也是一愣,他板着脸朝柳蓉道,"你又知道什么!莫要乱说了,咱们快些出城去,别耽误了这位将军检查过往行人。"

柳蓉朝他一撇嘴:"你不要看不起人,虽然说你是刑部侍郎,可我觉得你却一点破案的眼光都没有。"见许慕辰脸上变色,柳蓉摆了摆手,"啊,我记错了,你只是前任刑部侍郎,难怪皇上将你免职,果然他慧眼如炬。"

许慕辰气得七窍冒烟,这苏锦珍是老天派下来与他作对的不成?他气得转过头去,一眼便见着了那支快要走到城门面前的出殡队伍。

眼睛眯了眯,许慕辰感觉到有些不对,他仔细打量了下,脸上变了颜色。

"夫君,你可听说,京兆尹最近在捉一伙强盗?"柳蓉趴在马车窗户上,懒洋洋地说着话,"有一大户人家被打劫得一干二净,就连一块银子都没有给他们留，家中穷得第二日便发卖了下人，否则无米下锅……"

话还没说完，许慕辰手一挥："将军，速速将这伙人拿下！"

那副将有些莫名其妙，望了望许慕辰，又看了看柳蓉，实在不知道这两人在说什么，他朝那伙人看了看，低声道："许大公子，许少夫人，这是人家出殡，正是遭了悲伤事情，咱们怎么能贸然去捉拿呢？"

许慕辰翻身下马，大步朝那伙人走了过去："速速停住！"

为首的是个小娘子，浑身缟素，抱着一块灵位呜呜咽咽地哭得正伤心，听着许慕辰喝止队伍，抬起头来，眼波流转："这位公子，你为何要阻了奴家的路？奴家的夫君过世七日，现在正准备要将他送去坟地下葬，可不能耽误了时辰。"

副将带着人走了过来，见那小娘子哭得楚楚可怜，不由得心软了几分："许大公子，你就让开些，让这小娘子出城将她男人给下了葬，人家赶时辰哪。"

捧着灵位的小娘子朝那副将嫣然一笑："多谢将军通融。"

那笑容竟有说不出的风情万种，看得那副将脑袋晕晕乎乎的，拼命朝着那小娘子点头："你快些带着队伍出城，出殡的拦着城门口也不吉利。"

柳蓉趴在马车小窗冷笑了一声："这位将军真是没头脑，到手的军功就飞了。"

副将有些迷糊，回头看了柳蓉一眼，这边许慕辰飞身而起，踩着为首几个壮汉的肩膀一路飞了过去，白色云锦长袍的衣角飞了起来，就如一缕流云飞快地从空中掠过。

眨眼之间，他便已经到了那具棺椁上边，使出千斤坠的功夫来，那棺椁就如压了一块巨石般，慢慢地往下沉了去，几个抬棺椁的大汉都没有顶得住，膝盖发软打跪，忍不住就快要摔到地上。

"快快快，快护住棺椁！"那小娘子脸色一变，捧着灵位朝棺椁那边跑了过去，嘴里不干不净地骂了起来，那粗言滥语一句接一句，好像放水一样,旁边的人听了都脸上变色。

"哪里来的小兔崽子,竟然想动你爹的棺材!"那小娘子已经脱了方才那柔弱可怜的皮,一只手撑着腰,一只手拿着灵位朝许慕辰甩了过来,"老娘打不死你这小白脸,竟然敢来搅局!你是什么东西,王八羔子,也不知道是哪只野狗落下的种!"

柳蓉将手围在嘴巴边上,用力朝那小娘子大喊:"死到临头,你还能站在这里骂人,实在是厉害!等会将你捉到京兆府衙里去,你要是还有这般力气骂人,我算是佩服你。"

那小娘子闻言身子一僵,也顾不上去捡那灵位牌子,撩起衣裳就想跑,却露出了里边鲜红的一角裙裳。

"想跑?"许慕辰从棺椁上飘然而下,一把抓住了那小娘子的肩膀,那小娘子一拧身,想要躲过,可却没有躲得掉,被许慕辰抓得牢牢的。

"哎呀呀,色狼!真没见过这样得色狼!我男人还尸骨未寒,就想在大庭广众下抢良家女子!"那女子被许慕辰捉得牢牢的,脱不了身,扯开嗓子大喊了起来,那些抬棺椁的大汉没有一个过来帮她,赶紧抬着棺椁就往城门外边走。

"这位守城的将军,你要是还不知道上前去拦着,那也算是蠢得够可以的了。"柳蓉剥了一颗瓜子,叼着一点白色的肉,嘴里"呸"地一声吐出了一块瓜子壳来,"京兆府到处张贴告示寻找贼人,现在贼人就在眼皮底下却看不出?"

那副将终于反应了过来,赶紧指挥着手下去将那抬棺椁的大汉拦住,那四个人见着有军士过来拦截,几个人抽出棍子,凶神恶煞地朝军士扑了过来。

这边许慕辰轻而易举地制止住了那女子,将他交到一个看城门的军士手中,又飞身过来拦截那四个抬棺椁的大汉。这四人似乎都有些功夫,可许慕辰对付他们还是绰绰有余,才一盏茶的工夫,那群出殡的人都被捉住。

副将扶着棺材直喘气:"许大公子,这棺椁里头,难道不是死人?"

"肯定不是!是前些日子失窃的金银珠宝!"许慕辰指了指站在旁边的军士,"你们过来将棺椁打开!"

棺椁上边用粗钉子钉死,众人拿了各种工具,嗨哟嗨哟地弄了一阵,才将棺椁盖子给卸下来,只是不敢上前去看棺椁里边有什么。

许慕辰抽出腰间的佩剑,伸到棺椁里边,将上头盖着的棉被挑开,一道金光银光闪闪,将人的眼睛耀花。

"这……"副将目瞪口呆,"许大公子如何知道里边是金银珠宝?"

"废话少说,速速派人去通报京兆尹,就说那大户人家被打劫去的金银珠宝已经找到,贼人也悉数捕获。"许慕辰面无表情地看了那副将一眼,走到自己的坐骑前边,看了柳蓉一眼,脸色舒缓了几分,"我们走。"

柳蓉朝他笑了笑:"本来早该走了,你若是一开始便用点穴的法子将那女子制住,然后再去开棺椁,还不知道要节约多少时间。只不过我想,应该是你见着那女子生得美貌,舍不得下手,是不是?"

她的脸上似有灿灿光华,说话时眉飞色舞,眉眼生动,许慕辰本想发脾气,可瞧着她那张活泼可爱的脸孔,又默默地将那股火气压了下去。

"京城里的人都说许侍郎怜香惜玉,看来不假。"柳蓉靠着小窗叹了一口气,"幸得我还不在意,还不知道以后郑三小姐进了镇国将军府,该有多伤心。"

刚刚才有一点点的好感,此刻已经不翼而飞,许慕辰一张脸黑得像锅底:"你能不能不说话?不说话我不会把你当哑巴!"

柳蓉高高地挑起眉毛:"我不说话怎么行?方才可是我出言提醒,你才发现了盗贼。"

"你是怎么看出来的?"许慕辰忽然又来了兴趣,这苏国公府的大小姐,瞧着娇滴滴的一副小身板,可却蕴藏着那么强大力量,还能一眼就看出盗贼的行踪来，委实让他惊奇。

"怎么看出来的？"柳蓉嗤嗤一笑，"莫非我不去刑部任职就不知道盗贼有些什么手段不成？许慕辰，你看过苏无名破案没有？这伙盗贼可真是蠢，竟然效仿行事。"

许慕辰望了望柳蓉，心情复杂得很。

"许侍郎，许侍郎！"有人在背后高声喊叫，柳蓉从小窗上回过他去一看，却见几匹马飞奔着从后边赶了过来，一阵烟尘滚滚，铺天盖地。

这是来了多少人？这架势！柳蓉看了看许慕辰："来的人是谁？你认识吗？"

"宁王。"许慕辰回答得很简单，将马头拨转过去，朝宁王拱了拱手："王爷，莫非是准备去行猎？为何也出了京城？"

宁王一脸慈祥地笑："听说许侍郎被免职，我这心里头也是一惊，想来安慰安慰许侍郎，却听说你被许老夫人扫地出门了，听得本王实在心酸，特地赶来给许侍郎饯行。"

为了表达他的情真意切，宁王还实打实地举起袖子来擦了擦眼角，柳蓉眼尖，认真看了看，哪有半分流泪的痕迹，这样不敬业，必须给差评。

许慕辰受宠若惊："哪里当得宁王殿下来饯行？我与贱内……"他扭头看了看柳蓉，勉强压下心中不快，继续说了下去，"我与贱内只不过是出门游玩两个月，到时候还会回来的，没想却惊扰了殿下。"

"这京城没有许侍郎可怎么行呢？"宁王大肆夸赞了许慕辰一番，"刚刚我从城门那边过来，人人都在说许侍郎英勇，即便是出门游玩都顺手抓到了江洋大盗。像你这般人才，委实难得，也不知道皇上怎么想的，竟然将你免职。"

尽管许明伦与许慕辰是发小，再好的关系也经不住挑拨，这两个小崽子还嫩了些，自己可是老手，肯定能抓住他们的弱点，将他们从铁哥们儿变成仇人。宁王的嘴角浮现出了一丝笑容："许侍郎，你游山玩水肯定要花银子，本王特地为你准备了些盘缠，还请笑纳。"

听到盘缠两个字，柳蓉的耳朵竖了起来，她又要挣银子了？

京城可真是好地方，人傻钱多，才来这么两个月，自己就赚了不少。柳蓉眉开眼笑："多谢王爷好意。"

许慕辰恶狠狠地瞪了柳蓉一眼，刚刚才对她有所改观，觉得她还算是有些可取之处，没想到只要提到银子，她就马上变回那个庸俗贪婪的女人。

"王爷可没说要将银子给你，用不着你这般急急忙忙地来道谢。"许慕辰实在不爽，这苏锦珍怎么就跟小户人家里出来的一样，见着银子就走不动路，两只眼睛笑得眯在一处就像一只想讨好人的猫。

"哎呀呀，许侍郎，这话可说错了，银子当然是交给夫人掌管了，咱们男人眼睛只盯着钱袋子怎么行？"宁王看了一眼柳蓉，心中得意，都说娶妻当娶贤，许慕辰娶的夫人可真不怎么样，只不过对自己还是很有用处的，"快些将金子送到许少夫人手里去。"

柳蓉伸手接过那一盘金子，哗啦啦就倒在自己的裙裳兜兜里，将盘子递出来，把软帘放下："绫罗，快数数，有多少个金锭子？"

绫罗羞愧得几乎要掉眼泪，自家娴静大气的姑娘，被柳蓉毁得形象全无，出现在自己面前的简直是一个猥琐妇人，拿着金锭子一个个摸过去，不住掂量："一个该有十两重。"

苏国公府什么时候少过银子吗？绫罗实在想抓住柳蓉的手让她停下来，可她只是个贴身丫鬟，哪里能做出这僭越的事情来，只能出声提醒："少夫人，注意要雍容华贵。"

柳蓉扫了她一眼，见绫罗眼中满是不赞成的神色，忽然想到自己现在的身份，赶紧坐正了身子，掀开软帘，朝宁王仪态万方地笑了笑："多谢王爷赐金，等我们夫妇回到京城以后，再来登门拜访。"

要的就是这句话，宁王仰头笑了起来："哈哈哈，那本王便等着许侍郎夫妇登门了。"

瞧着宁王拨转马头飞奔着回去的背影，柳蓉吟出了一句诗："天苍苍，野茫茫，风吹草低见宁王……"

咦，好像还挺押韵。

许慕辰本来还板着脸，听到这句诗，不由得笑出了声："苏锦珍，你竟然也会作诗？"

"那是当然，我自幼饱读诗书，上知天文下知地理……"柳蓉夸赞起自己来毫不羞涩，脸不红心不跳—她确实是读了不少书，只不过那些书都是有关破案的，师父总是叮嘱她，要知此知彼，方能百战不殆，先要摸透那些人是怎么破案的，自己就能避开可能让自己暴露的那些地方。

旁边的绫罗听着柳蓉自夸，将头压得低低，不住腹诽，天呀，这个不知道从哪个乡村角落里钻出来的柳姑娘，吹牛都不用打草稿的。

"既然你饱读诗书，自然该明白不义之财如流水，看都不用看，更别说接到手里来。"许慕辰准备好好教育柳蓉一番，做人不能鼠目寸光，吃人嘴软拿人手短，现在接了宁王的银子，将来还不知道有什么麻烦。

"哎，许慕辰，我可是为了你才收银子的，你怎么倒打一耙不识好人心！"柳蓉的眉毛竖了起来，就如一只斗鸡，头上的冠子一片红，"许慕辰，皇上为什么免了你的职，你自己难道不知道原因？"

许慕辰斜眼看她："关你什么事情。"

"怎么不关我的事情？咱们是夫妻啊！"柳蓉笑得甜甜蜜蜜，许慕辰一口老血在喉咙里堵着半天吐不出来。别人成亲，那是春风得意夜夜笙歌，他成亲以后就没一天顺心过，腰也疼了，腿也酸了，就连脑筋都转不过弯了！

某人在以神情表示了无语以后，被冷落的柳蓉却继续自言自语："你以为我不知道皇上为什么会免了你的职？因为皇上在下一盘很大的棋！宁王就是他要剿灭的一块黑子！我现在接了宁王的金子，还不是让他误以为你准备投靠他那一方,才会将机密事宜透露于你?唉!许慕辰,我可是牺牲了自己的名声在帮你,你可不要不识好人心!"

许慕辰吓了一跳,转过头来望向柳蓉:"你是怎么知道的?还知道些什么?"

"我又不是猪脑子!"柳蓉伸手指了指自己的脑袋,"我可聪明着呐,在皇宫里见着皇上对你,可是恩宠无比……"她意味深长地溜了许慕辰一眼,"以他对你的那份小心思,怎么会舍得将你免职?肯定是另有企图!"

许慕辰决定这一路上不再和柳蓉说话。

他奉旨成亲娶回来的这个妻子,实在太让他摸不透了,说她愚笨,偏生又聪明伶俐得一眼能看出那伙盗贼将金银珠宝装到棺椁里,说她聪明,可到了关键时刻竟然暗指他与皇上许明伦有一腿!

她是听了京城传言,伤透了心?莫非……她这是吃醋了?

许慕辰骑在马上反反复复地想着这个问题,越想柳蓉最后那几句话越发觉得确实如此,想想自从与她被一张圣旨绑到一块以后,她就遭遇到各种打击,实在过得也不容易,许慕辰心里不由得生了一丝丝怜悯,特别是当她心中有了自己,与郑三小姐与皇上争风吃醋的时候,她该多么伤心!

想来想去,许慕辰还是将刚刚的决定推翻,一张俊脸上满是温柔神色:"苏锦珍,你是不是喜欢上我,在与皇上吃醋?"

柳蓉趴在马车的窗户上头,不住地呕吐起来,好半天才直起身子来:"许慕辰,你能不能先去照照镜子?"

这实在是一个忧伤的故事。

许慕辰摸了摸自己的脸孔,他可是京城八美之首,但某人竟然让他去照镜子……这句话究竟是什么意思?难道自己还生得不够英俊潇洒吗?

他可是帅到没有朋友的许侍郎!

柳蓉接过绫罗递上来的帕子抹了抹嘴角:"许慕辰,别忘记了,我还才与你提出和离这事情,要是我喜欢你,怎么会避之不及想离开你?"

孔子说得真没错,唯女人与小子难养也!许慕辰铁青了一张脸,扬鞭打马跑得飞快,才那么一阵子就不见了踪影。

"少夫人,大公子跑得都看不见了!"绫罗与锦缎两人探头望了望茫茫前路,有些想哭。

跟着大公子出来游山玩水,好像还有些保障,跟着少夫人……两人相互看了一眼,那可真是叫怎么一个惨字了得!

"你放心,他还会回来的。"柳蓉气定神闲,一只手把玩着金锭子,笑得格外轻松自在。

今日出来之前,她从许慕辰身边擦身而过,就已经将他荷包剪掉,就连贴着中衣放着的两张银票,也被她摸了出来。现在许慕辰是一个彻底的穷光蛋,一个铜板都没有。

没有金银傍身,许慕辰以为他能靠一张帅脸走遍天下?做梦。

马车在一个小小的木头屋子面前停了下来,屋子外边有一根竹竿,挑着一面布做的帘子,上边写着几个黑色大字:山间饭庄。

"到了这个点,也该吃饭了,车夫,停车,咱们就到这里吃午饭。"柳蓉笑眯眯地从马车上跨了下来,"店家,你铺子里头有什么好吃好喝的,快些都给我拿出来。"

乡间小店,每日不过是几个邻居打猎回来将野味凑着煮了吃,大家一起出钱打壶小酒热了,一边慢慢唠嗑一边有滋有味地喝酒,根本没想到能遇到贵人。

饭庄的老板见着那辆马车,眼睛就直了—竟然是两匹马拉着的马车!那该有多大的家当!寻常人家谁养得起马?这位夫人竟然还用两匹马来拉车,真是太、太、太阔了!

老板赶紧搓了手迎出来:"这位夫人,本店的下饭菜都是自己打的野味,也不知道夫人能不能吃得惯?"

柳蓉听到"野味"两个字,耳朵"嗖"地竖了起来,多久没尝过山间野味了!她吧嗒吧嗒嘴:"昨日打了什么,拿来瞧瞧。"

在厨房里走了出来,柳蓉已经点好了菜,烤獐子是主菜,另外有一只山鸡也被宰杀,老板很客气,另外配送了两样美味,一盘油炸竹虫,还有一盘炸蝉。

端着竹虫与炸蝉出来的时候,老板笑得眉眼都挤到了一堆:"这竹虫是我儿子刚刚在后山挖的,现在快入秋,蝉也少了,粘了好一阵子,才得了这少半盘,夫人别嫌少,先将就吃着,等獐子烤好了,再用主菜。"

柳蓉伸出筷子,笑眯眯地夹起一个竹虫往嘴里扔,嘎巴嘎巴嚼了两下:"老板,你炒菜功夫到家!这竹虫炸得不老不嫩,火候刚刚好,咬到嘴里脆生生的,那肉还细嫩。"

"咕咚"一声,锦缎倒到了桌子边上,柳蓉奇怪地望看了看绫罗:"她这是怎么了?"

"晕车,该是晕车。"绫罗用手压着胸口,半天才挤出来两个字,柳蓉同情地瞥了锦缎一眼,伸手夹了一个竹虫到绫罗碗里,体贴地说:"快些尝尝这个,很好吃的。"

绫罗也倒了下去。

"这是怎么了?一看见美味的东西,一个个都倒了?"柳蓉斜眼看了看那个从外边走进来的人,"许慕辰,你果然回来了。"

许慕辰垂头丧气地站在门口,拿不定主意是进去还是出去,柳蓉这种料事如神的口吻让他实在有些挂不住,可是身上没银子是硬伤,许慕辰决定还是不用顾及面子了,反正柳蓉现在还是他的媳妇,一家人嘛,呵呵,小打小闹没什么的,都是内部矛盾嘛。

"你竟然吃这个?"许慕辰决定顾左右而言他,抓起筷子指了指竹虫。

"怎么了?你难道不敢吃?"柳蓉一挑眉毛,瞅了瞅他,许慕辰现在看起来很饿的样子,似乎什么都能吃得下……柳蓉一把将炸蝉拢在怀里,许慕辰也毫不客气,一屁股坐下来,将竹虫盘子用筷子挪了过来:"不要这样小气吧?我祖母可是给了你一万两银子,你难道不该照顾好我沿途的衣食住行?"

唔,好像有些道理,柳蓉将那盘炸蝉让了出来:"好吧,我请你吃饭,给你一只炸蝉尝尝。"

"多谢你,尝尝这竹虫吧……"许慕辰瞧着那竹虫,心中还是有些反胃,赶紧夹了一只给柳蓉,"我刚刚看你吃得挺香的。"

柳蓉第一次与许慕辰和谐相处,两人用筷子很默契地夹着竹虫、炸蝉,你一只我一只,你一只我一只,分配均匀……只是……都在往对方盘子里头放。老板在外边卖力烤獐子,偶尔回头看看屋子里头,憨憨地笑:"两位感情真好,连吃东西都这般恩爱。"

许慕辰闻言一僵,将筷子放下,柳蓉笑得面若春花:"老板好眼力。"

话音未落,外边来了几匹马,马上几个人翻身下来,粗嗓门一吆喝:"老板,快些来点能填肚子的。"见着门口烤着的獐子,众人眉开眼笑:"不错不错,没想到这荒山野岭里还会有獐子吃。"

"客官,这是里边那两位要的,你们……先看看别的。"老板见着来人满脸横肉,似乎有些不好惹的模样,战战兢兢,拿着獐子的手都在发抖。

"少跟老子说废话,这獐子我们要定了!"一个眉毛粗得像扫把的男人吼出了声音,一把刀子出鞘,桌子立即掉了一个角,"莫啰唆,快些把那獐子烤好端过来!"

老板腿一软,手中的獐子快没拿稳,身子靠着墙壁,一脸惊骇地望着那把大刀。

来如电奔如剑,"呼"的一声响动,一支……竹筷朝那大刀飞了过去,店老板嘴唇直打哆嗦,里边坐着的那个爷,生得怪俊,可脾气也大,还自不量力,竟然拿筷子打人,看起来今日小命不保,店老板默默地闭上了眼睛,不敢再往许慕辰那边看。

"嗷嗷嗷",果然,惨叫声连连!

店老板手中的獐子这次终于掉到了火里,一阵"刺啦刺啦"响,瞬间就有烧焦的味道。

"你还不把獐子拣出来,准备要我们吃焦炭?"

这声音,貌似比较温柔,店老板慌忙将獐子从火里拎出来,睁眼一看,那位生得俊的小爷一点都没事,正板着脸看他手里那只獐子,而那少夫人正笑眯眯地对他说:"老板,烧焦的地方须得剔掉,否则这獐子就没法吃了。"

"哦哦哦,"老板连声应着,眼睛偷偷看了一眼刚刚来的那几个汉子,有一个姿势怪异地站在那里,另外几个已经飞奔着出去,好像后边有鬼在追他们一样,才一眨眼的工夫,就不见了身影。

这公子,身手竟然如此不凡!店老板仰慕之心犹如长江之水滔滔不绝,手脚麻利地将獐子收拾好端着送到了桌子上边,奉送温柔笑脸崇拜目光:"公子的武功实在太好了!"

柳蓉叹气:"老板,你别夸他,这次夸了他,下回就不一定有这么高的水准了。"

老板没听懂柳蓉话中的意思,可还是很卖力地将许慕辰赞扬了一番:"这位公子真是人中龙凤,如此淡定,又不畏强人,绝非凡人!"

姿势怪异地站在一旁的人忍不住开口了:"喂,你是哪条道上的?难道没听说过我们崆峒五鬼?竟然敢出手伤人!"

崆峒五鬼?柳蓉皱了皱眉,这五个人都是道上有名的,不至于被许慕辰一手点穴的功夫就给吓跑了吧?崆峒五鬼下山,究竟有什么大事?这事情真是疑云重重,得好好问问。

"这位大叔,我家夫君可没出手伤人,你不要乱说!"柳蓉笑得风轻云淡,"你不是说你们叫什么崆峒五鬼?哪里是人啊?应该是出手伤乌龟!"

"什么乌龟不乌龟的,是五鬼,鬼魅的鬼!"那人显得很气愤,胸口起伏,扑哧扑哧的,好像一颗心都要被气得破胸而出。

"那也不是人啊,是鬼啊!"柳蓉继续逗他,眉眼生动。

苏锦珍这模样似乎还挺有意思的,夹了一块獐子肉往嘴里送的许慕辰,忽然觉得自己有些心动。

不对劲啊,十分不对劲啊!许慕辰狠狠地咬了一口獐子肉,只觉得那肉很粗糙,怎么咬都咬不烂—自己是怎么了?才出了京城,沿途没见着几个姑娘就觉得母猪赛貂蝉?

只是,这苏国公府的大小姐真不是母猪。

有谁见过长得这般纤秀清丽的母猪吗?许慕辰决定放下成见,以最正常的审美眼光来看柳蓉—人家至少是气质美女一枚吗!

气质美女正在审问那只鬼,说出的话就像倒水一般,哗啦啦地泼了一大盆,那只鬼显然不是对手,已经口吐白沫翻白眼,要不是穴道被点住了,只怕这时候已经手脚瘫软趴在地上起不来了。

"我、我、我是冒充的……"那只鬼终于熬不住了,吐露了实情,"飞云庄的卢庄主广撒英雄帖,遍邀天下群雄去归云庄参加鉴宝会,我们崆峒派也得了一份请柬……"

那只鬼啰里啰唆地说了一堆,大致意思是有个姓卢的(听起来武功是大大的了不得),得了些好宝贝,准备拿出来嘚瑟嘚瑟,广发英雄帖,让大家都去他那庄子欣赏宝物,顺便把自己最近搜罗到的宝贝都带过去,比个高下。

崆峒五鬼不屑跟那卢振飞打交道,又不好拂了他的面子,想来想去,选派了五名弟子代替他们去飞云庄走一趟。弟子们知道有免费旅游的机会,踊跃报名,最终五个最得师父喜欢的被派了出来,几人商量了下,觉得先去京城这边看看繁华热闹再往飞云庄去:"反正是公款出游,不玩白不玩。"

没想到还没到京城,在这荒山野岭就遇着了练家子的。

"原来是这样。"柳蓉一伸手,"请帖拿来。"

一听到宝物两个字,柳蓉就满眼放光,肯定少不了好东西!更别说那只花瓶有可能也会在这鉴宝会上露面!

看着柳蓉那水汪汪的大眼睛瞬间变成了绿澄澄的狼眼,那只鬼打了个哆嗦:"请帖在我包袱里。"见柳蓉将五张帖子都拿了,他哀求着,"能不能给我也留一张?"

"你这样的身手,还好意思去鉴宝会?赶紧回崆峒山多练几年再说。"柳蓉拿着请帖拍了拍那只鬼的肩膀,无限同情,"你师父也太不对你的生命负责了,少说也得让你练五十年才能出来行走江湖,否则出师未捷身先死,长使英雄泪满襟啊!"

五十年……那只鬼顷刻间觉得人生毫无意义。

"你好意思说他?"许慕辰终于逮了个讥笑柳蓉的机会,"你未必身手比他要强?"

"我又为何要身手比他强?我不是还有你吗?大丈夫不能保护自己的妻子,有何面目苟活于世?"柳蓉拿着请帖走了回来,语重心长,"许慕辰,你当然要保证我的安全要不然那个名满京城的许侍郎岂不是浪得虚名?"

飞云庄号称天下第一庄,口气虽然大,确也不得不承认这是事实。

卢振飞的高祖父很厉害,当时被推举为武林盟主,他利用自己的身份与高超的武功,各种巧取豪夺,终于将这飞云庄建成了今日的模样。

俗话说虎父无犬子,可这话到了卢家,却有些不对。

卢家本来是武学世家,在江湖上是响当当的角色,可这武功传到下一代,却慢慢地没有原来厉害。其实,到了卢振飞的祖父这一辈,飞云庄卢家的功夫还算是有名气,在江湖上数得着,可卢振飞的祖母却印证了那句话—慈母多败儿。

舍不得让孩子夏练三伏冬练三九,一见着夫君拿着板子抽儿子就抱着夫君的胳膊号啕大哭:"你打我,打我!"

卢振飞的祖母乃江南第一美人,卢振飞的祖父将她捧在手心里,什么都依着她,见妻子那花容惨淡的模样,一条胳膊早就软了三分,哪里还下得手去打板子?就这样,卢振飞的父亲的武学造诣不过尔尔,到了卢振飞,更是一代不如一代。

虽然卢振飞武功不行,可飞云庄却依旧还是天下第一庄,为何?只因一个字:壕!

要问过往招待哪家强?乘船江南找飞云庄。

卢振飞最喜欢收集天下珍宝,每年他都要得意扬扬地召开鉴宝会,请大家来观赏他这一年里搜罗到的宝物,顺便自费出资,请各路英雄吃好喝好玩好,到江南欣赏下风景,打发得两手不空地回去。

第一年开鉴宝会,江湖豪杰觉得新鲜,盛况空前,年年这般开下去,各路英雄们也疲乏了,见着卢庄主派人送来的英雄帖,脑门子发痛,有些还痛哭流涕:"我不想再吃归云庄的盐水鸭啊,啊啊啊……"

归云庄的特产:盐水鸭、白斩鸡,还有桂花酒。

试想那些英雄豪杰们背着一麻袋鸡鸭,一边挂着一坛桂花酒,成群结队地从归云庄涌出来的场景——实在酸爽!

因此,当鉴宝会开到第二十五次的时候,去飞云庄参加这"武林盛大宴会"的人,基本上是英雄豪杰们的徒子徒孙了,而且大部分是还没出门见过世面的,师祖师父们很仁慈地赏他们一个机会:"好好到外边玩一圈,不用带太多银子,飞云庄会打发你回师门的盘缠。"

白吃白喝的,不去好像愧对卢庄主的一份深情厚谊。

卢振飞兴致勃勃地开着鉴宝会,一年又一年,却浑然不觉那些来参加鉴宝会的英雄们个个呈现逆生长趋势,去年长白山老人竟然变成了一个年仅八岁的小娃子,卢振飞还笑眯眯地恭贺他:"老爷子的返老还童术练成了,可喜可贺!"

正在推杯换盏的"江湖豪杰"们手一晃,酒洒了一桌子。

卢庄主……好像眼神有些不大好使啊!

今年,这鉴宝会又要开了,飞云庄又热闹了起来,卢振飞笑眯眯地望着桌子上头放着的一堆拜帖,开心得直揪胡须:"今年好像人比往年多。"

"天下英雄都仰慕庄主的名声,自然人就多了。"站在一旁的家仆说谎话眼睛都不眨,一脸的膜拜神色。

"呵呵呵,我们飞云庄,乃天下第一庄嘛!"卢振飞笑得十分开心。

站在一旁的下人们跟着开心地笑,只是暗中腹诽,要不是祖辈打下了坚实基础,飞云庄有看不到边的良田山岭,还有数之不尽用之不竭的金银珠宝,又幸得庄主夫人还算是理财有方,只怕这天下第一庄的名头就要落到旁家去了。

今年卢振飞得了不少宝贝,字画古玩玉器,足足有十六七样,已经摆在那间鉴宝的大厅里,专供各路英雄豪杰前来鉴赏。

一条船顺着河水往飞云庄这边过来,船上站着一个俊眉星目的年轻人,正在欣赏着沿途的风景。忽然从船舱里走出一个年轻女子,身后跟着两个丫鬟,她凑到年轻男子面前,脸上露出了甜甜的笑容:"夫君,你就带我一起去飞云庄瞧瞧吧。"

"我说过了,那是个危险的地方,你到扬州城里找间客栈住着,等着我回来。"许慕辰皱眉看了看柳蓉,这女人想跟着他去飞云庄?万一出了什么事情怎么好?他怎么向苏国公府交代?

"夫君,你这般体恤我?"柳蓉眉飞色舞,眼中"含情脉脉","没想到夫君竟然是这般有情有义之人。"她伸手摸了摸自己的脸,一副陶醉的神色,"想来是我花容月貌,夫君对我越来越倾心。"

许慕辰默默转过脸去,憋住自己想要呕吐的感觉,这苏锦珍……实在是脸皮厚,厚得比京城的城墙还厚。

"客官,已经到飞云庄啦,你从这边下了码头,往前边一直走,约莫十里路左右,就能见着飞云庄的院墙了。"船老大让船工停下桨来,"是不是将夫人送到扬州城去？"

许慕辰点了点头："有劳了。"

柳蓉笑眯眯地朝他挥手作别："夫君，我在扬州等你。"

许慕辰没有答话，双脚一点甲板，身子如箭一般飞离了船舷，船老大吓得眼睛都瞪圆了："客官，船还没靠岸！"这人真是鲁莽，要是掉进河里该怎么办？少不得自己要下船去救他。

船老大的担心并没有变成现实，才一眨眼的工夫，许慕辰已经到了岸边，回头朝柳蓉喊了一嗓子："去福来客栈安心住着！"

回答他的是一首小曲："故人西辞黄鹤楼，烟花三月下扬州……"

许慕辰瞪了柳蓉一眼，扭头就走，可那歌声却直直地灌进了他的耳朵，就如有人用柔软的手掌在抚摸着他的心田。

这苏锦珍的声音还真是好听，许慕辰奔跑如电，想要将那歌声甩到脑后，可无论他走到哪里，那抹柔软甜美的声音总是如影相随，仿佛柳蓉就跟在他身后。

这是怎么了？自己莫非真喜欢上那个可恶的苏锦珍了？许慕辰怔了怔，心里忽然就一阵发毛，不会吧？自己这样完美，怎么会喜欢上那一身都是毛病的苏锦珍？她除了家世能跟自己配得上，还有什么地方配得上自己？

可……为什么自己总是想起她？许慕辰咬了咬牙，狠狠地拧了自己的胳膊一下："不要胡思乱想，你不过是这一路上没有旁人，只能跟她打交道，自然做什么事情就会想起她来，等回到京城自然就会好了。"

他吸了一口气，双眼正视前方，现在要好好考虑的是，怎么样才能从飞云庄里摸出一些有用的信息来。

暗卫飞鸽传书告诉了他，宁王也派人来参加飞云庄的鉴宝会了，只怕里边有些什么名堂。许慕辰不敢小觑，让暗卫向许明伦奏请，调出一批武艺高强的暗卫赶赴飞云庄，与他一道来彻查此事。

宁王有野心，这不仅仅是他的直觉。

来参加飞云庄鉴宝会的都是江湖上的好手,宁王这般急巴巴地派手下过来,肯定有他的目的。或许是想拉拢江湖人士,或许是另有别的企图,这都要到了飞云庄才知道了。

"少夫人怎么跟在家里做小姐的时候有些不同了。"锦缎忧心忡忡地望向了绫罗,低声细语,"以前她端庄温婉,现在怎么就这样疯疯癫癫了?好不容易嫁进了镇国将军府,可偏偏吵着要与大公子和离,这也真是奇怪,脑袋被驴踢了?她和离回苏国公府,未必还能找到像大公子这般俊美的人才?"

"绫罗,你真是笨。"柳蓉跷着二郎腿躺在那里,拿着一把扇子扇着风,"你难道愿意让你们家小姐一辈子在外头流浪?"

绫罗瞪大了眼睛,激动得很,脸像被煮熟的虾子:"莫非……我们家小姐还能回来?"

"那是当然!我与许慕辰和离,你们家小姐回了苏国公府,她一个和离妇人,还能嫁给什么好人家不成?那个姓王的今年秋闱中了个举人,也算是有一点点身份地位,就算考不上进士,去吏部报个名,等着到京城各府衙里补缺,也算是一脚踏进了官府的大门。"

绫罗恍然大悟地叫了起来,一把抱住柳蓉:"柳姑娘,我知道你的意思了!你是说要王公子来向我们家小姐求婚,她已是和离之身,苏国公府自然也没那么挑,肯定会愿意将小姐嫁给他!"

"聪明!"柳蓉用手指头弹了下绫罗的脑门,"放开我,我要下船去了。"

"下船?柳姑娘你去哪里?"绫罗莫名其妙地望着柳蓉,"难道你不去扬州了?"

柳蓉一把拎起早就准备好的小包袱,嘿嘿一笑:"听说飞云庄里有不少宝物,我当然要去开开眼界,你与锦缎到扬州的福来客栈等我回来就是。"见着绫罗一脸愁容,柳蓉咬咬牙,从荷包里拿出一个银锭子来,"我知道你是担心没银子用,先拿着这个。"

她可是出了名的小气鬼,让她拿出十两银子来,那可是不容易的事情啊!

"不是这个意思……"绫罗刚刚分辩一句,柳蓉已经将银锭子塞到她的手里,飞快地朝后舱走了去。

第六章 祸水东引

一个老婆婆步履蹒跚出现在飞云庄的门口,走路巍巍颤颤,手里拿着一张大红请帖。

庄子门口站着迎客的家丁喜极而泣:"老前辈,您慢些走,慢些走!"

今年来赴鉴宝会的人,普遍要比去年年轻几岁,这样下去,再过几年,只怕来飞云庄的全是一些流着鼻涕的奶娃子了好不容易见着一位老前辈,家丁们欢喜得眼泪都要流出来了。

不容易哪,这么老的前辈竟然还赏脸过来,这可是庄主大人的福气!

两个家丁小心翼翼地搀扶着老前辈往里边走,一路上殷勤招呼,生怕怠慢了她:"老前辈,看着些脚下,我们飞云庄的布局可是按五行八卦排出来的,有些地方会有机关。"

老婆婆抬眼看了下,呵呵一笑,声音低哑难听:"不用你们说,我也看出来了,前边这个门,是按照阴阳来布置的,左为阴右为阳,前边的路也是按照阴阳交错布置下来的,要是走错了,这人可得吃亏!"

正走到门口的许慕辰脚下一滞,这老婆子说的阴阳是啥意思?那他到底该往哪边走?

师父们教是教了些五行之术,可都只是粗浅的皮毛,他也没有细细去研究这个，站在门口，许慕辰有些犯愁，早知道这飞云庄竟然是按五行八卦布局，他好歹也要在家里多看看这方面的书，提前做些准备。

那老婆婆瘪嘴呵呵一笑："年轻人，往右为阳……"

许慕辰闻言心中一喜，看起来老婆婆是在指导他往哪边走呢，他迈步就往右边走了过去，才踏到石块上，脚底下的青砖就往地底下沉，许慕辰大吃了一惊，纵身跃起，青砖下沉速度很快，但比不上他跃起的速度，就如一道闪电，从地下旋转而出，往院墙上飘了过去。

老婆婆怪笑道："上边也有机关！"

才一抬头，就见两棵树之间有一张大网撒了下来，将许慕辰罩住，猛地收紧了口子，许慕辰就像一条鱼被捞出了水面，挂在了树上。

"你为何骗我？"许慕辰悲愤地看着那老婆婆慢慢地走到树下，实在有些想不通，自己跟这老婆婆无冤无仇，她怎么会故意指错路让自己掉进陷阱？

老婆婆摇了摇头："年轻人，你也太着急了些，我的话没说完，你脚就已经踏出去了！我本来想告诉你，往右为阳，而道家讲求阴阳调和，你乃是阳气旺盛之人，自然只能往左边阴门这边走，而且一定只能出右脚为先，可你连听完老婆子说话的耐心都没有，就这样鲁莽行事，被吊到树上也是难免的了。"

飞云庄的家丁赶忙上前，将许慕辰从树上放了下来，连声道歉："少侠，真是对不住，给你带路的人去了哪里？怎么竟然放着你一个人在庄子里行走？"

许慕辰哑巴吃黄连，有苦说不出，他已经到了好一阵子，为了能尽快熟悉环境，他又偷偷地从自己屋子里摸了出来，才走到这院子门口，不想却着了道儿。

"我在屋子里闷得慌，想出来转转，没想迷了路。"许慕辰好半日才憋出一句话来。

"少侠,借看下你的请帖。"飞云庄的家丁警惕性蛮高,毕竟庄主大人喜欢搜罗奇珍异宝,肯定有不少混进来想顺手牵羊的,可得要仔细留心。

许慕辰讪讪地从怀里摸出了那大红烫金请帖,两个家丁看了一眼,满脸堆笑:"原来是崆峒派的少侠,失敬失敬!少侠,请跟我们来,这样就不会走错了。"

站在那里的老婆婆仰天长叹了一声:"崆峒山那五只鬼,教出来的徒弟越来越没本事了,怎么就连这五行之术都看不出来。"

许慕辰脸色僵硬,自己名满京城,没想到出了京城什么都不是,竟然被一个糟老太婆说教了一顿。两个家丁看着许慕辰满脸不自在,赶紧赔着笑脸:"金花婆婆,这个事情嘛,说不定是师父没教徒弟哪。"

"哎哎,这世上还真是有不负责任的师父。"老婆婆连连点头,"一看这个就知道,肯定是师父没教好,功夫不到家怎么就让他给跑出来了呢。"

"这……"两个家丁附和不下去了,只能打住话头,金花婆婆也说得上是武林前辈了,为何总是跟个后生小辈计较哪?就算不看在崆峒五鬼的面子上,也该看看人家帅哥颜值高的份上放他一马,没见帅哥脸都青了?

家丁们扶着老婆婆走进了客人住的院子,刚刚到门口,就闻到了一阵刺鼻的香味。

院子里边,站着两个女人,两个妖娆的女人,两个像蛇一般妖娆的女人。

两双眼睛火辣辣的朝许慕辰看了过来,脉脉含情。

许慕辰没有搭理她们,只是冷着脸从她们两人身边走了过去,没想到衣袖却被人抓住:"少侠,留下来陪我们姐妹俩说说话。"

胸前只有一层薄纱,雪白的酥胸高高耸起,呼之欲出,随着手臂的轻轻晃动,那几只球也不住摇来晃去—准确地说,是四只球,四只雪白的球,就像上元节吃的汤圆,饱满而细腻,充满了诱惑。

许慕辰白了两人一眼:"大姐,请放手。"

两人的脸色瞬间变得很难看,她们自以为芳华绝代,可没想到许慕辰一张口就是"大姐",由不得两人倍受打击。只不过两人很快又恢复了平静,一个挑着眉毛笑道:"少侠,请叫奴家小香。"

另外一个笑嘻嘻地凑了过来:"奴家名叫小袖。"

这话还没说完,两床毛毯从天而降,正好将那小香与小袖裹住,胸前风光被遮了个严严实实。两人转头一看,见着走廊下站着一个满脸皱纹的老婆婆,不由得又惊又气:"是不是你这老婆子做的手脚?"

"现在都入秋了,你们还穿得这样单薄怎么行,老婆子是为了你们好,免得感冒伤风!"老婆婆笑嘻嘻地说着话,心里却一直在腹诽,许慕辰你这个小白脸,真是吃遍天下无敌手啊,京城里大堆的人跟着你跑,到了这飞云庄,又有人贴着送了过来!

"死老婆子,我们就想穿成这样,关你什么事!"小香与小袖将两床毯子扔到了地上,娇滴滴地往许慕辰身边凑,"少侠,你说我们是该穿多些衣裳好,还是穿少些?"

许慕辰皱皱眉:"不穿最好。"

"啊!"小香与小袖惊呼了一声,两人头低低地垂了下去,脸色绯红,"少侠好讨厌,怎么能这样说我们姐妹俩呢!"

登徒子啊登徒子!那边老婆婆的牙齿都要咬碎,该死的许慕辰,竟然到外边勾三搭四,自己还没跟他和离呢,郑三小姐还在等着他去迎娶呢!竟然开口要那两个妖女不穿衣裳,他这是下了钩子,想要将两人钓起来不成?

"少侠……"见着许慕辰的脚往前边踏了一步,仿佛准备离开,小香上前一步拉住了他的衣袖,羞答答地问:"什么时候……不穿……最好呢?"

"今晚子时。"许慕辰忽然笑了起来,眼里开出朵朵桃花。

小香的脸孔更是红了一片,旁边小袖赶了过来,打蛇随棍上:"在哪里?是在少侠的房间里吗?"

"你们自己想。"许慕辰大步走开,心中愉悦。

暗卫送来的密报,宁王派出的人里就有两个女子,是不是这两个人,未可而知。

既然她们主动送上门来,自己当然不能拒绝,今晚可要好好抓住她们问个明白,看看能不能从她们嘴里掏出些有用的东西来。

许慕辰才走了几步,就听身后两声惊叫,转头脸一看,小香与小袖身上的衣裳已经掉落在地上,身上仅仅只有一个肚兜与一条桃红的中裤,中裤很短,仅仅到大腿根子那里,露出了雪白的两条腿。

这情形,好像跟某个场景很相像。

许慕辰忽然回想起来,那次在宁王府别院里,他的衣裳莫名其妙就飞了起来,自己几乎是半裸着身子被一群男男女女、老老少少看了个遍。

是她?许慕辰朝走廊下那个老婆婆看了过去,就见她气定神闲地站在那里,口里正在唠唠叨叨:"有伤风化哟,有伤风化!"

这样痛心疾首的表情,这样无辜的老眼神儿,不是她。

许慕辰心里暗暗摇了摇头,这个老婆子一看就是思想古板的卫道士,怎么会将两人的衣服卸下呢?看来这暗地里来了个高手,他全身打了个激灵—莫非那女飞贼也闻风而来了?

这也不是什么不可能的事情,那女飞贼专挑值钱的东西偷,飞云庄有不少价值连城的宝贝,她知道了这个消息,肯定会赶过来伺机下手。

许慕辰站在那里,看了看院子里来来往往的人,觉得每个人都像是那个女飞贼,又觉得哪个人都不像,一时之间惆怅了起来,真恨不能将他们全部捉住,一个个拷问清楚。

唉!看来这个许慕辰真是没救了,眼睛盯着来往的小媳妇大姑娘不放,双目灼灼,就跟那饿狼一样,站在不远处的老婆婆的手紧紧地捏住了走廊上的一个钉子头,手上用力,将那钉子拔了出去,又用力,将那钉子戳了进去。

真恨不能将这钉子变成银针扎小人,扎扎扎,扎死那个色鬼!

夜色深沉，四周一片宁静，这八月末的时节，江南这边却依旧有些热，桂花香里，有人搬了凳子坐在树下，一边摇着蒲扇，一边说着闲话。

柳蓉伏在屋顶上，一双眼睛往下边看了过去，院子里几个下人团团围着一张桌子，桌子上有一碟花生米，一盏黄酒，旁边还搁着一碟子小菜，不知道是什么，黑乎乎的一团。

"咱们庄主今年的宝贝，我瞧着都不是啥好宝贝，真是王小二过年，一年不如一年啊！"一个下人用筷子夹起一颗花生米往嘴里扔，嘎巴嘎巴地嚼着，"我真怕又像去年一样，牛尾巴是朝上边翘着的。"

去年卢庄主花重金购得一幅名家真迹《斗牛图》，当时在鉴宝会上也是轰动一时的—那个名家实在太有名了，就连皇宫里都挂着他的画呢！江湖豪杰们个个竖起大拇指夸赞卢庄主得了好宝贝，唯独那个八岁的小孩，被卢庄主当成长白山老人的那位，声音稚嫩："错了错了，这牛打架的时候，力气全在角上，牛尾巴是夹在后腿中间的，怎么会朝天上翘着？这个名家也实在太不会画了！"

此言一出，举座皆惊，个个都知道卢庄主该是被人骗了，可口里却还只能奉承着："想来那名家肯定是没看过牛打架，这样倒更是真迹了，人家都知道的事情，他怎么就偏偏弄错了呢？如是赝品，肯定不会出这样的纰漏。"

这话实在是巧妙，本来垂头丧气的卢庄主听了总算是高兴起来，捧着那幅画屁颠屁颠地跑到内室收藏起来："这是我飞云庄镇庄之宝啊！"

卢夫人实在没辙，暗地里叮嘱着下人们，以后好歹帮着庄主多看看，收些真货回来，免得飞云庄被人笑话。

今年收了十六件，卢庄主总是喜气洋洋地吹嘘，件件珍贵，可是没有人敢相信，就怕自己这位糊涂庄主又被人骗了。

"这次收的更入不了眼，"一个仆人叹气，"就连破盆儿罐儿的都收过来了。"

"什么？盆儿罐儿？"有人睁大了眼睛，"不会吧，我怎么听说是收了一个粉彩花瓶？"

趴在屋顶上的柳蓉几乎要跳了起来，花瓶……难道就是师父交代她去偷的花瓶？不是说在京城？怎么出现在了飞云庄？她趴在屋顶上边，又听了几句，没再听到有意思的话，等着几个下人脑袋举起杯子凑到一处，柳蓉从屋顶上几纵几跃，很快就消失在茫茫夜色里。

许慕辰独自坐在房间里，静静地等待着，屋角沙漏里的流沙缓缓流淌着，快到子时。

一阵极其细微的脚步声响起没有足够的内力修为之人是听不出来的，许慕辰剑眉一挑，那两名女子竟然真来了。

门口响起了啄剥之声："大侠，大侠！"

"门没关，自己进来吧。"许慕辰一抬眼眸，淡淡回应。

两条人影闪了进来，扭动着蛇一般的腰肢款款向他走了过来："少侠还没歇息，是在等我们姐妹两人吗？"

许慕辰嘴角勾起一个笑容："你们猜？"

小香一屁股坐到了许慕辰的左边，小袖也不甘落后，牢牢占据着许慕辰的右边，将一张粉脸凑了过去，眼波流转："少侠，今日咱们相聚在飞云庄，甚是有缘，不如咱们来做些有意思的事情？"

"什么事情有意思呢？"许慕辰的桃花眼一斜，那万朵桃花朝小袖飘啊飘地飞了过去，小袖只觉得头晕乎乎的，身子软了一半："少侠，咱们来说真心话，若是谁说了假话，就该受到惩罚，怎么样？"

"惩罚？怎么罚？"

"当然是脱衣裳喽！"小香已经开始做示范，将自己外边披着的薄纱解了下来，露出洁白的肩膀，身子扭动了下，将那最丰足的地方露了出来，"少侠，你看这样可不可以？"

屋顶上方忽然掉落了几滴水，小香抓起薄纱擦了下那亮晶晶的东西，抬头望上看了看,只见屋顶上头有一丝缝隙,皎洁的明月光从那条缝里透了过来,正淡淡地照在自己的薄纱上。她娇笑一声:"都说飞云庄是天下第一庄,竟然让少侠住这么破的屋子。"

柳蓉趴在屋顶上方,看着里边两个女人媚态毕现,心中无比愤怒,许慕辰你难道不能将这两个不要脸的打出去?

只不过……按他那德行,肯定甘之如饴吧?柳蓉的牙齿咬得嘎巴嘎巴响,瞧着他笑得满脸春风,真是如鱼得水啊!

自己怎么能指望一个登徒子能义正词严的推开两只送上门来的货?柳蓉摇头叹气,一双眼睛从那瓦片的缝隙里看了过去。

屋子里边现在真是春意绵绵,许慕辰正在与小香和小袖猜拳:"五魁首啊,六六六!"小香出拳错了,不胜娇羞地望着许慕辰,"少侠,你问吧,想问什么就问什么,小香一定毫无保留!"

"你们根本不是我江湖中人,来这飞云庄有何意图?"许慕辰抓住小香的一只手,暗地里准备运气,只要她不肯说真话,自己便要使出分筋错骨的功夫来,让她尝尝要生不得要死不能的滋味。

柳蓉手中紧紧扣着一只鸡的腿骨,蓄势待发,只要许慕辰不规矩,她的独门暗器就会将他的狗爪子打断!

"哈哈哈,少侠可真是厉害,一眼就看出我与小袖妹妹不是江湖中人了。"小香眼波流转,无比妩媚,"少侠,我们是替一位德高望重的人来飞云庄招纳贤才的。"

宁王?许慕辰马上想到了那张皮笑肉不笑的脸孔:"是谁?说得仔细些!"

小袖柔软的身子趴了过来,嘴里吐出了一口热气,吹在许慕辰的耳朵上:"少侠,是谁你就不必追问了,我们姐妹两人见你英武胜过常人,一心想结交于你,举荐给那位德高望重的长者,不知少侠愿不愿意?"

一阵香风扑鼻,许慕辰马上闭气,他吃过女飞贼的亏,对于任何香味都保持高度警惕，眼前一花，一个洁白的胴体就倒了下来，小袖竟然直扑扑地倒入他的怀里。此时外边响起了一阵敲锣声："走水了，走水了！"

脚步声骤然响起，房门"哗啦"一声被推开，隔壁房间里住着的中年侠士冲了进来："少侠，快些起来，走水了！"

他站住脚步，嘴巴张得老大，似乎能塞进一个鸡蛋："少、少、少侠，你艳福不浅哪！"

一个娇艳如花的女子正与许慕辰双手紧扣，还有一个扑倒在他怀中，这场景真是香艳无比，令人遐想。中年侠士恨恨地吐了一口唾沫，娘的，长得帅就是好，妞儿爱俏，趁着月黑风高跑过来扑倒小鲜肉，他这中年大叔就没有人要了。

自己也不是抠脚大汉形象啊，想当年还是江湖有名的一根帅草哪！中年侠士嫉妒哀怨地看了许慕辰一眼："少侠，你们……继续……"

转过身去，却见屋子外边站了一大群人，一双双眼睛都落在床上坐着的三个人身上，眼珠子都快掉到了地上，脸上却是不屑的神色。

许慕辰有几分尴尬，将小袖推开，撒手站了起来："各位，她们姐妹两人说晚上做了噩梦睡不着，特地过来找我聊天。"

"噩梦？是春梦吧？"众人异口同声，附上鄙夷目光。

许慕辰无奈，不多做解释，大步往屋子外边："不是说走水了？咱们去瞧瞧！"

月明星稀，乌蓝的夜空上数点冷清的星子，没见到有烟火气息，更别说那红色的火焰。走水？哪里走水了？众人在院子里转了一圈，也没见着半个火星。

一个下人急急忙忙跑了过来："各位，各位，我家庄主说有个失心疯闯到飞云庄来了，拿了铜锣乱敲，惊扰了各位好梦，在这里给各位赔个不是！"

众人听了直摇头，飞云庄这戒备也太松了，怎么连个失心疯都能随便跑进来？只是也算万幸，要是真走水了，这一晚上大家都别想睡了。

小香与小袖站在院子门口，见着许慕辰往回走，笑着迎了过去："少侠……"

许慕辰没有搭理两人，目不斜视从她们两人身边走了过去，一个鸡皮鹤发的老婆婆佝偻着身子站在走廊上，朝许慕辰招了招手："少侠，你过来，老婆子有话要跟你说。"

"姐姐，他竟然跟着那个老婆子进了房间！"小袖的美眸瞪得老大，简直不敢相信自己的眼睛，"怎么可能？那老太婆难道比咱们姐妹俩要生得更美？"

"这年轻人真是了得，简直是万花丛中过，枯枝也不留！就连一个老婆子都被他迷住了！"院子里住着的其余人一个个对许慕辰表示了无比的怨念，"不就是仗着长了一张好脸孔？呸，那能当饭吃吗？"

白发苍苍的老婆婆此时看起来慈眉善目，一张嘴，露出稀疏的一排牙齿，中间还掉了一颗："少侠，牡丹花下死，做鬼也风流啊！"

许慕辰皱了皱眉头："老前辈，这是我的私事，就不用你多管闲事了。"

"老婆子不过是好心劝慰你一番，少侠又何必如此介怀？"柳蓉心中咬牙切齿，这许慕辰可真是不见棺材不掉泪，沉溺女色坏了大事的人还少吗？他来飞云庄，想必是有自己的小算盘，可他这样拈花惹草，真的好吗？

"少侠，昔日商纣王宠爱妲己，天下大乱，周幽王宠褒姒，烽火戏诸侯，更有那西施的美人计……"柳蓉口若悬河，滔滔不绝地说教了起来，只听得许慕辰头大如斗："多谢老前辈一番好意，我还没到那地步。"

"不要不把老婆子的话不当一回事。"柳蓉见着许慕辰执迷不悟，暗自叹了一口气，自作孽不可活，自己也只能帮他到这分上了，她伸手从怀里摸出一张纸来，"少侠，我想这个对你应该有帮助。"

图纸上边密密麻麻的标着飞云庄的各处机关，看得许慕辰心中一喜，朝柳蓉行礼："多谢老前辈好意。"

柳蓉咧着嘴巴笑了笑，牙齿有些漏风："少侠，自己多去琢磨琢磨，这飞云庄的机关可是很多,你可得好好留意。"

许慕辰得意扬扬,没想到自己魅力不减,这年过七十的老妪也来讨好自己。回想着当年在京城的时候,不少大嫂大婶追在他马后走,倒还没看见过老妇,这次来飞云庄,竟然还遇着这般大胆的老婆子。他伸手摸了摸自己的脸,莫非……看起来比原先沧桑了,就连这七旬老妇都看上了自己。

哼!明日再起来看看那些药粉的效果,柳蓉看着许慕辰那得意样子,冷笑了一声,她在图纸上抹了师父的独门药粉,无色无味,若是接触了,到脸上手上挠一挠,就会长出一个个红色的疙瘩来。

想着那英俊的许慕辰,明日起来就要顶着一脸闪亮的红疙瘩出场,柳蓉就无比舒服。

许慕辰刻苦钻研那张图纸,一直看到深夜,他还偷偷地去外头走了走,那老婆子果然没有骗他,一路畅通,没有掉到机关陷阱里边。许慕辰神清气爽地走了回来,看了一眼空中挂着的那轮明月,舒舒服服地伸个懒腰,一切顺利。

第二日一早,门外有娇滴滴的声音:"少侠,少侠,你起床了吗?"

许慕辰皱了皱眉头,又是那两个女人,怎么就这样阴魂不散?他大步走了过去,猛地将门打开:"你们怎么起得这么早?"

"啊啊啊……"回答他的,是两声尖锐高昂的惊呼声,"你是谁?怎么会住在少侠的屋子里边?"

许慕辰有些莫名其妙,这两人到底是怎么了?才一个晚上不到的工夫,就认不出他来了?他瞪了两人一眼:"你们怎么了?"

小香与小袖飞快地转过身去,逃之夭夭。

柳蓉笑眯眯地站在走廊上,许慕辰这模样,真能吓死人呢,幸亏自己早就有了心理准备,要不然真的会被他吓跑的。她同情的望了望小香与小袖逃跑的方向,有些愧疚,早知道将这两位美人吓成这样,自己就不要涂那么多药粉到图纸上了。

现在的许慕辰,一张脸孔肿得像个猪头,而且布满了红红的疙瘩,就连那张嘴巴都长了一串紫红的疙瘩,好像肿了起来一样。柳蓉伸手捂住了眼睛,许慕辰难道还吮手指不成,为何就连嘴巴都肿成这样了!

"少、少、少侠……"一群人准备去参加鉴宝会的人挨挨挤挤地走了过来,见着许慕辰的样子,个个都快说不出话来,就连昨晚还在嫉妒他的那位中年侠士,都起了怜悯之心:"少侠,你这是怎么了?莫非这脸被人亲肿了?"

唉!少年郎,不可太恣意,这个鬼样子,怎么见人哟。

许慕辰被弄得莫名其妙,这时柳蓉很及时、很好心地递上了一面镜子:"少侠,你自己瞧瞧,是不是昨晚中了那两位美女的招数?"

借刀杀人、指鹿为马、祸水东引,这些事情柳蓉都会做,而且做得十分纯熟。

昨晚?许慕辰的眉毛皱了起来,他敏感地想到小香倒进他怀里,一阵异香……果然自己是疏忽大意了!难道她们依旧识破了自己身份,想要加害于他?不对,不对,自己应该是宁王要网罗的人才,她们怎么会有这样的胆子?

"唉!少侠,你这模样还是待在屋子里吧,要卢庄主去给你请个大夫过来。"柳蓉从许慕辰手中将镜子拿了回来,口里喃喃自语,"我听说有些人沾不得脂粉,要是一沾着那些东西就会全身起疙瘩,或许少侠……"

她侧目而视,旁边看热闹的人心领神会,个个点头:"只怕是,有些是单对某一种气味敏感些,特别是……"众人眼中都露出了"你懂的"那种神色,哼!肯定是与两位美女颠鸾倒凤地乱来了一个晚上,还不知道用了些什么助兴的药粉呢。

一个飞云庄的家丁很及时地出现在门口,奋力挤了进来:"少侠你别担心,我已经禀报了庄主,他吩咐下人去请大夫了。"

许慕辰站在那里,怅怅然地看着众人在家丁的引领下往院子外边走

107

了出去,柳蓉从他身边走过,很好心地拍了拍他的肩膀:"少侠,先去歇息,你千万别逞强啊。"

随着她的话,脸上簌簌地掉下了一团白色脂粉,许慕辰实在无语,这老婆子七十来岁的人了,还涂脂抹粉,真是笑死人了。

柳蓉心中暗道,你懂什么,这是给你治病的解药!

与愚蠢的人是没法子沟通的,柳蓉决定放弃对许慕辰施以救援,赶着去看看卢庄主的宝物,她最想见到的是那个粉彩双轴瓷瓶,不知道与师父要自己弄过来的是不是一样。

飞云庄的聚贤堂正门大开,一眼就能见到里边有好些个博古架,上头摆着一件件卢庄主从外头搜集回来的宝贝,一群人正站在那些博古架面前指指点点,一副行家里手的模样。

柳蓉三步并做两步地走了进去,众人看得一阵眼睛发直:"金花婆婆好身手,年纪这般大了,依旧还如此矫健!"

这金花婆婆已经有十多年没出过江湖了,今年忽然又在飞云庄露面,让那些谣传她已经过世的人眼珠子都快掉了出来——没想到十四五年沉寂以后,还能见着金花婆婆重出江湖!看她那脚步,可不是一般人能比得上的!

谁都不敢惹武林里这大魔头,纷纷侧身,给柳蓉让出一条路来。

卢庄主高兴得直打哆嗦,今年竟然有金花婆婆赏脸——他高兴得忘记了自己根本就没有送请帖给金花婆婆这码子事情,只要金花婆婆肯过来,他就是八抬大轿派着出去接都是心甘情愿的啊!

"金花婆婆!"卢庄主一副受宠若惊的样子,毕恭毕敬:"婆婆是老江湖了,自然看得出那些东西的珍贵来,还请婆婆过来瞧瞧,看看卢某今年收集的珍品里,是否有几样看得入眼的?"

柳蓉笑眯眯地点头,声音嘶哑:"飞云庄乃是天下第一庄,卢庄主费尽心思收集来的东西,哪有不好的?"

卢庄主被柳蓉这句话捧得全身舒畅,几乎要飞上天去:"只不过是婆婆说得好罢了。"

他引着柳蓉将那十六件东西一一看了过来,首先是一幅画,柳蓉历来对于字画没什么研究,见着那画上红红绿绿的一团,差点脱口而出:好一块玫瑰千层凝露酥!

画纸上有红有绿,瞧着色彩斑斓,跟她在皇宫里用过的点心真是有几分相似。可柳蓉知道这肯定不是点心,笑着望了身边的卢庄主一眼,连连点头:"真是好宝贝!"

卢庄主眉飞色舞地指着那张画道:"婆婆当真是个行家!这幅画笔力十足,一勾一画都颇有匠心,丛山叠翠,层林尽染,说不出的一派秋意。"

柳蓉歪着头仔细看了看,被卢庄主一说,这画好像真画的是秋日山景,也能看出几分轮廓来,果然是隔行如隔山,她自小就没学过这些,还是有遗憾,只好闭着嘴巴不说话,就跟着卢庄主走走看看,一边点头赞好就是。

卢庄主见着柳蓉颇有兴趣,立刻高兴了起来,陪着柳蓉一一看了过去,一边看一边解说,不时地听听柳蓉的高见——哦,真是不错!太好了!这样珍贵的宝贝也给卢庄主弄到了手,实在难得!

没有人不喜欢听奉承话,卢庄主此时已经得到了极大的满足,能被江湖里的金花婆婆这般赞赏,这鉴宝会真没白开。

走到最后一件宝物面前,柳蓉的脚步停住了,她高声喝彩:"好宝贝!"

博古架上摆着一只花瓶,粉彩,双釉。

夜色苍茫,四周一片宁静。

在这寂静的夜里,忽然间却有了些响动,窸窸窣窣的,好像有小虫子在路上爬行。

柳蓉藏身在一棵大树上,见着两条黑影从那边院子里飞奔着过来,脚步声细得几乎让人听不到,从那身形来看,应该是两名女子。

没想到这两人除了胸大，还真会些武功，柳蓉瞧着两人小心翼翼地踩着白天走过的路往聚贤堂走了过来，微微点头，看起来，两人至少练过十几年武功，只不过她们两人下盘还不大稳，奔走时有些虚浮，瞧着就不是高手。

手指头拿着绳子转了转，柳蓉决定先到树上好好歇息着，让这两个人去打草惊蛇。

小香与小袖走到聚贤堂前边，停住了脚步，两人相互看了一眼，小香低声道："你可看清了这院子里的机关？"

小袖点了点头："我跟着那卢庄主将这院子都走了一遍，全部记下了。"

"好，你带路。"小香面有喜色，"若是咱们能将王爷要的花瓶拿到手，那可立了大功，比来拉几个人投靠去更合算。"

柳蓉耳力极好，将两人的窃窃私语听了个一清二楚，王爷？莫非是宁王？

她对京城里王公贵族的认知，只停留在苏国公府、镇国将军府和宁王这几巨头上，其余的小蚂蚱，早就被她自动删除。听着小香提到王爷，她的脑海里即刻闪过两个字：宁王。

宁王府还缺古董花瓶？柳蓉有些惊奇，早些日子他还骑着马追过来给许慕辰送金子哪！原来是打肿脸充胖子，柳蓉对宁王充满了同情，要在京城居住真是难啊，就连宁王这样的人都要暗地里支使手下去偷东西，跟她来抢生意了。

两条人影嗖嗖地往里边去了，柳蓉舒舒服服地往树枝上一靠，螳螂捕蝉黄雀在后，她就是那只勤快的小黄雀！

月光如水，一条身影长长，飞快地朝这边奔了过来。

那不是许慕辰吗？半夜三更不睡觉，跑到这边来做甚？柳蓉睁大了眼睛，仔细地看着他的一举一动——好像……正恋恋不舍地看着那两条即将消失在大门口的身影。

登徒子好色,自古有之,可是没想到许慕辰竟然恬不知耻地半夜跟踪!看起来自己的同情心还是太泛滥了些,晚上才给他下了药粉,早上就送上了解药,这才一天工夫,他就能出来蹦跶了!

许慕辰打了个喷嚏,他四下看了看,飞身上树!

柳蓉随手甩出她的独门暗器,刚刚好落在许慕辰的嘴巴上边。许慕辰仓促之间来不及反应,只能张口咬住。

有些咸,有些鲜,硬硬的一条,这究竟是什么?

许慕辰"扑通"一声落到地上,从嘴里掏出了那根骨头,摊在手掌心里,就着月光看了看,即刻就明白那是什么东西——一根鸡骨头。

他抬头看了看,树冠亭亭如盖,就像撑着一把大伞,树叶密密挤挤,看不出来有什么异常,真是奇怪,这树上怎么会掉鸡骨头下来?难道是有贪馋的猫将没吃完的骨头叼了放在树上做储备粮?

许慕辰全身发麻,从来都是锦衣玉食,今日却沦落到了与猫同食!手里拿着那根鸡骨头,许慕辰一脸悲愤,要不要上树去将那馋嘴的猫抓下来好好拷问一番?猫不是吃鱼的?怎么就改行吃鸡骨头了?这不该是狗嘴里的口粮?

一阵脚步声传来,让许慕辰没有再左思右想的时间,两条黑影从聚贤堂跑了出来,其中一个手里抱着一只盒子。

果然,自己推测没错,那女飞贼就藏匿在这里!许慕辰大喜,将手中鸡骨头用力甩出:"女贼,往哪里逃!小爷我今晚总算是要将你们抓住了!"

他要将这两个女飞贼捉拿归案,带回京城一雪耻辱,竟然将他与下属捆到一处,让流言蜚语满城飞,这笔账,许慕辰是到死也不会忘记的。他精神抖擞,掠身而上,一双手掌带着嗤嗤的风声,直奔那两人的面门。

小香吃了一惊,赶紧扭身避过,小袖抱着那盒子向一旁狂奔——这盒子里装着的可是王爷想要的东西,若是能帮王爷拿到,她与小香可是立下了奇功一件,到时候王爷少不得会要好好褒奖她们两人。

许慕辰怎么会放过她们两人?他脚尖点地,人已经纵身跃起,直扑小袖的身后,一伸手,就拎住了她的衣领:"哪里逃!"

小袖一拧脖子,细长的手指就如葱管,迅速地将胸前的带子一扯,左手右手交替朝两边一晃,那件衣裳便被许慕辰强行拉扯出来。小袖连头都不回,只穿一件抹胸,白花花的一片肉在月光照耀下闪闪地发着亮光。

许慕辰一愣,这女飞贼真是不要脸。

树上的柳蓉也是一愣,这许慕辰真是不要脸。

竟然在风高月黑的晚上跟一个姑娘拉拉扯扯,还将人家的衣裳给撕了下来!也太猴急了些!登徒子就是登徒子,可像许慕辰这般好色的登徒子,也是世间少有了。

小香见着小袖用了一招金蝉脱壳,大悟!赶紧也将自己的衣裳一扯,把那件纱衣朝许慕辰没头没脑地扔了过去。夜风将那件纱衣吹得飘啊飘的,带着阵阵香气直逼许慕辰面门,他慌忙朝旁边一躲,可奇怪的是,那纱衣竟然能自己改变方向,紧紧地跟上了他的脚步,最终罩住了他的脑袋。

朦朦胧胧里,许慕辰见着一条黑影从自己身边掠过,飞快地追上了前边奔跑的两个女飞贼,三人就如划过夜空的流星,倏忽而逝。

原来……许慕辰用力扯着那件带着奇怪香味的纱衣,心中总算是明白了,树上躲着那两个女飞贼的同伙,那根鸡骨头就是她扔下来的!

他那时候就应该即刻飞身上树,好好查看一下树里有没有藏着人,而不是阿猫阿狗地胡乱猜测!要是先将那同伙擒获,再来解决去院子里行窃的两个女人,那就容易多了。

悔之晚矣!

许慕辰怔怔地摸着那件纱衣,若有若无的香味让他想起了一个人:小香!

昨天她与那个小袖爬上他的床,与他一道嬉笑打闹,传过来的就是那种香味!许慕辰赶紧将衣裳摔到了旁边,下意识地摸了摸脸上的几颗小疙瘩，心有余悸。

他昨晚中了那两名女子的暗招，今日请了大夫过来，给他脸上涂了一层厚厚的药泥，还熬了好几罐子草药，灌得他的肚子就像一只喝饱水的青蛙，可到现在，他的脸上还是有一群小疙瘩。

这模样，完全可以与自己的发小媲美了，许慕辰忽然想念起自己的娘子苏锦珍来，她不是有那种药膏？涂到脸上就能消掉疙瘩，若是她在就好了，自己厚着脸皮问她讨要一些，只怕她会不给——那就加点银子，哪怕她要一百两也行，总得将这些小疙瘩给消了才行，要不然回到京城，只会被许明伦嘲笑至死。

许明伦的痘印在涂了苏锦珍送去的药膏以后就飞快地淡去了，才隔了一日，许明伦宣他进宫，免去他的刑部侍郎之职时，那张脸上就只有浅浅的印迹了。

许明伦义正词严地将他训斥了一番，扔给他一张圣旨："慕辰，赶紧回家好好歇息两个月，替我谢谢你家娘子。"他得意地挺胸，那瓶价值两百银子的药膏真有效果，现在脸上已经光滑多了，想来再过几个月就会跟许慕辰的脸差不多了！棒棒哒！

等着许慕辰带了他夫人回京城，自己一定要好好嘉奖那苏锦珍一番，如此巧手，竟然将困扰他多年的难题给解决了，真是让他感激得涕泪交零，以后与许慕辰唇枪舌剑的时候，就不会因着脸上的痘印被许慕辰说得心浮气躁了。

让许明伦觉得特别爽的是，自己的痘痘是许慕辰的娘子给治好的，想必许慕辰的脸现在比锅底还要黑。

许慕辰摸了摸脸——现在不是管痘痘的问题，最重要的事情是去捉拿那几个女飞贼，现在他又没在京城，谁还认得出这满脸疙瘩的人就是那名满京城的许侍郎？

柳蓉脚下生风，很快就追上了小香与小袖："快些将东西给我，我带回京城给王爷去。"

小香与小袖两人相互望了一眼,好像是自己人!难怪刚刚要出手相救!小香眼中全是感激,若是没有她,自己已经被那黑衣人抓住了!小袖则很信赖地将手中的盒子递上:"还请大人替小香与小袖在王爷面前美言两句。"

"那是当然。"柳蓉嘎嘎一笑,伸手抓住盒子一角,银光一闪,小袖手掌夹着一枚暗器朝她扎了过来。

柳蓉拧身,朝旁边一闪,顺手将那盒子往怀里一带,一双手就如泥鳅,滑不留手从小袖手掌下边摸了过去。

一滴鲜血落到了地上,紧接着另外一滴又落了下来,一滴一滴又一滴。

柳蓉抱着盒子站在那里,漠然地看着跪倒在地上的小袖:"就凭你这功夫还想暗算我?告诉你,我的暗器上喂了剧毒,不出三日,你就会毒发身亡。"

小香"扑通"一声跪了下来:"大人,小袖不是故意的,她只是担心大人是假冒的,故此想试试大人的身手。"

"我的身手,还轮不到她来试!"柳蓉挑了挑眉毛,"你们竟敢怀疑我!"

"大人……"两人满脸畏惧。

"你们继续回飞云庄去,将王爷交代的事情做完,我先回京城了。"柳蓉从怀里摸出了一个小包扔到地上,"吃了它,你的毒就解了。"

小袖爬着将纸包抓到手里,眼泪汪汪,听说王爷贴身的手下一个个心狠手辣,杀人不眨眼,可这位大人实在是心肠好,好得她都恨不能以身相许了!

柳蓉没工夫搭理她,抱着盒子几纵几跃,消失在茫茫夜色里,她还有不少事情要做,哪有闲工夫与这含情脉脉的目光对望!首先,她得将这盒子埋到一个隐秘的地方,这花瓶,可是几万两银子哪!

月黑杀人夜,风高放火天。

在这样一个最适合做这两样事情的时候,柳蓉却一件也没做,她整个晚上就在辛辛苦苦地挖坑。

背着那盒子一口气跑出了五里,她来到那条河边,小小码头那边靠着两条船,她选了条大些的,轻轻掠上船舷,伸手一点,那原本躺在甲板上呼呼大睡的船老大便浑然不觉地继续呼呼大睡起来。

柳蓉迅速解开绳索,一支长篙下水,激灵灵惊起几点水珠,旁边船上传来含含糊糊的问话声:"何老大你想婆娘了?这么晚还要开船回去。"

"想得睡不着觉!"柳蓉压低声音应了一句,船桨划得飞快,小船如箭一般划破了平静的水面,朝前边狂奔而去。

过来的时候,柳蓉凭着多年敏锐的训练,早已经将两岸打量得清清楚楚,哪些地方最适合埋赃物又最适合逃离,她心中有了一杆秤,眼睛一瞄,就能看得分明。

她双手划船,两只脚也没空着,一只脚勾起盒盖,用脚丫子踢了踢,"咣咣"的脆响,不绝于耳,粉彩花瓶在月光的照射下闪着清冷的光。

柳蓉只对金银珠宝敏感,对瓷器书画这些完全没有研究,她瞧着那粉彩花瓶,实在看不出珍贵在哪里,竟然还有人出几万两银子定下这只花瓶?简直是匪夷所思,柳蓉心中暗道,不就是靠着年代久远一些?给我几百两银子,我保准能找人做出一个跟这花瓶一模一样的来,高手在民间!

划着船到了她选定的地方,柳蓉扛着铁铲上了岸,女汉子的优势陡然体现出来,泥土哗啦啦地往两边甩开,一个方方正正的洞越来越深,瞬间就下去了三四尺。柳蓉抹了一把汗,继续挖,最后挖出个十来尺深的坑来。她满意地看了看,停下铁铲,将放在旁边的那个盒子用绳子吊着往下边沉,这时就听到耳边有个稚嫩的声音:"大叔,你准备埋谁呢?可是你的亲人?"

柳蓉脚下打了个趔趄,差点没有掉到那个坑里去,她抬头看了看,四周静悄悄的,没有见到人影。

忽然间一种恐惧占据了柳蓉的心,夜路走多了总要见鬼,难道自己是遇着鬼了？

泥土堆后边缓缓拱起了一个黑影，柳蓉见着两只亮闪闪的眼睛，一只手从泥土堆里伸了出来："大叔，我在这里！"

原来那个土堆后边还睡了一个人，柳蓉咬牙，飞身过去，将那小孩从那里拎了出来，抖了抖他身上的泥土，厉声喝问："你是谁？怎么会在这里？"

那小孩没想到柳蓉顷刻间声色俱厉，一时惊慌失措，两只小手不住乱摇："大叔，这就是我的家啊！"他怯怯地看了一眼柳蓉，小声换了个称呼，"大姐姐？"

柳蓉低头看了看，因为挖土太卖力了，汗流浃背，衣裳沾在身上，已经显出了胸前的轮廓。她伸手揪住小孩的耳朵："这是你家？你骗鬼呢？快老实交代，你埋伏在这里准备做什么？"

小孩子抽抽搭搭地哭了起来："这本来就是我家，我阿爹阿娘都死了，他们就埋在这里，每晚我都会和他们睡在一起！"他伸手指了指土堆上边一块小小的石头，"我没钱让人刻字立碑，就自己挑了块大石头压着，总有一天我能给我阿爹阿娘立块石碑的！"

柳蓉心里一酸，多好的娃啊！只是，她不能掉以轻心，必须好好将这孩子的身份核实一下，若是有人派他埋伏在这里觊觎她刚刚到手的宝贝，可别怪她心狠手辣！

将那孩子提起来，就像抖面粉袋子一样抖了一遍，没看到身上掉出什么可疑的东西来，柳蓉举起他的手看了看，指甲缝里都是黑色的泥土，看起来不是装出小可怜的样子。柳蓉又盘问了那孩子一番，尽管吃惊得快说不出话来，那孩子还是断断续续地告诉了柳蓉，此处是绿杨村，他的名字叫大顺。

"大顺……"柳蓉摸了摸他的头，叹了一口气，想必他爹娘盼着他一切顺利哪。

"大姐姐，你准备埋谁？"大顺见着柳蓉已经不那么凶神恶煞，口齿也伶俐起来,"要不要我帮忙一起把他埋了? 都说入土为安,他没入土,肯定不会安定的。"

柳蓉点了点头:"他是我弟弟,得病死了,不想让爹娘看着心痛,特地把他运远一点埋了。"

大顺拍手喊了起来:"太好了,刚刚好可以给我阿爹阿娘做伴! 大姐姐,我帮你!"

这孩子真是淳朴好骗! 柳蓉拎起绳子,将那盒子放了下去,用铁铲将泥土重新盖住那个坑,看了看在一旁用双手将泥土扒到坑里去的大顺,柳蓉一把抓住了他:"大顺,想不想跟着大姐姐一道去挣钱? 到时候你就能给你阿爹阿娘立墓碑了。"

"真的?"大顺的眼睛闪闪发亮,"我愿意,愿意!"

"那你明日上午到这个地方等我。"柳蓉拍了拍他的肩膀,"你千万要看好这里,别让旁人来动这块地方,知道了吗?"

大顺眨巴眨巴眼睛,捏紧了拳头:"大姐姐你放心,我会一直守在这里的,我也不希望有别人打扰我阿爹阿娘啊!"

柳蓉摸了摸身上,出来匆忙,只带了一个银角子,可即便给大顺一个银角子,也会引起别人的怀疑,不如让他饿一个早上,自己从飞云庄里带些东西来给他吃就行了。

"明日我会带好吃的给你,守在这里别动。"柳蓉的手在大顺脑袋顶上停住,江湖秘诀,要让一个人永远管住自己的嘴,最好的法子就是把他咔嚓一声干掉,可她现在暂时还达不到这铁石心肠的水准,望着大顺乌溜溜的眼睛,她就没法子下手。

既然不能杀掉他,最好的法子就是带他走,让他一直跟在自己身边,如有半点想泄露这花瓶藏身之处的意思,她就不会客气了。

大顺丝毫没有想到他已经从鬼门关前走了一趟回来,笑得甜蜜蜜的:"大姐姐真好,我等着大姐姐来接我。"

这纯洁无辜的小眼神儿……柳蓉更没法子下手,朝大顺挥挥手:"再见!"

大顺追着她的船跑了一路,眼巴巴地望着奋力划船的柳蓉:"大姐姐,千万记得来接我,我一定会听话的!"

"快些回去和你阿爹阿娘好好说说话,你要过很长一段时间才能来陪他们了!"柳蓉瞧着那小身子跌跌撞撞地跑,实在担心他会滚到河里去,绞尽脑汁想了这么一句话出来,果然奏效,那大顺就像一只兔子,飞快地蹿了回去。

干了一个晚上的体力活,柳蓉实在有些累,回到飞云庄,从屋顶上头跳进自己的房间,将被子掀开,把那枕头拖出来枕在头下边,呼噜呼噜地就开始睡觉。

伸伸腿儿,这世上没有比睡觉更舒服的事情了。

柳蓉做了一个长长的梦,梦里她扛着花瓶回到了终南山,师父玉罗刹站在前坪笑眯眯地迎着她进去:"蓉儿真是不错,手到擒来。"

"可不是,师父教出来的徒弟,这功夫可是杠杠的!"柳蓉拍了拍胸脯,"我这次去京城,可是发达了,赚了不少银子!"

玉罗刹指了指她身后:"还赚了一个人回来?"

柳蓉转身,就看到了许慕辰那张放大的俊脸:"妈呀,许慕辰,你怎么阴魂不散地跟着我回来了?"

许慕辰一脸委屈:"娘子,你不要我了吗?你就这么舍得扔下我吗?"

"滚!"柳蓉飞身一脚,"登徒子滚开!莫要把我终南山的地都弄脏了!"

许慕辰死死地抱着她的腿:"娘子,你不能扔下我!"

真是一只粘人的爬虫,我踢,我踢,我踢踢踢……柳蓉的腿不住地踢着床板,就听着一阵砰砰作响,她迷迷糊糊地抹了一把眼睛,原来是做梦,那许慕辰根本就没有在自己面前,踢来踢去,将床上那床薄薄的丝绸被子给踢到一旁去了。

"砰砰砰""砰砰砰"……

"金花婆婆!""老前辈!"门外传来急切的呼喊声,"您还在睡觉吗?出大事了,要等着老前辈来主事呢!"

这世上最舒服的事情就是躺着睡觉,最难受的事是正睡得舒服被人喊起床来,柳蓉愤怒地皱了皱眉毛,这才擦了擦眼睛往窗户外边看。

光亮亮的一片,想来已经是日上三竿。柳蓉迅速翻身而起,抓住那张假面蒙在脸上,头发收拾好,牙齿上贴几块黑色的泥布条儿,说起话来还有点漏风:"啥事啥事,找我老婆子啥事啊……"

门才打开,外边就涌进来一群人:"婆婆,聚贤堂那边失窃了!"

柳蓉眯眼看了看天色,日头挂得老高,这花瓶丢的事情要是再不被发现,那也真是奇怪了:"聚贤堂那边失窃,你们来找我做甚?"

那中年侠士激动得脸带桃花色:"崆峒派的少侠指控那两位姑娘是窃贼,现儿正在聚贤堂里对质呢!卢庄主说婆婆你德高望重,请你过去断案!"

第七章 主持公道

这许慕辰竟然去检举小香与小袖？看起来这登徒子还有救，在大义面前舍弃了小我。

柳蓉跨进聚贤堂，许慕辰正站在正中间，一只手拿着衣裳，咄咄逼人地望着站在一旁的小香、小袖，而那两位美人儿，正睁大了美眸，无辜地看着卢庄主。

"金花婆婆来了！"卢庄主一见着柳蓉现身，如获救星，赶紧站起身来，双手一拱，"金花婆婆，这事真还得老前辈您来定夺。"

柳蓉咧嘴笑了笑，露出一口稀疏的黄牙："卢庄主实在太看得起老婆子了。"

她瞥了许慕辰一眼，哼！这前刑部侍郎素来是审问别人的，此刻却站在那里由她来审问，这感觉实在是妙。柳蓉瞧着那脸上一堆疙瘩，心情大爽，今日可得好好让许慕辰得个教训才是，昨晚他分明是跟踪美人出来，吃亏了心有不甘，这才来指控别人，自己当然是要站在女性同胞的阵线上，联合对付这个登徒子！

卢庄主恭恭敬敬将柳蓉请到了上座，家丁奉上香茶，柳蓉不紧不慢喝了一口："卢庄主，请问失窃了什么？"

"那只粉彩花瓶。"卢庄主叹着气,嘴唇直哆嗦,"银子的事情是小,飞云庄失窃是大,这么多年来,我这里还没丢过东西,今年竟然有人胆大包天,敢来高手云集的飞云庄偷窃,这不是没有将我这庄子放在眼里?"

"卢庄主说得是,飞云庄可是天下第一庄,谁敢来老虎嘴上拔毛?"小香款款地走上前来,媚眼如丝,"我与妹妹这点微末功夫,哪里能觊觎卢庄主的宝物!"

被这几句马屁拍得舒舒服服,卢庄主摸着胡须点了点头:"姑娘你莫要担心,老夫并没有怀疑你。"

小香泫然欲泣:"素闻卢庄主乃是天下最正直仁义之人,今日一见,果然不假。"

"呵呵呵……"卢庄主笑得很欢快。

"哈哈哈……"柳蓉也笑了起来,"姑娘嘴可真甜。"

小袖赶紧附和:"不是我姐姐嘴甜,本来就是如此,我姐姐不过实话实说罢了。"

柳蓉问了问卢庄主这聚贤堂的设防措施,卢庄主的回答几乎让她下巴掉了下来:"我这里每晚有四个家丁上夜,泼水不进……"

这四个家丁难道是身手绝佳的高手?等着四个人上来的时候,柳蓉赶紧伸手扶了扶下巴,差点又要掉下来了——四个人眼中并无精光,一瞧就是武功泛泛之辈,两个高两个矮,两个胖子两个瘦子,就像特地被选出来一样,站在那里十分对称。

"你们四人上夜,可听到什么动静没有?"

"我们没听到异常的声音!"四个人一挺胸,面不改色心不跳,他们才不会如实交代四个人昨晚聚到一处喝酒,酩酊大醉的事情呢,又不是傻瓜,说了出来这份差事就没有了,好歹每个月好吃好喝的,还能挣三两银子哪!

"没动静?"柳蓉笑吟吟地看了一眼许慕辰,"不知少侠指证这两位姑娘,可有人证物证?咱们总要有个证物。"

"有有有!"许慕辰将那团纱衣抛到了小袖面前,脸上全是冷笑,"小袖姑娘,你难道不认识你自己的衣裳了?"

小袖"嗷呜"一声扑到了纱衣面前,捡起来抖了抖,脸色苍白:"卢庄主,请为小袖主持公道!昨晚这位少侠闯进我的房间,欲行非礼,拉拉扯扯的,将我衣裳尽数扯下……"

"啊!"全场皆惊,那中年侠士脸色露出了气愤的神色来,唾沫横飞,"少侠,江湖最唾弃的就是采花贼,你是想给崆峒派抹黑吗?"

一边骂着,一边心中愤愤不平,姐儿爱俏,那两个美人见着这崆峒派的少侠就挪不开眼睛,怎么到了紧要关头反倒洁身自好了?看来还算是个好姑娘,不是那些勾三搭四的主。他眼睛瞥着小袖,见她妙目中泪光闪闪,不由得大起同情之心:"姑娘,你不要怕,快些将后来发生的事情说出来,有这么多人在,一定会给你主持公道的!"

"谢谢这位大叔。"小袖一双手捂着眼睛,肩头耸动,"他刚刚扯下我的衣裳,我姐姐就过来了,我们姐妹联手才将他赶跑,他走的时候还威胁我们,说要我们不识抬举,到时候一定会让我们姐妹两人好看……"

小香朝卢庄主与柳蓉行了一礼:"庄主大人,我们万万没有想到,他竟然会污蔑我们姐妹两人盗窃了飞云庄的宝物,还请庄主还我们清白!"

卢庄主望了柳蓉一眼:"金花前辈,你如何看这事情?"

柳蓉叹气道:"若真是这两位姑娘偷的,那这赃物在何处?真偷了卢庄主的宝物,哪里还能这般镇定地住在飞云庄?再大胆的贼人也不会这般做,卢庄主是个聪明人,自然知道谁说的是真话谁撒了谎。"

一语惊喜梦中人,卢庄主几乎要拍案而起:"这位少侠,天涯何处无芳草,你求欢不成,竟然想毁人家姑娘的清白名声,这样可不对。"

许慕辰气得脸上的疙瘩都亮了一片:"卢庄主,昨晚我真是亲眼见着她们两人抱了个盒子从聚贤堂出来!卢庄主如何能偏听偏信?"

柳蓉伸出手来摆了摆，忽然想起自己今日匆忙起床，还没将那手掌修饰一番，只不过幸好昨晚勤奋挖坑，手掌手指间全是灰黑颜色，将那白色的底子给遮了过去，不仔细看，还真看不出什么端倪来。她将手掌收了回来，脸上的神色渐渐严厉："少侠，你说见到她们姐妹俩偷了东西出来，是什么时候？你那阵子来聚贤堂又是所为何事？"

"这……"许慕辰语塞，他来聚贤堂做甚？因着怀疑小香、小袖就是在京城犯案的女飞贼，他这才跟着两人过来，看能不能抓到她们盗窃的证据，没想到还真被他发现了。

"是啊！是啊！少侠，你大半夜的在这聚贤堂做什么呢？"有人怀疑地盯着许慕辰，满脸不屑，"半夜三更还在外边游荡，非奸即盗！"

小香与小袖两人使劲地擦眼睛："各位大侠，我们两姐妹根本就没有到这聚贤堂来过，与他跟没有什么瓜葛，还请各位莫要误会！"

那中年侠士和颜悦色地走了过来，一双手在身上擦了擦，似乎想去帮两位美人擦眼泪，却还是不敢造次，讪讪地将手放了下来，眼睛却依旧贪馋地望着那粉白的两抹酥胸。

柳蓉捂着胸口咳嗽了一声："少侠，这话可不能乱说，要说便要说个清楚明白，我们不能听凭着你一面之词便将这两位姑娘定了罪，可不能冤枉好人哪！"

"婆婆真乃是江湖中德高望重的老前辈！"小香与小袖感激涕零，两双眼睛带着微红望向柳蓉，跟昨晚那个角度如出一辙。

许慕辰喘了一口气，这一屋子人怎么就不相信他说的话呢？他真看到这两个女人进去偷了东西，还有一个躲在树上接应，对对对，还有第三个人！

"来偷东西的，还有第三个人，藏在树上，好像还在吃鸡腿。"许慕辰想到了那根暗器，恨得牙痒痒，这可真是奇耻大辱，自己竟然咬住那根鸡骨头，也不知道上头沾了那贼人多少口水。

今年可真是不顺利，看起来是时候该去庙里拜拜，驱除厄运了，许慕辰愤恨地盯着柳蓉与卢庄主，这些人怎么就不相信自己呢？自己可是一片好心来揭发那两个女贼，没想到反被这两人倒打一耙，还有一个自以为是的老婆子帮腔，一群糊涂虫就全都对那两个女贼表现出一副同情的样子。

"少侠，做人可不能不厚道！"有人再也看不下去，出言指责，"现在你又编出第三个人来了，那人呢？他又在哪里？你总得要将那个人找出来才是，总不能由着你红口白牙的乱说！哼！我看你是没有得逞，反过来诬陷这位姑娘罢了！"

这……许慕辰气急败坏，脸上的疙瘩又红又亮，他再也忍不住，索性将自己的身份亮了出来："我是刑部侍郎！是为捉拿这两个女贼特地来的飞云庄！"

"刑部侍郎？"那中年侠士哈哈大笑起来，"这侍郎可是正三品的官，没有个三四十岁哪里能爬到那个位置！你以为我们江湖中人就不明白这官场上的事情，任由你糊弄？年轻人，你也太自以为是了！"

柳蓉不住地点头，心里暗道，许慕辰啊许慕辰，你都被皇上免职了，还好意思觍着脸说自己是刑部侍郎吗？

许慕辰被人围攻，一副焦头烂额的样子，小香与小袖此时已经不再掩面哭泣，笑微微地站在那里向众人道谢："多谢各位仗义执言，否则我们姐妹俩真是跳进黄河都洗不清了！"

你们倒是跳啊！许慕辰恨得牙根痒痒，眼中能喷出火来，本来就没法洗清，还用跳进黄河吗？他望了一眼坐在上首的卢庄主与金花婆婆，卢庄主满脸同情，望着自己的目光无限鄙夷——这是正常男人的反应，见着美人儿哭得梨花带雨，怎么都会怜惜。

都说同性相斥，许慕辰决定朝金花婆婆下手，毕竟她还送了一张地图给自己，看起来对自己印象不错。他朝着鸡皮鹤发的婆婆微微一笑，摆出京城八美那招牌动作来：小爷可是迷倒京城大姑娘小媳妇的帅哥一枚，哪怕你是七旬老妪也躲不过我这热辣辣的目光!

只是,许慕辰忘记了一点,他脸上现在布满了红色的小疙瘩!

他昂首站在那里,就像被一群蜜蜂蛰过,脸上山丘高低起伏,还闪着红光。

小香不屑地将头转过去,小袖也很嫌恶地转过头,旁边的各位侠士全都做出呕吐状——分明丑得惨无人道,为何要这般搔首弄姿,仿佛他是玉树临风一般的人?那中年侠士嘿嘿地笑着,心中大快,小鲜肉也有沦落的时候!

柳蓉见着许慕辰这狼狈模样,哈哈一笑:"少侠,你有什么请求,尽管说来,只要是合理的,我老婆子自然会答应你。"

许慕辰大喜,看起来自己这俊秀的外表已经让那老婆婆起了怜惜之心,他朝柳蓉行了一礼,恭恭敬敬道:"金花婆婆,我真是大周的刑部侍郎,只是早两个月因为一些事情,被皇上给革职了,听闻飞云庄办鉴宝会,故此特地来瞧瞧,没想到遇上了这样一桩事情。捉拿盗贼乃刑部的分内事情,还请婆婆让我来审她们二人一番。"

哟,这许慕辰还准备当堂审案了?柳蓉有几分好奇微微点了点头:"少侠,你执意如此,老婆子也给你一个机会,你有什么要问这两位姑娘的,尽管问便是了。"

卢庄主在一旁也赶紧附和:"对对对,仔细问问,看看她们怎么回答。"毕竟是他花了重金才得到的宝物,卢庄主瞥见屏风后边露出的那半张脸,不由得打了个哆嗦,再也不敢露出一副怜香惜玉的模样。

他那壮如铁塔的夫人,正在屏风后站着哪。

"你们两人恐怕不知道吧,在你们逃跑的时候,我已经在你们两人的脚踝那里做了标记。"许慕辰指着小香、小袖道,"是我用独门暗器刻出的一朵花。"

小香、小袖两人都低头往脚踝处看了过去,柳蓉扼腕叹息,这两人还是有些嫩,许慕辰分明是故意骗她们的,她们低头去看,那不证明了她们昨晚真的和许慕辰交过手?这样的破案手段,她在古籍里看得不要太多,全是利用心理来找突破口。

一个故事里说有人家中失窃,官府抓了不少嫌犯,那老爷拿出一把草给他们,每人一根,说这草有灵性,若是偷了东西的人拿着,草就会变长,结果那小偷心中害怕,暗自将那草给折断了一些,等着大家拿出来比的时候,就只有他的短一些,马上就露馅了。

还有一个,也是偷东西,旁白:怎么都是偷东西?莫非是人穷志短?断案的官员让嫌犯在一间黑暗的屋子里,背贴着一口大钟走过去,他指着那钟道:"这钟有灵性,若是小偷贴着它走过去,就会将衣裳染黑。"

真是混蛋,谁信啊?可那小偷就相信了,等这群人从屋子里走出来以后,只有一个人背上没有墨汁印记,其余的都是黑乎乎的一大团。

这断案的老爷狡猾得不要不要的,在大钟上涂满了墨汁!做贼心虚的人听了那老爷的话自然要躲着大钟走,而那些没有心理压力的人肯定就是老老实实贴着大钟走过去的了!柳蓉的读后感是:这些衣裳能洗干净吗?断案的那位老爷要不要给每人发几十个铜板去买件新衣裳啊?穷人没钱还让他们糟蹋衣裳!

现在这许慕辰也是狡猾的,竟然拿谎话诓这两人,而这两人也实在是笨,竟然上当了。柳蓉刚刚想说话,屏风后闪出一道人影,手里操着一根大木棍子,"呼呼"地带着风响,朝小香与小袖招呼了过去:"两个胆大的女贼,竟然敢来我飞云庄偷东西!"

小香与小袖吓得花容失色,赶紧退避,木棍结结实实地打到了站在她们两人身边的那位中年侠士身上。

那中年侠士的一双眼睛正粘在两位美人身上,没想到迎面来了一棍子,直接将他打趴下了。他刚刚抬起头,一只手撑着地,身子一节节竖起来,这时一只大脚又将他踩了回去,身上好像压了一座大山,他哎哟哎哟喊了起来:"轻点,轻点!"

卢庄主见夫人出手,赶紧从椅子上站了起来:"夫人,夫人,请息怒!"

卢夫人转过脸来,重重地哼了一声:"你是见着长得美貌些的就没脑子了?刚刚这少侠问她们话,分明两人就是晚上来过聚贤堂的!你还想护着她们,难道是见她们美貌,想抬进飞云庄做小妾?"

"她们哪有夫人美貌?"卢庄主赶紧昧着良心对天发誓,"我若有这样的想法,天打雷劈不得好死!"

夫人身手好过他十倍,又比他会理财十倍,他哪里敢拈花惹草?卢庄主的生活,遵循着夫人最大的原则,卢夫人负责挣钱养庄子,卢庄主负责貌美如花……兼挥金如土。

卢夫人听着卢庄主当众发誓,总算放了心,木棍戳到地上,她伸手摸了摸卢庄主的脸:"我知道夫君不会辜负我。"

聚贤堂里的人都石化了,这不是重点啊!

重点难道不是审问那两个女贼,找到花瓶的下落吗?

卢庄主拉着卢夫人的手,含情脉脉:"夫人,咱们先问花瓶的事情,等下再去后花园赏桂花,园中那棵银桂树今日开得繁茂,实在好看。"

众人纷纷低头,不愿再看这郎情妾意的一幕,咳咳,卢庄主,卢夫人,要注意影响啊!

柳蓉正在感叹这夫妻恩爱,忽然就见一阵烟雾缥缥缈缈地慢慢升起,那边许慕辰大叫一声:"不好,大家赶紧趴下!"

没想到这小香、小袖还带了震天雷!柳蓉赶紧从椅子上站起来,一个翻滚就朝聚贤堂的角落滚了过去,这时一个人忽然跳了过来,将她紧紧压在身下。

柳蓉挣扎了两下,最终决定不反抗了,这时候正在紧要关头,由不得她任性,等着那震天雷炸响以后再跟扑住她的人算账!

"轰"的一声巨响,聚贤堂里哗啦啦的好一阵响,屋子顷刻间塌了半边,就听着一阵砖石掉落的声音,伴随着青烟与灰尘纷飞,刺鼻的硝烟味道四处弥漫。

等着一切平静下来,柳蓉一用力,将身上那个人掀了下来,大声吼了一句:"你这是做啥?老婆子都快被你闷死了!"伸手扶了扶假发套,还好,对面的道士师父手艺精妙,这样翻滚都没落下来,真是行走江湖必备良品。

那人在地上打了个滚,直起身子,很委屈道:"老前辈,我是怕屋子上落下的东西打到你,这才……"

那是许慕辰。

他灰头土脸地站在那里,让柳蓉心中不由得微微一动,她叹息了一声,伸手拍了拍许慕辰的肩膀:"少侠,老婆子错怪你了,还请你别见怪。"

自己现在是个鸡皮鹤发的老妪,又是这般紧急关头,许慕辰肯定不是好色才扑过来的,自己可不能错怪了他。柳蓉瞥了许慕辰一眼,看起来这人还算是心肠不错,自己也该看到他的优点,不能就因着他好色,就认定他是个十恶不赦的人。

卢庄主抱着卢夫人全身发抖:"夫人,我好怕。"

卢夫人摸着卢庄主的头,轻言细语地安慰着——其实她的声音大得像打雷,卢夫人现在耳朵里还在嗡嗡嗡地响,自己说话都听不清,当然要用力吼了:"怕什么?还不快些去看看你的宝贝!"

卢庄主飞快地从卢夫人怀里跳了起来,踩着瓦砾往前走,身子不住地发抖:"我的宝贝,我的宝贝啊……"

从地上爬起的众人,默默地看着卢庄主在残垣断壁里伸手摸着砖块,个个面露同情,卢庄主这次鉴宝会,可亏大啦!幸得今日审问女贼,东西都没摆出来,只要让家丁们将它清理出来就是,只是不知道有没有受损伤的。

"两个女贼呢?"那中年侠士从地上爬起,摸了摸自己脸上的灰尘,气愤地骂了起来,"娘的,我为了来参加鉴宝会,特地新做的衣裳,现在都破了!"

"还好还好,你人还没挂就是一大幸事!"柳蓉愣愣地看了看地上那个焦黑的洞,这震天雷是江湖上生死门的独家暗器,怎么会在那小香、小袖身上?莫非她们就是生死门的人?

"婆婆,你可是想出了什么?"许慕辰见着柳蓉一副沉思的样子,似乎有些线索,急急忙忙追问,"那两个女贼抛出的东西,婆婆可认识?"

柳蓉点了点头:"震天雷,生死门的独家暗器。"

"生死门?"在场的人个个震惊,生死门本是江湖一个暗黑门派,那门主行事诡异手段毒辣,为江湖正义人士不齿,遂有人为首,组织了一批剿灭异类的英雄豪杰,在一个风高夜黑的晚上,直捣生死门总部,一举将生死门歼灭。

据说,那位门主已经在那一役中身亡,即便有漏网的帮众,也不足为患。这几年,江湖上已经没见生死门的人在走动,而此时,金花婆婆却喊出生死门的名号来,由不得让众人惊讶。

在数十年前,生死门乃是邪恶的象征,谈到生死门,江湖人士个个色变。好不容易平静了十多年,怎么又死灰复燃了?

"婆婆如何得知是生死门的人下手?"卢夫人手里拿着大棍子,一脸沉思,若那花瓶是被生死门的人弄了去,只怕是没回来的时候了。

"金花婆婆当年就是剿灭生死门的豪杰之一!"有人自顾自地猜测起来,"虽然江湖里对那晚的正义人士讳莫如深,谁都不敢公开表露身份,但像金花婆婆这样德高望重的老前辈,自然不会不去!"

柳蓉几乎想要翻白眼,这联想力,不要太丰富!

她之所以认识震天雷,是师父自小便拿了暗器排行榜给她看,让她熟谙各种暗器的优势与劣处,其中震天雷名列暗器榜第三位,这样高级的东西,她怎么能不记住?不过从这地上炸出的洞来看,应该还不是威力超大的那一种,师父那本册子上记载,超级震天雷,只需一颗,就能将一块巨石炸开。

地面上只有一个脸盆大小的洞,聚贤堂也只震裂一小边屋子,这应该是小喽啰才用到的暗器,看起来她们背后还有更大的人物。柳蓉望了望在那边摸索的卢庄主,他全神贯注地在灰尘里摸着一只只盒子,脸上露出一副惊喜与悲愤交加的表情:"夫人,夫人!"

卢夫人皱了皱眉,大吼一声:"有话快讲,有屁快放!"

卢庄主抱着一只盒子走到卢夫人面前,神色沮丧:"其余的都在,那只花瓶不见了,夫人,咱们该怎么办哪?"

"我又怎么知道该怎么办?"卢夫人一脸气愤的神色,棍子敲着地面砰砰响,"我早就劝你不要这样招摇,你偏偏不听!你还以为飞云庄是几十年前的飞云庄?要不是你太爷爷按着五行八卦来修了这庄子,恐怕现在只要是个人都能来飞云庄挑衅了!"

卢庄主可怜兮兮地将盒子往前一伸:"可是这宝物难得,我诚心邀各位好手前来鉴宝,没有做错吧?"

一旁站着的众人不住地点头,怎么会做错,他们吃饱喝足,而且走的时候还有打发,这样的好事上哪里找去!

"可是,你要请也要请些有真本领的人过来吧?一群酒囊饭袋,请了过来有何用处?"卢夫人棍子戳着地,砰砰地响,她已经忍了卢庄主很多年了!要不是看在卢庄主不拈花惹草的分上,她肯定要一脚将他踹到角落里不让他乱花银子!

自己挣钱容易吗,他可倒好,吃饱喝足之外就是买买买,每年还要请一群饭桶来蹭吃蹭喝,卢夫人越想越气,用棍子指了指站在那里的一群人:"你瞧瞧他们,有谁能帮忙捉拿女贼吗?帮忙吃饭喝酒那可是一把好手!"

众人集体石化,额头上的汗珠子滚到地上都能听到响声——虽说这是事实,可卢夫人你这般说出来,也太伤感情了吧,人家也要面子的啊!"

卢庄主猛地一个转身,抱住了站在一旁的柳蓉:"金花婆婆,金花婆婆怎么会是酒囊饭袋?夫人你也太武断了!"他几乎要痛哭流涕,今年怎么就走了狗屎运,来了个老前辈呢?要不是真会被夫人唠叨死。

"是啊是啊,金花婆婆可是江湖里响当当的人物,卢夫人你怎么能一棍子就将我们全打死呢!"众人也群情激愤,"金花婆婆一出手,肯定能将那偷花瓶的贼人捉住,将花瓶物归原主!"

卢庄主热切地望着柳蓉:"婆婆,你给句话,给句话!"

柳蓉被卢庄主抱得死死的,几乎动弹不得:"撒手!"她怒喝一声,暗地里用劲,卢庄主那圆胖的身子就如一个圆球般滚开到一旁,"你这是做甚?大庭广众之下拉拉扯扯,卢夫人你也不管一管?"

卢夫人这时候却护夫心切,赶着奔到角落,一手将卢庄主捞起,身手敏捷:"金花婆婆,你都七十多岁的人了,又何必害羞?就当你的孙子抱了你,怎么要将他踢到一边去?"

卢庄主哼哼唧唧道:"还请婆婆出手相助!"

众人连忙点头附和:"婆婆一出手,就知有没有!婆婆,你素来仁义,便帮帮卢庄主吧!"

吃人嘴软拿人手短,自己在飞云庄吃好喝好这么久,没有本领去替卢庄主追回失窃物品,只能用尽所能请老前辈出马了,这也算是对卢庄主的一点报答。

柳蓉看了众人一眼,心中暗自好笑,捉贼捉贼,他们要捉的贼不就是自己吗?她朝卢庄主点了点头:"看在卢庄主这般诚心的分上,那老婆子便答应下来,不过老婆子可说清楚,老婆子会尽力去帮你追人,可不一定就能抓到那两个女贼。"

自己在这里也待够了,要赶着去找大顺,先把他带到扬州去安顿了,然后与许慕辰写和离文书,再回到那坟地里,偷偷将花瓶挖出来,带着回终南山交差。

要做的事情这么多，哪里还有时间和他们啰唆？柳蓉一伸手："卢庄主，盐水鸭、白斩鸡和桂花酒呢？"

卢庄主一双小眼睛里闪着激动的光，他满脸通红地吩咐家丁："快，去装十只盐水鸭和白斩鸡过来，还有，两大坛子桂花酒！"

柳蓉吃了一惊，十只鸡鸭两大坛子桂花酒……这是打发吃货的节奏吗？她摆了摆手："给我各来一只就够了，带这么多走，路上不方便。"

荷包里有银子，什么买不到？一想着自己背着十只鸡鸭，吭哧吭哧地往前走，每只手里还提一大坛子桂花酒，柳蓉都觉得有几分绝望，也不知道这奇葩的卢庄主怎么会如此热情，照他这法子送下去，飞云庄迟早会被他送光。

家丁拎着两个油纸包上来："老前辈，这鸡鸭都已经弄好了，路上可以直接吃。"

柳蓉伸手将纸包接了过来，等会大顺就有好东西吃了。

瞥了一眼那边站着的许慕辰，柳蓉决定指点他一下："这位少侠，那两个女贼是生死门的人，只不过生死门十多年前就已经销声匿迹，你前些日子与她们两人曾在一起共度春宵……"

许慕辰正色："婆婆，你误解了。"

"我又没说你们怎么样，那日晚上大家都见着你们三人在一张床上，少侠就不必推脱了。"柳蓉笑着看了看旁边站着的那一群人，"那两个女贼还找过这里边几位好汉，你先去问问他们，看女贼究竟说了些什么，或许能找出些蛛丝马迹。"

许慕辰脸上的疙瘩亮闪闪的，眼中有兴奋的神色："婆婆，我知道了。"

那位中年侠士悄悄地向后边退了一步，却被许慕辰上前一步揪住："别想溜走，我第一个就要问你。"

卢夫人拎着大棒子呼呼地跑了过去："除了金花婆婆，谁都别想离开庄子!"

她眼睛一横,吃我的喝我的,竟然想不配合调查?门都没有!

柳蓉拿起油纸包,拎着一小坛子桂花酒,朝卢庄主与卢夫人抱了下拳:"卢庄主卢夫人,那我便先去帮你们抓女贼去了。"

两人神色欢快,殷殷期盼:"婆婆一路顺风!"

带着美好的祝福,柳蓉一溜烟来到了那个坟堆子旁边,大顺果然在那里,脸上盖着一张大树叶,躺着一动也不动。

"大顺,你还在睡觉?"柳蓉一把扯掉那张叶子,就看见一双圆溜溜的眼睛。

"大姐姐,我两顿没吃东西了,没力气,躺着不费力气些。"大顺一骨碌爬了起来,鼻子耸了耸,"好香好香,大姐姐你给我带好吃的来了?"

柳蓉怜悯地看了他一眼,将一个油纸包拿了出来:"快些趁热吃。"

大顺接过白斩鸡,呼噜呼噜地就吃了起来,还没半刻工夫,风卷残云一般,那只鸡就下了肚子,连骨头渣子都没剩。他抹了下油光光的嘴巴,捧着肚子咧嘴笑了笑:"真好吃,真好吃。"

柳蓉摸了摸他的脑袋,同情心泛滥:"吃这么着急做甚。"

"我怕大姐姐你会要回去呐。"大顺有些不好意思,低着头红了脸,"我好久没吃过肉了。"

"跟着大姐姐走,顿顿有肉吃!"柳蓉站起身来,拍了拍胸脯,决定好好的关爱这个可怜的小家伙,自己多个弟弟,好像也很不错!

第八章 和离

"大姐姐,那是什么?"大顺就像一只麻雀,叽叽喳喳地在柳蓉身边叫了个不停,这一路上他就没消停过,看见新鲜东西就要问,偏偏有些东西柳蓉自己也不知道,无奈之下只能翻白眼—收了个好奇心重的小弟真是任重道远啊,姐都要上心努力研究这风土人情了。

大顺一点也没感觉到柳蓉的无奈,依旧嘴巴碎碎念个不停,这一路上过来,有吃有喝,日子不要太舒爽哟……唯一的怨念,出来的第一天,柳蓉毫不客气将他摔到河里,完全不顾他哀怨的表情,拿了一个刷子将他从头到脚刷了一遍!

大顺紧紧地捂着要紧部位,眼泪都要掉下来了,大姐姐下手可真重啊,感觉自己都要脱了一层皮!原来以为和蔼可亲的大姐姐,这时候却化身虎狼,那力气真不是盖的,洗刷刷洗刷刷,他身上一层乌黑的油垢就浮在水面上了。

只不过大顺的哀怨很快在看到新衣裳以后不翼而飞,他惊喜交加地抱住衣裳:"给我的?"

柳蓉洗了一把手:"难不成还是给我穿的?"

大顺真脏啊,亏得她练了一身好武艺,使出分筋错骨手的招数,用了一成力气，这才将他洗干净。穿上衣裳以后的大顺，瞧着白白净净，除了瘦弱些，可爱又好看。

柳蓉带着打扮得焕然一新的大顺去了扬州，找到福来客栈，绫罗与锦缎都在屋子里坐着，见着柳蓉推门进来，两人惊喜交加地站了起来："少夫人，你总算回来了。"

大顺眨巴眨巴眼睛："少夫人？"

这位大姐姐瞧着不像是成过亲的啊，她那样活泼美丽，怎么能跟那些一脸刻板模样的夫人们相提并论呢？柳蓉尴尬地笑了笑："我被人强抢了去的……"

绫罗与锦缎张大了嘴巴，分明是圣旨赐婚，可少夫人竟然说他是被大公子强抢了去的，要是大公子知道了，还不知道会气成什么样子呢。

大顺气得捏紧了小拳头："大姐姐，我去帮你揍他。"

"大顺乖，等你长大了，学好武功，就能帮大姐姐揍他了。"柳蓉从兜里拿出一个小银角子，"你先到外边买些好吃的，大姐姐要和两位姐姐说事情。"

柳蓉脸色严峻，大顺很知趣地拿了银角子，欢欢喜喜地跑了出去，绫罗与锦缎呆呆地望着柳蓉："少夫人，你要跟我们商量什么事情？"

"去掌柜那里借一套文房四宝来。"

柳蓉拿起笔来，开始龙飞凤舞地写和离书，许慕辰还不知道要什么时候才能将事情办好，她已经等不及与他一道回京城了，现在柳蓉唯一想做的，就是将苏锦珍从穷乡僻壤里弄回苏国公府，然后自己拍拍屁股走人，将花瓶送回终南山。

绫罗与锦缎愣愣地望着柳蓉鬼画桃符地在纸上写出几行大字，两人磕磕巴巴地念着："性格不合，难以相处，故此和离……"

"少夫人！"锦缎白了一张脸，"你真的要与大公子和离？"

姑娘和许公子和离就再也见不到许大公子那张俊美的脸庞了，好心痛……

"太好了，我们能回苏国公府了！"绫罗欢喜不胜，柳姑娘真是言出必行，大小姐可以不用在外头受苦了。

柳蓉写了两份和离书，然后自己在上头捺了两个手指印，将许慕辰那块空了出来，想了又想，提起笔来，在下边画了一只乌龟，乌龟的前边写了几个字：说话不算话就会变，"变"字后边一个箭头直指乌龟。

"去拿个信封来装好，放到客栈掌柜手里，若是许慕辰寻过来，就把这信给他。"柳蓉扬扬得意地看了一眼那只乌龟，许慕辰肯定是不想变王八的，一定会爽爽快快地按上手印。

将这事情处理好了，柳蓉给了如意客栈的掌柜一个银锭子，交代他记着，若是有位姓许的客人过来问起她，就将信交给他，若是两个月还不见人，就劳烦掌柜的去驿站将这信寄到京城镇国将军府去。

掌柜的肃然起敬，拿着信的手都在发抖，皇亲国戚哪！难怪这位夫人出手阔绰，替她保管一封信，随手就甩出了一个银锭子！

柳蓉带着贴身丫鬟与大顺，雇了一条船，直接从扬州，沿着大运河回了京城。

大顺只觉得自己眼珠子都不够用，京城可真是繁华，街道上到处都是人，两边店铺里摆着的东西是他以前从来没有看到过的。柳蓉领着大顺在酒楼里饱饱地吃了一顿，然后牵着他的手去了义堂。

"大姐姐，你不要我了吗？"当大顺知道这义堂里全是一些无父无母的孤儿，还有没有儿女的老人，顷刻间有一种被遗弃的感觉，他紧紧拉着柳蓉的手不肯放，"大姐姐，我不要和你分开！"

和大姐姐在一起，每天都是快活的！大姐姐教他钓鱼，和他比用石块打水漂最最重要的是,大姐姐每天都会笑眯眯地端着一大碗肉摆到他面前"大顺，吃饭啦！"

大姐姐不要自己了，呜呜，大顺想着就觉得难过，自己的好日子怎么就到头了呢?他抱着柳蓉,身子扭来扭去:"大姐姐,是不是我哪里做得不好,让你生气了?你告诉大顺,大顺一定改!"

柳蓉一只手将大顺拎开:"我只是让你暂时到这里住一段时间,我把要做的事情做完了,就会来找你的。你放心,这义堂也会有肉吃,不说每天都有吃,隔几天总能吃上一次的!"

她捐给义堂一百两银子,想来那些人对大顺也不会太差,先回镇国将军府将要做的事情做完,将花瓶送回终南山,然后就能来接大顺了。

得了柳蓉的承诺,大顺总算不哭了,依依不舍地跟柳蓉挥手:"大姐姐,你要快些回来接我!"他想了想,又拉住柳蓉一本正经地说,"大姐姐,你还是赶紧离开那个坏蛋吧!"

"坏蛋?"柳蓉忽然醒悟过来,大顺说的,不就是许慕辰?他可是"强抢"了自己的坏人哪!她哈哈一笑,伸手扯了扯大顺的耳朵,"你放心,大姐姐保准不会再跟他在一起!"

花瓶到手了,也是该离开的时候了,柳蓉脚步轻快,这次自己出来可真是顺风顺水,既漂漂亮亮地完成了师父交代的任务,还将那位苏大小姐从登徒子身边解救出来,另外附带收了个弟弟,一举三得!

绫罗与锦缎两人站在义堂门外,见柳蓉出来,犹犹豫豫地问道:"少夫人,咱们回镇国将军府吗?"

柳蓉翻了个白眼:"还回去做什么?"

难道还要去与那登徒子朝夕相对?

虽然,那登徒子还是有些长处的,例如尊老爱幼什么的,但她依旧要尽快离开。

苏大夫人见着柳蓉带着绫罗与锦缎回了镇国将军府,简直不敢相信自己的眼睛,一把抱住了柳蓉:"珍儿,珍儿,你总算回来了!"

苏老夫人却是一脸疑惑:"珍儿,你不是跟着许慕辰出去游玩了?"

皇上给了两个月让许慕辰带着娘子带薪休假,想让他们好好培养感情,她与许老夫人已经交流过意见,昨日才在旁人的菊花宴里碰头谈起过这件事情,许老夫人满脸兴奋,一个劲地说,两人回来的时候,肯定会抱着个孩子……

不对不对,两个月就能弄出个孩子,这也太奇怪了,苏老夫人还是很理智,不像许老夫人那样被幻想冲昏了头脑:"珍儿最多是有了身孕,哪里就能生出孩子来!"

许老夫人这才从对曾孙的狂热里缓过神来:"对,我一时口误,说错了。"

尽管口里说着弄错了,许老夫人却依旧笑得眼睛眯成了一条缝,两个孩子出去了这么久,连一封信都没有寄回来,肯定是甜甜蜜蜜玩得尽心,连京城里的家都忘记了!许老夫人觉得很有把握经过这两个月朝夕相处,长孙与长孙媳一定能成一对人人羡慕的鸳鸯鸟!

镇国将军府可真是将珍儿看得重啊!苏老夫人心中温暖,孙女儿福气好,虽说许慕辰不怎么样,可胜在有个好祖母,好母亲,珍儿嫁过去也不吃亏,男人嘛,好色不是正常的?等着年轻荒诞这一段过了,自然就好了。

可现在,珍儿怎么一个人回了镇国将军府?苏老夫人盯着柳蓉的脸不放:"珍儿,许大公子呢,怎么没有陪你回来?"

"我与他和离了!"柳蓉笑眯眯地回了苏老夫人一句,见她目光呆滞,赶忙冲到她身边,伸出手来晃了晃,"祖母,你怎么了?"

"和离……"苏老夫人呻吟了一句,好半天才缓过神来。

"和离?"苏大夫人脸上露出了痛心疾首的表情,"珍儿,是不是那许慕辰又做出什么对不住你的事情来了?和离好!珍儿,你别犹豫,可不能忍气吞声,我们苏国公府,可不是好欺负的!"

世上只有妈妈好!

柳蓉感激地看了一眼苏大夫人,还是母亲为自己女儿着想,那位苏老夫人,就会顾着苏国公府的面子,面子能当饭吃吗?能当衣穿吗?

当然,她自己活得舒服就行了,孙女儿活得怎么样,她又如何会管。每次在京城勋贵们的游宴里,她会以一种骄傲自得的语气向别人介绍:"我的长孙女,可是皇上亲自下旨赐婚的,嫁了镇国将军府的长孙!"

旁边的听众交口称赞:"门当户对,郎才女貌!"

门当户对倒是真的,可这郎才女貌……柳蓉恨恨地摇了摇头,大家都是被许慕辰那张俊脸给骗了,其实这人真烂啊,登徒子一个,见着美貌的就眼睛发光!

只是,好像登徒子还是有优点的,上回中了许老夫人的招数,他都能把持住没有对自己下手,看起来这人也只是眼睛瞧瞧,嘴巴里说说轻慢的话,真刀真枪的他还不敢做。再想起他飞过来扑在自己身上,护着自己不被砖石砸伤,柳蓉还是有几分感动:小伙子心地不错。

"珍儿,你怎么与那许慕辰和离的?"苏老夫人终于缓过神来,捂着胸口一顿乱揉,"是不是他欺负了你?"

苏大夫人愤愤道:"母亲,还用问吗?我们家珍儿是什么人,你又不是不知道,肯定是许慕辰那厮逼着珍儿和离的!"

柳蓉赶紧做掩面哭泣状,悲悲惨惨地离开了大堂,她实在不知道该怎么解释自己写和离书的事情,即便说了,苏国公府两位主子也不会相信自己的理由啊。

出得门来,柳蓉吩咐绫罗:"赶紧到那王公子落脚的书院去寻了他问清你们家姑娘的住处。"

苏锦珍眼力不错,王公子秋闱果然高中,现在头悬梁锥刺股地在温书,就等着明年春闱能顺利成为贡士,然后再参加殿试,一举成名天下闻。

绫罗欢喜地睁大了眼睛:"柳姑娘,你是要我们家姑娘回府吗?真舍不得你。"

每日跟着这位柳姑娘,绫罗总觉得自己的日子过得不安稳,这一刻瞧着还好好的,下一刻就捉不住她的思路了。最最可怕的是,这位柳姑娘,会飞!而且最喜欢在晚上飞!"嗖"的一声就没了影子,她睁大眼睛看了半天,也不见她去了哪个方向!

绫罗暗自里思量,这位柳姑娘大白天睡觉,晚上就来了精神,跑得人影都没了,肯定是去干坏事了!她实在为自家姑娘的名誉担心,生怕哪天这位柳姑娘失手被人给捉了,大家一看:"哟,竟然是苏国公府的大小姐!"

那简直是噩梦!自从柳蓉替嫁,绫罗一颗心就没有落过底,夜深人静的时候,当她眼巴巴地望着柳蓉回来的时候,她深深地后悔自己那个晚上愚蠢的主意,要不是她提出替嫁,就不会这样担心了。

柳蓉见着绫罗笑得欢实,口里却还要故意装出恋恋不舍的口气,伸手弹了她一指头:"你莫要装模作样,难道还骗得了我?快些去找你们家姑娘就是。"

绫罗连滚带爬的走得飞快,一会儿就没见了人影。

"睡觉去。"柳蓉满足地叹息一声,真是爽,不用见着许慕辰的那双桃花眼,也不用再想着那花瓶究竟在谁家里,现在睡觉乃是天下最要紧之事!

苏老夫人在府里坐立不安地想了许久,最后决定还是去找许老夫人商量下两个孙辈的这件事情。和离,对于男人来说没什么大不了的事情,镇国将军府,谁不想嫁进去?更何况许慕辰生了一张迷死人的脸,成亲没多长时间,还没有附赠拖油瓶,嫁过去还不是和初婚是一样的?要是他和离的消息放了出去,只怕京城明日就会发大水,一大把贵女垂涎三尺都不够,流下的口水会将京城给淹了。

而和离对于自己的孙女来说,那可真是亏大了!

女人一成了亲就掉了价,谁想去当接盘侠?而且这世上多的是狗眼看人低的,对于那些和离的女人,说的话实在恶毒:"和离其实跟休弃没什么两样,只是女方家里强势,不想让她背这个被休的名声,谁又知道她是不是养了小白脸!"

况且苏锦珍是苏国公府的长孙女,她的亲事很能影响下边几位姐妹的将来。那些刁钻的人家，听着说长姐出阁还没半年就和离了，肯定会看不起苏国公府家的小姐，根本就不想来议亲，只怕是亲事艰难。"

苏大夫人虽然不以为然，觉得国公府的小姐不愁嫁，可见着苏老夫人意志坚定，也只能附和着她的意见，陪着她前往镇国将军府。

"祖母，我们回来了！"

许老夫人睁开眼睛一看，许慕辰与柳蓉手拉着手，甜甜蜜蜜恩恩爱爱地走了进来，看得她心花怒放："辰儿，你怎么就回来了？"

许慕辰与柳蓉没有理睬她，两人执手相望，脸贴着脸，嘴对着嘴……

哎哟哟，真是羞死人了，怎么就把祖母当不存在哪？许老夫人端坐在那里，眉开眼笑地望着两人玩亲亲，一边好心的建议他们："不如回你们院子去再……"

"老夫人，苏国公府的老夫人与大夫人过来了！"一阵急促的喊声将许老夫人从睡梦里惊醒，她瞥了一眼那个丫鬟，见她额头直冒汗，有些不解："你这是怎么了？慌慌张张的！"

"老夫人，苏老夫人那样子好可怕！"丫鬟咽了下口水，扁了扁嘴巴，一副"吓死本宝宝了"的模样。

许老夫人一怔，赶紧和衣下床，伺候在一旁的丫鬟一拥而上，赶紧给许老夫人穿好衣裳，众星拱月般将许老夫人拥簇在中央，雄赳赳气昂昂地大踏步走了出去，苏国公府的老夫人竟然敢杀上门来？镇国将军府不是吃素的！

可是，许老夫人才到前堂，怒气冲冲的苏老夫人一句话，就让许老夫人顿时没了气焰："许老夫人，你那宝贝孙子，竟然给我珍儿扔了和离书！"

许老夫人的嘴巴张得大大的，简直不敢相信自己的耳朵。

说好的到外边游玩两个月增进感情的呢！怎么弄出一个和离书来了？她小心翼翼，赔着笑脸看了看脸若寒霜的苏老夫人："亲家，莫不是弄错了？

我家辰儿怎么会这般糊涂?和离这种大事,他怎么着也会跟我们商量了再说,肯定不会这样随随便便就做决定的。"

"哼!你的孙子在你心里头肯定是一百个的好,我的孙女儿,在我心里也是宝贝疙瘩!她回府以后就是以泪洗面,躲在绣楼里不肯出来,我们想去安慰她,她都大门紧闭的不开门!"苏老夫人悲愤地望向许老夫人,"亲家,凡事都要讲良心!"

(其实,柳蓉睡得正香,开启睡眠模式,附带自动屏蔽功能,过滤了一切噪音……)

许老夫人眨巴眨巴眼睛,看起来这件事情是真的了?唉!辰儿也真是糊涂,这么好的一个孙媳妇,竟然就给他像扔破烂一样扔了!这还是皇上赐的婚呢!这还是皇上准的假让他们去增进感情呢!这下怎么办才好,简直没法子交差。

苏老夫人见着许老夫人左右为难,不再说话,与苏大夫人一道板着脸,气场十足,脸上的神色明明白白写着几个大字:请速速提供解决方案。

许老夫人犹豫再三,这才小声道:"要不这样吧,亲家,等辰儿回来,我问清他原因……"

苏老夫人毫不客气地打断了她的话:"还用问什么原委,肯定是你那宝贝孙子对不住我的珍儿!他是什么样的人你又不是不知道,什么勾引小媳妇大姑娘啦,什么与属下有染啦,这些事情,京城人都知道!你说,这次不是他捣的鬼难道还是我们家珍儿弄出来的事?莫非我家珍儿吃多了撑着,要提出和离来?"

许老夫人心虚地点着头:"亲家说得是……"

"好啊,这个小子,越发能耐了!"外边传来打雷一样的声音,门帘一掀,一个铁塔般的老者风风火火的赶了进来,"老婆子,都是你给娇惯的!我早就说不能把辰儿给惯坏了,你偏偏不信,你看看,他现在做的都是些什么事情!"

许老夫人无限委屈:"我娇惯他什么!不就是看着你三九寒冬,将他扒光扔到雪地里,心疼孙子才将他捡回来吗?咱们孙子小时候好好的,进宫做伴读的时候人家都夸他,只是这两年才有些流言蜚语……"

"到现在你还护着他!"许老太爷气呼呼地坐了下来,白了一眼许老夫人"你可知道慈母多败儿你这个做祖母的跟着那个做娘的一起宠溺他,能不成这样子吗?"他很严肃地看了一眼许老夫人,"咱们不能护短!"

"还是镇国老将军是个直爽人!"苏老夫人点头称是。

许老太爷豪爽地一挥手:"亲家,你们放心,等着辰儿回来,我会用棍子打着他去你们苏国公府将事情说个清楚,向苏锦珍赔礼道歉,再风风光光地将她迎回镇国将军府来!"

早上的空气真心好,虽然已经是十月末了,可柳蓉一早起来就觉得自己神清气爽,好久没有出去溜达了,一觉睡到大天亮,真是爽啊!柳蓉一边洗脸,一边心里琢磨着,自己该要好好反省了,要是师父知道自己这样不求上进,只怕会拿出小皮鞭狠狠地抽她。

绫罗端了洗脸盆子进来,望着柳蓉甜甜一笑:"姑娘,洗脸啦!"

柳蓉将手浸在盆子里,看着绫罗那欢喜的样子,伸手拧住她的耳朵:"哼!看到我要走了你就这样高兴,难道也不装模作样伤感一下?"

她已经与苏锦珍约定好,今日就让她回苏国公府。

绫罗那日回来,脸色悲戚,柳蓉问她是不是遇到麻烦了,绫罗连连摇头:"不是我遇到麻烦了,是我见着我们家姑娘住的地方,实在难过。"

柳蓉脑海里忽然想起王宝钏苦守寒窑十八载来,不由得打了个哆嗦:"那地方很荒凉?鸟不拉屎乌龟不下蛋?"

听着柳蓉说得如此粗鄙,绫罗习惯性地纠正她:"姑娘,文雅些。"

柳蓉翻了个白眼,过了今日我就跟这些高门大户无缘了,文雅,文雅能当饭吃吗!师父还不是满嘴粗话,照样阻止不了对面山坡上那道长爱慕的眼神!

143

绫罗将苏锦珍现在的情况说了一下，那王公子父亲已经过世，只有一个寡母，倒还有三十亩薄田，租了给人耕种，自己只收租子。现在苏锦珍就是与那位王寡妇住着，两人养了不少鸡鸭，每天还要做些绣活，攒到了几十条帕子，王寡妇就拿了到京城里来卖。

柳蓉张大了嘴巴，这苏锦珍倒也是能屈能伸，可她有必要这样扮穷苦么，不是带了一包首饰走的？怎么样也够她过舒服日子了。

"我们家姑娘是想要未来婆婆看到她的温良贤惠。"这回轮到绫罗白了柳蓉一眼，一副你啥都不懂的神色。她伸手从盆子里捞起帕子来，"柳姑娘，这是我最后一次给你打洗脸水了，唉！日子过得真慢，我们家姑娘都出去这么久了，真是可怜。"

柳蓉胡乱抹了一把脸："你别催我，我跟老夫人与大夫人说一句，马上就走。"

苏老夫人与苏大夫人得知柳蓉要出去散心，两人都连忙点头："老是闷在府中怎么行？是该出去走走，多带些奴婢，免得路上出什么事情。"

按道理这高门大户的小姐不该随意出去走动，可现在……苏老夫人望着柳蓉那郁郁寡欢的神色，不能不点头："珍儿，你可要放宽心，祖母一定会替你去讨个公道！"

柳蓉只觉得脖子那里凉飕飕的，赶紧朝苏老夫人摇头："祖母，不必了，不必了。"

苏老夫人瞧着柳蓉夺门而出的身影，叹了一口气："咱们珍儿都被那个许慕辰折磨成这样了！一听说要回去，惊骇得只想逃开了哪！"

苏大夫人愁眉苦脸，一言不发。

一出苏国公府的大门，柳蓉让绫罗发了一两银子给那些丫鬟、长随："自己拿着银子去逛街，申时到东城门口等着。"

丫鬟、长随本来想表示一下对自家姑娘的关心，见着有银子拿了逛街，即刻便决定将自家姑娘忘在脑后，一个个拿着银子喜滋滋地走开了。

"咱们快些走!"柳蓉让绫罗去雇了辆马车,赶去了城北王家村。

苏锦珍又惊又喜,向柳蓉千恩万谢,王寡妇见着来了个跟自家未来儿媳长得一模一样的小姐,穿得珠光宝气,实在有些摸不着头脑:"这位姑娘,你与我家珍儿……"

柳蓉手脚麻利地将自己头发上那些首饰都拆了下来,自己穿金戴银地赶路,只怕会惹来一些觊觎财物的人,虽说自己有功夫在身,不怕他们,可多一事不如少一事。她让苏锦珍拿来一块布,将金银首饰放到里边打了一个包袱,这都是镇国将军府的聘礼,不拿白不拿。

"柳姑娘,我还有首饰呢,你都拿去,这是我的一点点心意。"苏锦珍赶着去自己房间,拎出一个小小的包袱来,"多谢柳姑娘。"

柳蓉毫不客气地接了过来,她帮助苏锦珍解决了一个大麻烦,接点感谢银子是应该的——她可不能白白出手不是?

王寡妇在旁边看得眼花缭乱,那些首饰都是她从未看见过的,虽然不知道价值几何,也知道肯定很值钱。她在一旁小声问道:"珍儿,你哪里来这么多首饰啊?"

绫罗在旁边抢着回答:"我们家姑娘放在府里的首饰有好几匣子呢,这些首饰又算得了什么?"

王寡妇眼珠子在苏锦珍身上转了转,又看了看柳蓉,实在不知道绫罗说的姑娘是哪一位,柳蓉没有理睬她,拉住苏锦珍的手到一旁,将这些日子里与许慕辰待在一起发生的事情都说了一遍再三叮嘱她:"你一定要记牢,别露馅,万一镇国将军府逼着他登门迎你回去,你千万不要答应!"

苏锦珍神色坚定:"我已经和王郎说好了,今生今世要在一起,绝不辜负对方,我是不会嫁许慕辰的。"

柳蓉给她支着:"你母亲心疼你讨厌那许慕辰,你可以找你母亲求助,别跟你祖母说这事,她铁石心肠,只想着名声两个字,根本就不会把你的幸福放在心上。"她促狭地一笑,"要是他们逼着你回镇国将军府,你就索性说你有了王公子的骨肉。"

苏锦珍满脸通红:"这怎么可以?"

"这是撒手锏,他们不答应你,你就这样说。"柳蓉拍了拍苏锦珍的肩膀,"你可记牢我说的话了?"

苏锦珍含着眼泪点头:"那你要去哪里?"

"我要回家。"柳蓉笑了笑,"我的家可好玩了,比苏国公府大多了,走一天都逛不完!"

王寡妇听着苏国公府几个字,打了个哆嗦,望了望苏锦珍:"珍儿,你……是苏国公府的小姐不成?"

柳蓉点了点头:"王家婶子,你赶紧准备聘礼,去苏国公府求亲吧。"

王寡妇眼睛一翻,倒到了床上,苏锦珍吓了一跳,伸手去推她:"婆婆,婆婆!"

"珍儿……你真是苏国公府的小姐?"王寡妇好不容易缓过气来,一只手拉住苏锦珍不放,"这可怎么办才好,我们家哪有这么多银子去提亲?"

"王家婶子,不要紧的,苏大小姐现在已经和离回了苏国公府,这身价已经掉了大半还有余,你带个一万两万银子过去,苏国公府应该也会答应。"柳蓉在一旁热心地建议着,王寡妇听着,又"咕咚"一声倒在床上,干脆眼睛都不睁开了。

柳蓉望着那王寡妇,心里觉得好笑,这人也实在是太禁不得吓了,儿媳妇都跟着儿子跑到她家里来了,难道还怕她跑了去?她没心思理会这些,三步并作两步往外边赶,心情大好——这呼啸的北风,全是轻松快活、自由自在的味道!

第一个目标,重返飞云庄附近的小河,从那坟堆里将花瓶挖出来。

柳蓉赶到码头,上了一条客船,顺着京杭大运河又往扬州走,船上各色人等都有,男男女女一大堆,见着柳蓉上船,一群年轻男子眼中不由自主地露出了爱慕的光芒——这船上也有好几个女子,只不过个个都上了些年纪,最年轻的都一手牵个娃,胸前挂着的兜兜里还装了一个,亏得她男人还寸步不让的护着她,生怕她被人偷窥了去。

柳蓉的到来,成功地让各位无聊寂寞的男子都觉得全身充满了力量,船老大一看风帆,竟然是东南风!

"老大,你惊讶个啥子,没看到船上不少人的春天都来了?肯定要刮东南风了!"划桨的船工人虽小,观察力却强,两只手摇着桨,眼睛羡慕地望着甲板上一群人。

船老大踢了船工一脚:"你小子才十五,就知道想媳妇了,快些划桨,早些挣出老婆本!"

柳蓉在船上过足了女王瘾,自己要什么,都不用动手去拿,她坐在一把椅子上头,旁边黏着一群人:"柳姑娘,你想吃什么?可是口渴了要喝茶?"一脸献殷勤的样子,个个抬着头,仰慕地看着柳蓉。

柳蓉从盘子里抓出一颗蜜饯递给那抢了先机捧着茶过来的年轻人:"给你尝尝这个!"

那人激动地将蜜饯托在手心里看了又看,简直舍不得下口,旁边一个人忽然站起来,从他手里抢了那颗蜜饯,飞快地往嘴里塞:"好甜!好甜!"

"这是柳姑娘送给我的!"那年轻人悲愤地大喊了起来,这是柳姑娘送给他的定情信物啊,竟然就这样被那个粗鲁的汉子给吃了!呜呜呜……他本来要与柳姑娘白头偕老多子多孙的,可定情信物被人吞了,他的媳妇飞了,飞了……

在断断续续的哭泣声里,一条小船迎面开了过来,船上站着一个年轻小伙子,青色长衫,昂首而立,脸上有一些疙瘩,映着日头影子闪闪发亮。

柳蓉赶紧低下头去——许慕辰那厮是要回京城吗?他怎么从飞云庄出来了?

嘻嘻哈哈的笑声飘了过来,站在船舷之侧的许慕辰皱了皱眉头。

许慕辰被困飞云庄不得脱身,他脸上还有小疙瘩使不出美男计,他每次朝卢庄主夫人笑得甜蜜,可卢夫人只当他在抽筋:"这位少侠可是疼痛难忍,是不是要给你请个大夫?"如此好几回,许慕辰只能死了这条心,花了些银子买通飞云庄的一个庄丁让他去京城刑部走了一遭,刑部共事过的同仁听说许慕辰落难飞云庄,赶紧给卢庄主发了公函,飞云庄庄主这才信了许慕辰的身份,允许许慕辰离开庄子去追那两个女贼。

离花瓶失窃已经过去了这么多日,此时让他到哪里去找那两个叫小香小袖的女人?许慕辰想想都有一种吐血的冲动,此刻他听到旁人笑得欢快,心情更差了。

这笑声来自刚刚与自己乘坐的小船擦肩而过的那艘大船。

许慕辰一回头,就见那船的甲板上人头攒动,一群男子围绕着一个穿着淡绿色衣裳的女子说说笑笑,甚是快活,众星捧月一般将那女子围在中央。

那女子头微微低垂,看不清她的眉眼,但从她耳朵上两只快活得在打着秋千摇晃不已的耳珰看来,这女子心中是很快活的。

世风日下!许慕辰心中愤愤然,这女子真是不要脸,光天化日之下,勾得这么多男子流露出一副仰慕之情来,实在是有伤风化!许慕辰不由得又回头看了一眼,那女子已经抬头,脸却是侧过去的,只能隐约见着一个小巧玲珑的鼻尖。

似乎……有些熟悉。

许慕辰心中忽然一紧,好像在哪里见过她!

他蓦然想起那一次,京城一群大姑娘小媳妇跟在他马后暴走,有个姑娘在人群里哼了一句"登徒子",等他视线落到她身上时,她已经侧脸从人群里挤了出去。

好像就是这样一张侧脸,好像戴的正是这副耳珰!而且这侧脸,似乎……许慕辰身子一僵,这侧脸似乎还与那位扔了一张和离书就逃之夭夭的苏锦珍的有些相像!许慕辰看了下两条船之间的距离,心中估摸着自己飞到那条船上去的可能性。

若是还没飞到那条船,人就落水了,那可损失惨重。许慕辰掂量了下,觉得两条船相距也不太远,自己若是能借点助力,应该跳过去不成问题。他手指掐了一个圆,运气,正准备纵身一跃……

船身侧了侧,船老大钻了出来:"客官,外边风大,你这满脸疙瘩可禁不得秋风哪!"

许慕辰的衣袖被攥得紧紧的,配着船老大笑容可掬的脸孔:"客官,我刚刚用了个土方子给你配了些药,你涂上试试?"

船老大一只手掌摊开,上头有一堆稀泥,不知道里边有些什么东西,乌漆墨黑一大堆,让许慕辰看了就有呕吐的冲动。

为什么那苏锦珍的雪肤凝脂膏看起来白净柔和还散发着香味,这船老大的偏方却这般污浊不堪?许慕辰根本就没有勇气将那一坨东西抹到自己脸上,他还真没这勇气。

船老大笑得人畜无害:"客官,我帮你涂一点?"一边说着,一边伸出手指抠了一团,就要往许慕辰脸上擦。

这简直就是一个噩梦,许慕辰转身就往船舱里跑,等他将船老大甩到了身后,这才忽然想起自己原来准备做的事情来。探出身子一张望,就看见那条船却已经成了一个小小的黑点,无论如何也赶不上了。

确实有些像……许慕辰坐在那里琢磨着,怅然若失。

那人会不会是苏锦珍?他瞪眼望着那蓝底白花的粗布帘子,想了想,又摇了摇头,苏国公府的大小姐,无论如何也不会跟一群男人坐在甲板上调笑,不该是她,肯定是一个没见过世面的小家碧玉。

苏锦珍,你可不要乱跑,等着小爷去苏国公府寻你!

许慕辰捏了捏腰间系着的荷包,火冒三丈——写和离书便写和离书,竟然还要在最下边画只乌龟,提醒他说话不算话就是王八。她有那么好吗?自己都已经答应跟她和离了,还用她来提醒吗?

真是丑人多作怪！许慕辰愤愤地哼了一声，和离便和离，自己才不稀罕她！

只是……他伸手摸了下自己的脸，上头疙疙瘩瘩的一片，只是苏锦珍也是有些用处的，至少她有那个雪肤凝脂膏！自己在进宫之前一定要去找到她，问她要一瓶那个雪肤凝脂膏，虽然这个小气鬼肯定会敲他一大笔银子，可自己也没得法子，只能随便她敲诈了，自己绝不能让许明伦见着自己长满疙瘩的脸！

他嘲笑许明伦脸上的痘痘好几年，这下风水轮流转，这嘲笑与被嘲笑的人要换个位置了。

"哈哈哈，慕辰，你这脸上是怎么了？"他能想象得到许明伦那得意的笑声，几年之后，大仇得报，肯定是格外舒畅。

苏锦珍，你等着，许慕辰捏了捏拳头，不行，怎么样也不能让许明伦见着自己这张脸。

回到京城已经是十一月下旬，门房见着他回来，脸上露出一种诡异的神色，大门后边有个人影一晃就不见了踪影。

许慕辰没有在意，自己出门一张俊脸，回来以后顶着一堆疙瘩，门房自然会惊讶，只是门后那通传的婆子反应有些大啊，不至于见他就跟见了鬼一样吧。

大步走到主院，大堂门口打门帘的丫鬟都以一副悲悯的神色望着许慕辰，老太爷手里拿着一根大木棍，正在门帘后边站着呢！

许慕辰立足未稳，就觉得一阵风响，他很机灵地转过身，一只手挡了下，脚尖点地，提起身子，纵身一跃，人已经在一丈开外。许老太爷火冒三丈，手里拎着棍子赶了出来："小兔崽子，爷爷打你都敢还手！"

许慕辰擦了擦眼睛，没错，面前站着的正是须发皆白的镇国老将军，他的祖父大人。

"哎呀，有话好好说，动粗做甚！"许老夫人抹着眼泪从里边走出来，身后跟了眼圈子红红的许大夫人,见着许慕辰毫发未损,这才放下心来。她一只手攀住许老太爷的胳膊,"老头子,你可别将辰儿打坏了!"

"你别说话!"许老太爷火冒三丈,"还不都是给你惯坏的!"

许老夫人动了动嘴,还没有说话。

"祖父,你为什么要打我?难道孙儿做错了什么?"许慕辰有些愤愤不平,自己出门都三个月了,好不容易回了家,没想到迎接自己的是大木棍。

"你还有脸问我你做错了什么!"许老太爷声如洪钟,木棍敲得地面砰砰响,"你自己说!孙媳妇哪里不好,你要跟她和离!"

"我要跟她和离?"许慕辰莫名其妙,"分明是她提出来的!"

"辰儿,做人要有担当!"这下就连许老夫人都看不过眼了,一脸的不赞同,"好在苏国公府通情达理,对你不计较,只要你回府以后将她接回来,那旧账就一笔勾销,辰儿,你莫要糊涂了,这样的媳妇打着灯笼都寻不到,你赶紧去接她回府吧!"

"凭什么要我去接她回府!"许慕辰气得脑袋发晕,那写得鬼画桃符一般的和离书难道是他写的?和离书上那只乌龟难道是他画的?怎么回了京城,什么都是他的不对!

"好小子,你还犟嘴!"许老太爷火冒三丈,拎起棍子就朝许慕辰招呼过来,"你站着别动!看我打不死你这个不听话的东西!"

"好好好,我这就去苏国公府!"许慕辰怒向胆边生,捏了捏荷包,里边的和离书似乎在替他心中那一团怒火浇油—苏锦珍,小爷非得捉你来镇国将军府还我一个清白,究竟是谁写的和离书!

"辰儿总算是开窍了!"许老夫人见着那消失在树木深处的许慕辰,脸上露出了笑容,"好好跟孙媳妇说说,小两口床头打架床尾和,夫妻间又能有什么隔夜仇?只要辰儿诚心去赔不是,她肯定会欢欢喜喜地跟着辰儿回来的。"

许大夫人默不作声,在她看来,儿子当然是自己的好,肯定是媳妇儿做了什么让儿子生气的事情,儿子才会和离的,自己看着长大的儿子,才不是蛮不讲理的人呢!

许老太爷将棍子抱结实了些:"我去门边守着,要是他一个人回来,我就把他打出去!"

十一月的阳光十分柔和,秋风渐渐起,地上全是黄色的落叶。苏国公府的亭子里坐着三个人,身后站着几个丫鬟婆子,正一脸同情地看着低头不语的苏锦珍。

"珍儿,你放心,我们已经替你去镇国将军府讨公道了。"苏老夫人见着苏锦珍一副郁郁寡欢的神色,出言安慰她,"等许慕辰回来了,自然会迎你回镇国将军府的。"

苏锦珍打了个哆嗦,连连摇头:"不不不,祖母,我已经与他和离了,怎么还能回镇国将军府去?"

她一心一意等着王家来提亲呢,要是将她送回镇国将军府,那算盘不是落空了?

"唉!祖母也知道,那许慕辰不是个东西,可毕竟你已经跟他成亲了,就该容忍他一些,我早就跟你说了,男人嘛,年轻的时候免不了会拈花惹草,年纪一大,自然就收心了。珍儿,你快别使小性子了。"苏老夫人循循善诱,看着苏锦珍憔悴的一张脸,心里头奇怪,怎么孙女儿好像一两天就瘦了不少,下巴都尖出来了。

唉!还不是许慕辰那小子惹的!苏老夫人心中有些怨恨,等许慕辰登门,自己非得好好训斥他一顿才行,自己这么好一个孙女儿,他都不懂珍惜!

"老夫人,大小姐的姑爷来了,准不准他进来?"一个管事婆子喘着气跑过来她小心翼翼地瞥了苏锦珍一眼,大小姐千万莫要太伤心才好啊!

许慕辰气势汹汹地走过来,步子又急又快。

自从娶了苏锦珍以后，他就没过上几天好日子，事事都倒霉，处处被人误解，分明是她写的和离书，反过来自己却背了一个黑锅，祖父还不分青红皂白，举起棍子就往自己身上砸，怎么也不问问原因哪！

许慕辰心中无限委屈，想当年，他可是让全家人引以为傲的，有才又英俊，没想到，这才几个月，自己便成了他们眼中的一根草。

真是心酸哪，许慕辰抬头看了看凉亭里坐着的几个人，心头气不打一处来，那苏锦珍在自己面前趾高气扬，说话高声大气，可是在她祖母、母亲面前却装出一副小可怜的模样来，若不是自己早就看透了她的真面目，此时也会被她那逼真的演技骗过！

许慕辰抬高了腿，噔噔地就往凉亭走，强大的气场让苏锦珍缩了缩身子，害怕地往绫罗身上靠。

这个一脸寒霜的男人太可怕了！他凶悍的目光紧紧盯着自己，简直让她没有回避的余地。许慕辰果然不是个好人，也难怪柳姑娘这般匆忙地想跟他和离，肯定是日子没法过了，不得已才想出这法子。

苏锦珍低垂着头，心中默默想，为了自己与王郎的山盟海誓，为了自己下半辈子的幸福，自己一定不能向祖母低头，坚决不能嫁给这位"名满京城"的许侍郎！

"苏老夫人，苏大夫人。"出于最基本的礼貌，许慕辰还是朝两位长辈拱了拱手，"我今日来拜访苏国公府，是有一件事情想解决的。"他从荷包里摸出那两张和离书，猛地甩到苏锦珍面前，"苏锦珍，拿好你的和离书，以后不要再来烦我！"

苏锦珍又惊又喜，没想到许慕辰竟然也想和离，真是万万没想到。她赶紧将桌子上那张和离书捡了起来，没敢抬头看许慕辰，心中有些害怕，双手一直在发抖。

"许大公子，别这么大的火气。"苏老夫人面子有些挂不住，孙女被人追到府上甩和离书，这不是在打苏国公府的脸吗？她此刻也有些生气了，

"许大公子,请问我家珍儿有哪一点不好,要被你如此嫌弃?"

许慕辰冷冷地哼了一声:"她有哪一点好?"

苏大夫人忍无可忍,拍桌而起:"许慕辰,你休得猖狂!我家珍儿温婉贤淑、孝顺懂事、通情达理,哪一点不好?可怜她苦命,竟然要被你这样的人糟蹋,你以为我们苏国公府好欺负任由你搓圆打扁?许慕辰我告诉你,你打错算盘了!"

苏锦珍听着母亲为自己出头,心中大为着急,自己可不想嫁进镇国将军府去!她伸手拉了拉苏大夫人的衣袖,小声道:"母亲,全是珍儿命苦,你就别跟他置气了,让他出府去吧,以后我与他便是陌路之人,不再有交集。"

这几句话柔得似乎能滴出水来,许慕辰瞥了苏锦珍一眼,十分不屑:"苏锦珍,你不用这般装模作样了,那时候你神气活现的,这时候你就会扮柔弱,我看你这本领,便是四喜班的当家花旦也比不上你!"

听着许慕辰将自己的宝贝女儿与那戏子相提并论,苏老夫人也气得不轻,要是许慕辰将这混账话到外头乱说,苏国公府其余的小姐还要不要嫁人?她一张老脸白了半边:"许慕辰,我们家珍儿凭什么被你这般侮辱?你不要以为你跟皇上是发小就这般无法无天,皇上乃是明君,定然不会包庇于你!走走走,咱们进宫面圣去,我非得让皇上来看看,他给我家珍儿指了门什么亲事!"

进宫?许慕辰站定了身子,摸了摸脸,忽然想到了最重要的一件事情,他一伸手:"苏锦珍,卖一瓶雪肤凝脂膏给我。"

苏锦珍有些莫名其妙,柳蓉根本没有跟她提过,她怎么知道那雪肤凝脂膏是什么东西?一抬头,就对上了许慕辰那长满疙瘩的脸,惊得她睁圆了眼睛:这就是京城八美之首的许侍郎?长成这副模样,还京城八美之首?自己几位兄长都生得比他好看多了,至少脸上肌肤光洁,哪里像他一样,一堆堆小红疙瘩。

"你不是爱钱如命吗？我给你两百两银子，你赶紧卖一瓶雪肤凝脂膏给我。"许慕辰口气坚决，一只手伸到苏锦珍面前，不肯缩回半分。

苏锦珍又惊又怕，怯怯地摇了摇头。

她没有那个雪肤凝脂膏啊，她连那东西是什么都不知道，卖什么卖？

许慕辰讥讽地一笑："我就知道你贪得无厌，你卖给皇上不就两百两银子一瓶吗？现在是卡着我生了一脸疙瘩就想坐地起价了？好，我给你四百两，这下总够了吧？快些卖一瓶雪肤凝脂膏给我！"

他怎么能让许明伦见着他这副惨绝人寰的模样？他要速速将这些疙瘩消灭了再进宫，他不要像一只人见人厌的癞蛤蟆！

"许大公子，可否说清楚，雪肤凝脂膏是什么？"苏锦珍娇怯怯地望了许慕辰一眼，这人看起来好凶狠，一副要吃人的模样。

"装，你还装！"许慕辰气不打一处来，苏锦珍分明就是在装糊涂，她是不想让自己的疙瘩好，才故意推诿的吧？自己跟她什么冤什么仇，她非得要跟自己对着干？他猛地上前边一步，一把抓住苏锦珍的手，"快些拿给我！"

苏锦珍吓得全身一颤，拼命往后退，石桌上摆着的水果盘子与茶盏哐当哐当地被扫到了地上，清脆的响声不绝于耳。

"放肆！"苏老夫人变了脸色，朝身边候着的丫鬟婆子大声吼了一句，"还愣着做甚？快些将这个强盗抓起来！"

凉亭里站着伺候的一群丫鬟婆子奋不顾身地扑上去，许慕辰正在与苏锦珍纠缠，没料到有这么多人扑过来，这些是苏国公府的下人，更何况又是一群手无缚鸡之力的妇孺，他没好意思使出功夫来将她们摔到一边。

结果是……苏老夫人揪着许慕辰进宫面圣去了。

许明伦盯着许慕辰看了好一阵，猛地站起身子："慕辰，慕辰？"

155

许慕辰心中暖暖的一片，没想到发小竟然没有嘲笑自己的满脸疙瘩，以前自己那样取笑他，真有些不对。这歉疚之意刚从心底钻出来一点点，忽然就听一阵哈哈的狂笑："慕辰啊慕辰，你竟然也有今天！"

许明伦笑得格外舒畅，这几年被许慕辰追着取笑痘痘的难堪，今日总算是大仇得报，得意地望着许慕辰那张全是疙瘩的脸孔，许明伦故作关心："慕辰，别动气，小心痘印不消。"

原话奉还，这种滋味，怎一个爽字了得。

"皇上，我是来请您来主持公道的。"苏老夫人颤颤巍巍地指着许慕辰，"皇上您下旨赐婚，将我们苏国公府的长孙女嫁给了这许慕辰，没想到他今日竟然追着到我们苏国公府送上了一张和离书。"

"慕辰，可有此事？"许明伦瞠目结舌，这小子，胆子贼大，自己赐婚才几个月，他就把苏大小姐打发回府了？

许慕辰憋着一肚子气："和离是她提出来的，可不是我。"

苏老夫人："不可能！"

苏大夫人："不可能！"

许明伦：……

满堂宫娥内侍：……

许慕辰见众人都是一副不相信的模样，从荷包里摸出了他留着的那份和离书："皇上您看看，分明就是苏大小姐先提出来的。"

许明伦接过和离书，一眼就看见了上边画着的乌龟，心中埋怨许慕辰，发小现在似乎变蠢笨了，再急着将苏大小姐甩了，也不该用这样的手段啊，看看这笔字，谁会相信是苏国公府的大小姐写的和离书？

苏老夫人已经在一旁咬牙切齿地喊了起来："皇上，那和离书绝不是我家珍儿写的，即便是她写的，也是被许慕辰这厮逼着写的！"

"苏老夫人，你是不知道你家那个孙女的德行，她……"许慕辰侧头想了想，嗯，其实苏锦珍好像蛮可爱的，他竟然说不出她哪里不好，眼前闪过一双明亮的眼睛,他呆呆地站在那里,嘴中喃喃道,"反正这和离书是她写的,若是我写的,五雷轰顶不得好死!"

见许慕辰发了毒誓,苏老夫人一时间也犹豫了,这毒誓可不能乱发,举头三尺有神明,人在做,天在看,做了亏心事,总会遭报应哪!

站在许明伦一侧的内侍已经看到了纸上的那只乌龟,再也忍不住,掩着嘴巴笑了起来,胳膊肘里夹着的那柄如意不断地晃动,差点掉了出来:"皇上,乌龟……"

咦,这话似乎有些不妥当,内侍惶惶然看了一眼周围,同伙们的脸上分分明明写着几个字:你死定了。

出乎意料,许明伦哈哈大笑起来:"这乌龟画得很不错!快,传苏大小姐进宫,朕要替她解决了这件公案!"

上回苏锦珍卖给他雪肤凝脂膏,那时候他就觉得她甚是有趣,这次见着和离书,那只乌龟憨态毕现,跃然纸上,简直让他对这位苏大小姐心生佩服,能将自己的发小收拾得无计可施,这也算是个奇才了。

许慕辰忽然想起一件事情来:"皇上,请替我问她要一瓶雪肤凝脂膏!"他委委屈屈地指着自己满脸小疙瘩,"我出四百两银子一瓶,她都不卖我!"

"这有何难?"许明伦哈哈一笑,"快赞朕一句,朕就帮你去讨要!"

"皇上英明神武,皇上治国有方,皇上洪福齐天……"

苏锦珍低头跟在一个内侍身后,慢吞吞地走了进来,这是她头一次进宫面圣,心里边不免有些害怕,走到里边规规矩矩地行了一个大礼,三呼万岁站起身来走到苏老夫人与苏大夫人那边,站得笔直眼观鼻鼻观心。

许明伦盯着苏锦珍看了两眼,觉得有些不对劲。

上回苏锦珍来皇宫的时候,可不是这模样,面对他与母后,丝毫没有畏惧,有说有笑,甚至还冲到自己面前来,毛遂自荐地说有可以治痘痘的良药。可现在这个苏大小姐,看起来好像是变了一个人,虽然模样好像没变化，可那通身的气质全变了。

母后为了催促他成亲，这些日子每天都在召见各家贵女，还不时地喊他过去瞧瞧—母后的用意他知道得清清楚楚，还不是让他在里头挑选个皇后？可他觉得这些贵女一个个循规蹈矩的，行不摇身笑不露齿，那感觉好像是一个模子里倒出来的，让他实在没了兴趣。

现在这苏锦珍，给他的感觉就是这样。

寡淡如水，索然无味，与上次见着她的时候大相径庭。

难道她是被许慕辰打击坏了，得了一纸和离书，伤心得已经快说不出话来了？许明伦责备地看了许慕辰一眼，清了清嗓子："苏大小姐，你与朕说说，这和离，可是你真心的？是不是被许慕辰逼的？"

苏锦珍抬起头来看了一眼许明伦，又怯生生地低了下去，轻轻点了点头："皇上，确实是臣女自愿和离。"

苏老夫人打了个哆嗦："珍儿，有皇上给你做主，你别怕许慕辰那厮！"

苏锦珍很坚定地点了点头："祖母，这事情关系到珍儿的终身幸福，珍儿是慎重考虑以后才做出的决定，还请祖母怜惜珍儿。"

这倒还有几分原来的味道了，可还是觉得不像那次见到的她。上回她神采飞扬，一双眼睛黑亮亮的机灵又活泼，说起话来让他觉得特别有意思，实在想留着她多说阵子话。许明伦看了一眼许慕辰："慕辰，既然你们两人都铁心不想在一起过日子了，那看起来朕白白下了一道圣旨，也罢，以后你们男婚女嫁，各不相干。"

"多谢皇上！"苏锦珍大喜，有了皇上这句话，祖母也不能逼着她再往镇国将军府里去，现在就只要王郎赶紧派媒婆过来提亲了。

许慕辰朝许明伦一个劲地抛眼色："皇上，皇上！"

许明伦装出没看见，站起身来做出要走的模样。

"皇上，你可不能说话不算话！"许慕辰终于忍不住，跳到了许明伦面前，一把拦住了他，"你答应了微臣的请求！"

许明伦呵呵一笑:"我现在觉得,让你每天顶着一脸疙瘩来见我,是一件不错的事情。"

"皇上,君无戏言!"许慕辰气得实在想翻脸,可谁叫许明伦是皇上,谁叫他是自己的猪队友,谁叫自己还有求于他!

许明伦见着许慕辰一脸哀求表情,神清气爽,心高气傲的许慕辰也有求他的时候了,这种感觉真棒!

"苏大小姐,上回你卖给朕的那雪肤凝脂膏,效果极好,朕用了以后果然是药到病除。许慕辰现在虽然已经不是你的夫君,但我一看就知道苏大小姐是个善良的姑娘,肯定会伸出援手急人之困的,不如苏大小姐看在朕的面子上,就卖一瓶雪肤凝脂膏给他吧。"

许明伦循循善诱,晓之以理,旁边内侍高声喝彩:"皇上字字珠玑!"

苏锦珍一脸茫然,柳蓉到底卖了什么给皇上啊,雪肤凝脂膏,那究竟是什么东西呀?自己可是闻所未闻,如何能拿得出来?

苏老夫人与苏大夫人也是一头雾水,两人莫名其妙地望着苏锦珍:"珍儿,你真有那雪肤凝脂膏,还卖了给皇上?"

有好东西肯定是进贡给皇上的,还能问皇上要银子?苏老夫人与苏大夫人都打了个冷战。

苏锦珍摇了摇头:"珍儿根本不知道雪肤凝脂膏是什么东西。"

她的表情很真诚,眼神纯洁无辜似刚刚出生的婴儿。一看她的脸,就会让人有一种这人说话绝不会撒谎的感觉。

许明伦与许慕辰两人对视一眼,心中一惊。

这人不是苏大小姐,绝对不是!瞧着长相一样,可内里根本不是同一个人!

许慕辰大步走到苏锦珍面前,一脸严肃:"苏大小姐,我想请你回答我几个问题。"

"啊?"苏锦珍有些心慌意乱,不敢抬头看许慕辰,低着头轻声道,"许大公子，我们已经和离了，你我已经是陌生人，我不能与陌生男子说话。"

"少找借口！"许慕辰毫不客气地打断了她，"新婚之夜，你睡在哪里，我又睡在哪里？"

苏锦珍的脸色一红，几乎要滴出血来，她支支吾吾好半日，却一个字也说不出口。旁边的人都瞪大了眼睛，不由得捂住了自己的嘴巴，以防自己惊呼出声，这许慕辰真是放浪形骸，竟然敢当着这么多人的面问这般私密的问题！

"许大公子，既然你与我家珍儿已经和离，如何还要用这种话来羞辱于她！"苏大夫人实在看不过眼，在一旁愤然出声，这许慕辰真是无法无天，以为自己的珍儿好欺负不成？

一想到苏锦珍在镇国将军府受尽这厮虐待，苏大夫人就满心愧疚，一把抓住苏锦珍的手："珍儿，咱们走，不要再与这无耻小人纠缠。"

苏锦珍点了点头，刚刚准备跟着苏大夫人走，却被许慕辰一把抓住另外一只手："你不是苏锦珍，你是谁？"

苏老夫人吃了一惊："许大公子，休得胡言乱语！"

"祖母，母亲……"苏锦珍急得满脸通红，额头上汗珠子不住往下掉，"我是珍儿，真是珍儿！"

苏大夫人安抚地看了她一眼："母亲知道你是我的珍儿，才不会相信这厮的胡话。"

"慕辰，赶紧让苏大小姐回府吧，你没见她一副虚弱的样子，好像马上就要晕倒了？"许明伦喝住了许慕辰，"快些撒手。"

许慕辰不情不愿地看着苏老夫人与苏大夫人带着苏锦珍走出了大殿，一脸埋怨："皇上，你怎么就不帮我了？"

说好的讨要雪肤凝脂膏呢？许慕辰伸手摸了摸自己的脸，欲哭无泪。

"你别着急，朕这里还剩一点点，你先拿去抹，看能不能消除你脸上的疙瘩。"许明伦一脸深思地望着许慕辰，露出一丝狡狯的笑容，"你把结发妻子随手就给扔一边去了,这样非大丈夫所为吧?"

冤枉,真是冤枉,他真是比窦娥还要冤哪!

"皇上,我跟苏大小姐是清清白白的,完全不是你想的那样。"许慕辰傲娇地抬头,脸上的疙瘩更闪亮了些,"只是我只觉得现在这苏锦珍,跟嫁进我镇国将军府的苏锦珍,不是同一个人。"

"我也有这感觉。"许明伦点了点头,"上次进宫来的那个,明媚姣好,让人一见难忘,而这个,虽然容颜一样,可丝毫没有那种气质。"

"难道……"许慕辰皱了皱眉头,"好像我没听说苏国公府有双生姐妹。"

许明伦也皱了皱眉头:"朕似乎也没听说过。"

"皇上!"旁边站着的内侍急巴巴地凑了身子过来,"老奴却是听说过一件事情,十七年之前,苏国公府的大夫人,生的是一对双生子,只是那双生子总会有一个强一个弱,有一个出了娘胎熬了一日没熬过去,死了。"

"你是怎么知道的?"许明伦瞥了他一眼,"朕不相信。"

那内侍龇牙笑着道:"老奴的姐姐是京城里有名的稳婆,当年她与李稳婆一道为苏大夫人接的生。那回先皇仁心,许老奴在轮值休息出宫去看望姐姐,她刚刚好接生回来,与老奴谈起了这件事儿。她啧啧叹息着说,一对粉嫩的小婴儿,生下来就死了一个,实在是可惜,那时苏大夫人身子不好,为了不让她伤心伤身,苏老夫人决定瞒着她,下令产房里头的人闭口,只说生了一个,故此京城里并未传出苏大夫人生了一对女儿的事情。"

许慕辰打了个冷战:"真有此事?难道是那个死了的……还魂了?"

许明伦也打了个寒战:"慕辰,快莫说了,哪有什么鬼怪,都是人编出来的。"

"那,如何解释这苏大小姐不同寻常的举止?"许慕辰默默想了想,这些天的朝夕相处,他对苏锦珍的性格了如指掌,她绝对不会是今日看见的苏大小姐,绝不是。

"朕……也不知道原因。"许明伦也是一头雾水,那个有着明亮大眼睛,一脸笑嘻嘻的苏大小姐去哪里了?赶紧回来啊!他也一点都不想见到这愁容满脸的苏大小姐!

"看来,我今晚必须去夜探苏国公府,好好地与苏大小姐秉烛夜谈一番。"许慕辰接过宫女递上来的雪肤凝脂膏,朝许明伦拱了拱手,"多谢皇上赏赐。"

毕竟还是朋友,太绝情的事情做不出,许慕辰对许明伦还是心存感激的。

静悄悄的夜晚,苏国公府的小路上闪过两团暖黄的灯影,上夜的护院手里拎着灯笼正在一边在小径上走着,一边说着新鲜事儿。

"好端端的,咱们家大小姐竟然和离了!"一个叹着气道,"也不知道那许大公子有哪点觉得不满意,非得追到府里来甩和离书!这日子又不是过不下去,人家都说他们两人是门当户对郎才女貌,可偏偏却分了!"

"那是那许大公子不知道珍惜,咱们家大小姐,多好的一个人,他却看不上眼!"另外一个说得干净利落,"哼!他看不上也好,自然有看得上咱们家大小姐的!只怕过不了几日,便会有人上门求亲了呢!"

"唉!"同伴略显悲观,"大小姐已经嫁过一次人了,再嫁,也轮不上什么好人家啦!"

两人一边絮絮叨叨地说着,一边慢慢朝前边走了过去。

院墙旁边有一棵大树,浓密的枝叶已经延伸到了墙外,一条人影从树上飘了下来,悄无声息地往苏家内院奔了过去。

绣楼里灯光微弱,苏锦珍坐在桌子旁边,愁眉不展。

"姑娘,早些歇息吧,夜都已经深了。"绫罗小心翼翼地劝着她,从皇宫里回来,苏锦珍脸上没有一丝笑容,总是闷闷不乐地坐在那里,问她究竟怎么了,她也不说,只是皱着眉,眼睛里全是泪水。

难道姑娘看见许慕辰,觉得他英俊非凡,故此又不愿和离了?

一想到许慕辰脸上的疙瘩,绫罗摇了摇头:"不,不会的。"现在的许慕辰,哪里还能用风流倜傥这四个字来形容?此时的许大公子,早已是惨不忍睹。

门口传来一声轻微的响动,有人在敲门:"姑娘,姑娘。"

这个时候了,锦缎还有什么事情?绫罗望了一眼苏锦珍:"姑娘,你要不要见她?"

"这么晚了她还来敲门,该是有要紧事,绫罗,你去给她开门。"苏锦珍无精打采地应了一句,绫罗说了声"好",快步走到门边将门打开。

绫罗吓了一跳。

锦缎与一个男子并肩站在门口。

"许大公子,你这时候怎么来了?"绫罗差点惊呼出声,却被许慕辰用严厉的眼光制止,她马上噤声,想到自家姑娘香闺里大晚上进来个男人,说出去也真是不好听。

"苏小姐,你到底是谁?"许慕辰跨进门,将锦缎随手一扔,把房门关上,咄咄逼人地走了过来,苏锦珍胆怯地站了起来,目光躲闪,不敢看许慕辰的眼睛。

"你是假的苏大小姐!那个真的,去哪里了?"许慕辰非常严厉地盯住苏锦珍不放,一把捉住了她的手腕,"快说,你要是不肯说,我自然有法子让你开口!"

苏锦珍吓得瑟瑟发抖,绫罗见自家姑娘的手腕被许慕辰一捏,顷刻间白了一块,心疼得不行。护主心切,她冲到了苏锦珍身边,厉声呵斥:"许大公子,放手!你怎能如此无赖的?难道准备屈打成招?我们家姑娘就是苏大小姐,十七年来她一直生活在苏国公府里边,哪里都没去过!"

"哪里都没去过?"许慕辰冷冷哼了一声,"那嫁给我的人又是谁?"

绫罗顿时语塞,无话可说。

锦缎此时已经从惊慌中回过神来,走到一旁笑得甜甜蜜蜜:"许大公子,嫁给你的就是我们家姑娘啊?还能有谁?"

"你睁着眼睛说瞎话吗?我难道还看不出她们之间的区别?"许慕辰轻蔑地瞟了锦缎一眼,"你摸着良心说,那个嫁给我的,就是面前这位苏大小姐吗?"

"啊……"锦缎很听话地伸手摸了摸胸口,忽然想到了自家姑娘神秘失踪,只剩自己与绫罗去扬州的福来客栈等她的事情来,不由得有几分犹豫。

"锦缎,还不快去歇息,要你在这里凑什么热闹!"绫罗瞪了锦缎一眼,看起来这丫头也起了疑心,要知道锦缎一门心思想攀高枝儿,万一她将疑心的事情说出来讨好许大公子,许大公子肯定会明白许少夫人不是自家姑娘了。

"呵呵,你们心虚了?"许慕辰用力掐紧了苏锦珍的手腕,"还不快说!"

"我是真正的苏国公府大小姐,她不是。"苏锦珍没有熬得住那手腕上的疼痛,最终还是出卖了柳蓉,"她是一位好姑娘,自愿替我嫁去镇国将军府。许大公子,若是柳姑娘做错了什么事情,我先替她向你赔个不是。"

做错了什么事情?许慕辰一怔,回想起两人相处的点点滴滴,柳蓉似乎也只是伶牙俐齿一点,好像也没对他做什么坏事。

那他深夜到苏国公府来做什么?

许慕辰茫然了,他这么急匆匆地冲到苏国公府刨根问底,究竟是为了什么?

证明了此苏大小姐不是彼苏大小姐又有什么意义呢?难道他还要去将那个假的苏锦珍追回来?这个理由好像有些莫名其妙。

站在那里,瞪着那张看上去一模一样的脸孔,许慕辰不住地给自己深夜造访苏国公府找着理由——当他的手摸过自己的脸时,一颗心顿时欢欣鼓舞起来。

对,这就是理由!

许明伦给他的雪肤凝脂膏好像效果不错,上午得了那宝贝,到了晚上,有几个小疙瘩就只有一丁点儿影子了,许慕辰又悲又喜,欢喜的是这药膏真是对症下药,悲伤的是,那瓶雪肤凝脂膏,其实只剩下一丁点儿,他才抹了一指头,就见着瓶底了。

在这种时刻,他难道不该赶紧找到苏锦珍,问她要一瓶雪肤凝脂膏?

"说,现在她人去了哪里?"许慕辰欢欣鼓舞,这个理由是充足、充分而且必要的!

苏锦珍抬起头来,眼中泪水盈盈:"许大公子,这个我真不知道,她并没有与我说。"

"许大公子。"锦缎堆着一脸笑,"我有重要线索!"

"闭嘴!"绫罗又一次呵斥锦缎,自家姑娘已经很没骨气地将柳姑娘招供出来了,锦缎竟然还想让许大公子得知柳姑娘的下落?这事情越发糟糕了,一切好像超出了她们的掌控。

"那位假的少夫人在去扬州的途中收了一个干弟弟,将他安置在京城的一家义堂,我想她肯定会抽空去看看他。"锦缎笑得一脸甜蜜,眼睛拼命往许慕辰身上张望,含情脉脉,好像在用尽力气说:"许大公子,你一定要记住我记住我记住我!"

"义堂?"许慕辰有几分惊讶,"哪一家义堂?"

"咦?京城的义堂不只有一家吗?"锦缎无辜地睁大了眼睛,"其余的要不是庙里开的济困堂,就是那些大老爷们办的义庄?"

"义庄……"许慕辰几乎无话可说,那里主要是存放尸首的好不好?

锦缎见着许慕辰一脸不屑的样子,赶紧又补充了一句:"义堂在京城南边一个胡同里,奴婢也不知道那胡同叫什么,反正知道在城南,那孩子叫大顺。"

绫罗死死地盯着锦缎,锦缎却骄傲地一挺胸:你来打我啊!

许慕辰二话没说,拔腿就往外跑,锦缎赶紧追上去扯住了他的衣袖"许大公子，我把知道的都告诉你了，我们家姑娘肯定会很生气，你把我买下来带回镇国将军府去吧，奴婢一定会好好伺候你的。"

冷冷的秋风从打开的房门刮了进来，门口已经没有人影。

"绫罗，让后院的婆子将她拖下去，以后这院子里的衣裳就全由她洗了，明日去与管事妈妈说一句，将她一等丫头的月例换成粗使丫头的那种。"苏锦珍瞥了跪坐在地上的锦缎一眼，身心俱疲。

她一直在担忧王郎会不会如约派人来求亲，正烦恼不堪，这时候却冒出个卖主求荣的，可得好好整治她一番，出了自己这口恶气。

义堂的大门紧闭，门口挂着两盏气死风灯，不住地随着秋风的吹拂在打着旋儿，许慕辰纵身跃过院墙，直奔里边一幢房子而去。

"大、大、大……人！"义堂的管事见着东家来了，说话都结巴了，"大人怎么这、这时候来了？"

他刚刚睡下，被窝还没热，就被人一把拎了起来。心里头正打战，那人用火折子将灯点亮，见着那人的脸，管事全身跟筛糠一样抖了起来。

"我且问你，早些日子，是否有人送了个小孩进来，名叫大顺？"许慕辰根本没想到管事竟然会想得那般远，只是单刀直入，直奔主题。

"有，他姐姐送过来的，还给了一百两银子哪。"管事听着这话，总算是松了口气，好像大人不是准备来找他麻烦，真是谢天谢地谢祖宗啊！他赶忙连连点头，"好像是姐姐要去办些着急的事情，京城又没有什么亲友，只能将他寄养到咱们义堂，说好了最多一个月就会回来接他。"

许慕辰长长地出了一口气："带我去见见那个孩子。"

大顺睡得很香。

但由于自小便独自生活，也很警醒。

睡梦中他似乎听到了轻微的脚步声越来越近，瞬间清醒了过来。

一团柔和的灯光慢慢逼近，大顺赶忙闭紧了双眼，装出熟睡的样子来，就听着有两个人在轻声说话："大人，这就是那个新送来的孩子。"

一双手伸了过来,轻轻将他踢到下边去的被子拉起来盖好,又听着一个年轻男人的声音:"他这么瘦,要多给他吃些好东西,将身子养结实些。"

　　"是。"那是管事老爷的声音,大顺终于听了出来,他又感动又好奇,那个给他盖上被子的人又会是谁?

　　许慕辰打量着睡在床上的大顺,这是柳姑娘的弟弟?他忽然有一种莫名的亲近感,好像他就是自己的亲弟弟一样。他的目光炯炯,落在大顺的脸上,见他的眼睛虽然闭着,可睫毛却有些微微的颤动,许慕辰一呆,仔细辨认了下,那紊乱的呼吸说明这孩子其实已经醒了过来。

　　真是物以类聚人以群分,跟他那干姐姐一样狡猾!许慕辰心情轻松,笑着看了大顺一眼:"我们走吧,别打扰了他休息。"

　　跟着许慕辰从屋子里走出来,管事半弯着腰低声问:"大人就不问问他的来历了?"

　　"既然他已经睡熟了,何必去打扰?明日你帮我仔细盘问下他,看他是何方人士,他姐姐究竟去了哪里,若是他姐姐过来接他,你无论如何要即刻派人送信给我,不得有误!"许慕辰脚步轻快,看见了大顺,他就有把握捉住那个冒充的假娘子了。

　　"是。"管事赶紧答应下来,见着许慕辰几纵几跃,人影消失在茫茫夜色里,长长地舒了一口气:"大人总算是走了。"

　　抓住衣前襟的手放了下来,露出了里边厚实的中衣,管事伸手摸了额头一把,汗涔涔的一片。

　　他方才担心得要命,生怕大人忽然会做出什么让他为难的事情来,还好大人高抬贵手放过了他,真是老天保佑!他仔细回想了下许慕辰的神色,忽然想起他满脸的疙瘩,大人准是那种事情做多了,肝火郁积,这才会长疙瘩的。

　　嗯,肯定是这样,管事用力点点头,以后大人过来,自己拼着老命也要向他进言,千万不可再这般荒唐了—听说苏国公府的大小姐都被他给扔了,这般门当户对又贤惠有加的小姐,打着灯笼都没处寻,大人却为着那些男人将她给打发回苏国公府去了,这样可真是要不得!

做人要有良心!大人心地善良得很,可为何就在这男女之事上解不透呢?管事一昂头,自己一定要好好劝说大人改过自新!

夜风呼啸,道路两旁的大树不断摇曳着,树叶从上边纷纷飘零,这个时候,路上已经罕有人迹,却有嘚嘚的马蹄声,在这寂静的夜里格外响亮。

一匹骏马奔驰在寂静的山路上,马上端坐着一个姑娘,头发简单地梳成一条大辫,背上背着一个大包袱,看上去是个大盒子,她一只手抓住缰绳,一只手甩动鞭子,催着坐骑飞快前行。

第九章 回家

看着远处幢幢山影,柳蓉的嘴角露出了一丝笑容,出去好几个月,总算是回来了。

到家的时候,已经是丑时,柳蓉翻身下马,将自己的房门一推,便直接扑到了炕上。不用点灯,不用梳洗,不用换衣裳,她呼呼大睡了起来——夜以继日地赶路,实在太疲倦了。

玉罗刹睡梦里听到响动,赶紧起身来看,走到院子里一看,自家徒弟的门口倒着一匹马,似乎是太疲倦了闭着眼睛在休息,鼻子还发出呼呼的响声。轻轻推开徒弟的房门一看,炕上趴着一个人影,黑乎乎的一大团。

掌着灯走过去,玉罗刹才看清楚了床上躺着的那个人。

"蓉儿回来了。"玉罗刹心疼地看了一眼,将手中的灯放下,把柳蓉背上的包袱解了下来,柳蓉感受到了她的动静,一个翻身睡了过来,一只手攥着包袱角儿,眼睛却闭得紧紧。

玉罗刹笑了笑,将包袱放到柳蓉身边,把被子从一旁拖了过来,轻轻给柳蓉盖上:"这孩子,怎么就这样睡了,也不怕着凉。"

床上的柳蓉咕哝了一声,似乎想要睁开眼睛,可或许是太疲倦了,她只是歪了歪脑袋,嘴巴里含含糊糊说了声:"师父……我回来了。"

玉罗刹脸上露出了慈母般的笑容,伸手抚摸了下柳蓉的头发,轻声道:"蓉儿,你好些睡,明日早上起来再与师父说说这一路的见闻。"

柳蓉打了个哈欠,脑袋歪到一边,睡了。

玉罗刹坐在床边,怔怔地看着那一张光洁的脸蛋,虽然一路风尘仆仆,可在灯光的照射下,她的肌肤依旧温润如玉,十分耐看。

"像他?还是像她?"玉罗刹喃喃自语,眼前仿佛出现了一对年轻男女,正微微带笑地看着她。

不管像谁,都不会像她。

玉罗刹站起身来,长长地叹了一口气,提着灯笼慢慢地走了出去,影子被灯光拉得长长,惆怅而凄凉,哀怨而彷徨。

清晨的阳光从窗外照了进来,床上的柳蓉动了动,挪了挪身子,揉了揉眼睛:"呀,就这么亮的天色了!"

一骨碌爬了起来,柳蓉看到了自己身边的那个包袱,紧紧将它抱住,跳下床来,欢快地奔了出去:"师父,师父!"

旁边的屋子上盘旋着白色的炊烟,柳蓉欢欢喜喜地跑了过去,靠在门边,嘻嘻一笑:"师父,我回来了!这些日子你有没有想我?"

"谁想你了,真是自作多情!"玉罗刹站在灶台边上,头也不回,一只手拿了锅铲在不停地翻转着,锅子里头有一锅汤,上边漂着几片菜叶,还有一些黑乎乎的不明物品,正在随着热汤上上下下地沉下浮起。

"师父,我知道你没时间想我,你肯定是在想对面山上那个空空道长,是不是?"柳蓉朝玉罗刹挤了挤眼睛,"师父,我看你们两人门当户对的,不如成亲算了,我也能多个师爹,多好!"

玉罗刹的锅铲举了起来:"又贫嘴,打不死你!"

"我知道师父舍不得打死我。"柳蓉无赖得很,抱着盒子走了过去,伸手去抢锅铲,"师父,我来煮菜,你看看,这盒子里的东西,是不是那买家要的东西?"

打开盒子，看到花瓶，玉罗刹很满意："蓉儿不错，确实就是这花瓶。"

柳蓉手脚麻利地将汤盛了出来："难怪师父今日用这个做汤，原来是奖励蓉儿的。"

汤里那些黑色的东西，乃是玉罗刹在终南山里采到的异宝，据对面山坡上那空空道长说，这东西实在难得，终南山有一种云棕树，长在山顶极阴之处，一甲子以后才能开花结果，而且花果稀少，采到成熟的果实，挤出来的浆液是雪肤凝脂膏重要的原料之一，果实晒干，切成片，泡水煮汤，能强身健体、提高功力、益气延年。

"哼！得意成什么样子。"玉罗刹看着柳蓉，心里头满意，嘴里却还在抱怨，"让你去偷个花瓶，弄了几个月都不回来，师父都担心死了。"

"哎呀，师父，我这几个月做了许多事情！比方说在京城里惩罚了恶人，比方说代替那苏国公府的大小姐出嫁……"柳蓉扳着手指头说得眉飞色舞，自己可没有虚度光阴，这出去一回，收获多多！

玉罗刹的脸色有些发白："你代替苏国公府的大小姐出阁？"

"是啊，她被迫嫁一个自己不喜欢的人，哭哭啼啼地要上吊，我瞧着她可怜，就去替嫁了。"柳蓉兴致勃勃地将荷包翻了个底朝天，"师父，你别担心，徒弟我可没做亏本买卖，你看看，这些银票都是我在镇国将军府赚到的！"

短短几个月，柳蓉就攒了两万五千两银子，她满意地赞叹了自己一句，真是挣钱小能手！

玉罗刹却根本没看她献宝一样拿出来的那叠银票，只是一把抓住了她的手，声音里有说不出的担忧："蓉儿，你……竟然跟人成亲了？"

"是啊，成亲了。"柳蓉点了点头，见着玉罗刹眉头紧锁，她笑着抱住了罗玉刹，"师父，你别着急什么，我又没有让那厮占到便宜，我们都是分房睡的！"

眼前顷刻间闪过许慕辰的一张俊脸，这家伙其实还算好，竟然没有霸王硬上弓,说实在话,要是比武功,不用巧法,自己与许慕辰可能会是斗个平手,两人的水平半斤八两,差不多。柳蓉心中忽然一动,一丝愧疚钻了出来,这些日子里自己一直在捉弄他,可他却一直蒙在鼓里,特别是自己毁了他那张引以为傲的脸……

"蓉儿,你在想什么?"玉罗刹感觉到柳蓉的心不在焉,有些紧张,"莫非你真被他占了便宜?"

"哪能呢,师父,你把你徒弟想得太无能了吧?"柳蓉哈哈大笑起来,"我是在想我甩了一张和离书给我那夫君,不知道他现在气成什么样子呢!"

大门口探进来一颗脑袋:"哈哈,我就知道蓉丫头回来了!"

玉罗刹白了他一眼:"分明就是闻到饭菜香,过来蹭东西吃的。"

一个穿着道袍的中年汉子大步走了进来:"呵呵,贫道要是在那边的山上能闻到你这边的饭菜香,那还不成了猎犬?我只不过是瞧着今日这终南山上有仙气,掐指一算,便知蓉儿回来了。"

柳蓉欢快地朝他冲了过去,拉着他的手在玉罗刹身边坐了下来:"空空道长,你运气可真好,我师父今日用云棕树的果子煮了汤,快来尝尝。"

玉罗刹白了她一眼:"要你多嘴。"

空空道人笑眯眯地望着她:"阿玉……"

柳蓉在旁边打了个冷战,起了一身鸡皮疙瘩,又替空空道人捏了一把冷汗。每次他这样嬉皮笑脸地喊师父,师父必然生气,师父生气的后果很严重,空空道长肯定会被打得团团转,满地找牙。

她伸出手蒙住自己的眼睛,不敢看接下来的惨剧,可是好半天都没听见打斗之声,就听到空空道人继续在自寻死路:"阿玉,贫道知道你心里肯定是想要贫道过来陪你吃饭,只是嘴里不肯承认罢了。"

不得了,今日空空道长看起来是要横下心表白了……柳蓉身手敏捷地端起那碗汤往旁边屋子走,这云棕树的果实难得,浪费了挺可惜,两人要打就打，可不能暴殄天物。

她端着碗站在外头，将耳朵贴在墙上，就听着里边噼里啪啦的一阵响："我说了多少次让你不要叫我阿玉！"

"可贫道就喜欢这样叫你，阿玉多好听，多亲热！"空空道长真是意志坚定啊，柳蓉端着汤碗狠狠地喝了几口，味道真鲜美，不愧是山珍熬出来的汤。

"亲热你个头！"玉罗刹似乎发飙了，"咔嚓"一声，好像是凳子被劈断的声响。柳蓉赶紧端着汤碗冲了进去，"师父师父，喝口汤，喝口汤再打，这样才有力气！"

玉罗刹横着眼睛道："蓉儿，你是帮师父还是帮他？"

"师父，我帮理不帮亲！"柳蓉将汤碗塞到玉罗刹手中，挡在了空空道长前边，"师父，自徒儿记事开始，空空道长就经常过来帮忙，你生病的时候，他连自己的道观都不管了，跑到这边山上来照顾你，帮你砍柴做饭，细心体贴……"

空空道长热泪盈眶，蓉丫头真是个讲道理的，看来自己传授给她那些妙手空空的绝技还真没找错人！

"蓉儿，你不要帮着他说话，他就是个大……"玉罗刹说到后边，语气忽然软了下来，软绵绵的不得力气一般，"他就是个大色鬼！"

"师父，你就别倔强了，我瞧着你已经心软了。"柳蓉笑眯眯地趴在玉罗刹的肩膀上，好言好语地劝说着她，"空空道长为人真的很好，他为了你才捣鼓出雪肤凝脂膏，要不然师父怎么会这样年轻？他为你做了这么多事情，师父一点都不感动吗，不感动吗？"

"他们道士又不能成亲！"玉罗刹憋红了脸，好半日才说出了一句话。

"哈哈，空空道长，你听到没有？我师父这是同意了，就看你的啦！"柳蓉朝空空道长挤了挤眼睛，"你到底要不要娶我师父？"

"娶，当然要娶！"空空道长惊喜得简直不敢相信自己的耳朵，他喜欢玉罗刹十多年了,她一直抗拒自己的接近,没想到今日忽然就来了个大转弯,竟然主动提出要成亲!

"唰"的一声,空空道长将道袍一脱:"今日贫道就不再是贫道了!"

"成亲,今日就成亲吧,师父!"柳蓉高兴得跳了起来,"我来做你们的司仪,让你们拜堂成亲!"

玉罗刹忽然忸怩如少女,推推诿诿了好半日,什么那个三清观不能少了空空道长,什么她还没做好准备,什么连出嫁穿的衣裳都没有,一口气说了几十条不能成亲的理由,可都被空空道长与柳蓉堵了回去。

"师父,我与道长下去买成亲用的东西,你在家里做做准备,干脆今日就成亲吧!"柳蓉拖着空空道长就往外走,"这次我下山赚了一大笔银子,你们成亲的费用,我全包了!"

柳蓉昂首挺胸,意气风发。

空空道长激动得嘴唇直打哆嗦,善有善报,古人诚不我欺!

为了讨好玉罗刹,自小他便对柳蓉疼爱有加,她要什么自己只要能做到,就千方百计地给她弄过来——当然,柳蓉的要求一点都不高,逮蚂蚱什么的,对于空空道长来说,完全是小菜一碟。

柳蓉稍微长大些,在见识过一次他"变戏法"以后,就缠着要学他的妙手空空之术,他也没藏私,悉数倾囊相授,现在想起来,空空道长不由得感叹,果然要从娃娃抓起,看蓉丫头对自己多有感情哒!

抹了一把眼泪,空空道长赶紧跟上柳蓉,他今日要好好享受一番蓉丫头的孝心,到镇上买最好的衣裳穿着成亲!

两人在镇上转了一圈,柳蓉出手阔绰地把成亲要用的东西都买全了,才花了不到二十两银子,其中还包括了价值十两的两件大红衣裳。

成衣铺子的老板娘望着两人笑得嘴巴都扯到耳朵后边去了,这小镇上住户少,有钱的不多,一般说来,一两银子一件的嫁衣都算上品货色了,除非是那钱多得没处去的,才肯花这么多银子买两件成亲时穿的吉服。

"今日一早喜鹊就喳喳叫，原来是有大喜事儿哟！"老板娘口齿伶俐，瞥了一眼空空道长与柳蓉，心中暗道，果然有钱的就是大爷，这四十来岁的汉子竟然能娶到这般粉嫩的小娘子！她又恶狠狠地瞪了一眼他的男人，见他嘴边上的涎水都快流到柜台上去了，举起手来便朝他的后脑勺拍了一巴掌，"各人各命，你羡慕不来的！还不快说几句吉利话儿！"

"两位百年好合，早生贵子！"老板心中酸溜溜的，口里还得言不由衷地恭维着眼前的一对"新人"，这滋味真是酸爽。

"砰"的一声，空空道人一拳头将他揍到了柜台上。

老板娘惊呼："客官，你怎么打人？"

"谁叫他瞎了狗眼？"空空道人补了两拳头，又扔了个银角子到柜台上，"拿了去买点跌打损伤的药搽着！"

见着有银子，老板娘扑了过去攥到了手里，眉开眼笑："客官，你再打两拳头，再给个银角子吧。"

……

将东西都买好，两个人骑马朝终南山跑了过去，空空道人心情愉悦，一边赶路一边嘴里还念着《道德经》，柳蓉瞥了他一眼："师爹，你都说过不做道士了。"

"哦，我给忘记了。"空空道人哈哈一笑，眼睛望向前边的山路，快活得似乎要飞起来，辛苦了十几年，终于要尝当新郎官的滋味了，谁都不能理解他此时的激动。

"师爹，有人去了终南山！"柳蓉的眼睛落到了山路上，灰白的路面上有几行马蹄印，看上去极浅，应该是上山有一段辰光了。

空空道人一挑眉："难道是有人知道我与你师父要成亲，赶着上去恭贺的？"

"不对！"柳蓉跳下马来，仔细的察看着那些马蹄印，"师爹，你瞧，这边一行马蹄印形状跟那一行是相反的,如果我没猜错,那几个人已经下山了,肯定不是去恭贺你与师父新婚大喜的。"

"蓉丫头,你说得没错。"空空道人皱了皱眉头,"这个时候,怎么会有人来终南山呢?"

十一月,终南山这边已经渐渐寒冷,再过大半个月,每日下大雪,就快要封山了,故此很少有人这时候到终南山上去。柳蓉看着那几行凌乱的马蹄印,心中忽然升起一种不妙的感觉。

那些人难道是为了那个花瓶上山来的?

她翻身上马,飞快朝家里冲过去:"师父,师父!"

空空道人有些莫名其妙,可见着柳蓉那紧张的样子,也赶紧骑马追了上去:"蓉丫头,小心些!咱们一起回去,别落单!"

回到家的时候,一切都已经晚了。

早上出发的时候,黑色的屋顶上淡淡的白色炊烟还未散,而此时,几幢屋子已经被夷为平地,到处都是残垣断壁。

"师父!"柳蓉的眼泪瞬间落了下来,她迅速朝那一堆废墟跑了过去,"师父,师父你在哪里?你快答应我一句!"

空空道人发了疯一般,扑到那堆瓦砾里,徒手搬开砖块,发出了撕心裂肺般的喊叫:"阿玉,阿玉!"

那声音,就像受了伤的野兽,凄凉而悠长,几乎要将柳蓉的心撕碎,她跪倒在地,跟着空空道人一起,一边流泪一边拼命挖着那些倒塌的砖石。

她不能失去师父,不能。

灰土不断扬起,废墟里见不到熟悉的身影,柳蓉拿着铁锹站在那里,不住地喘气。

"师父,师父!"她用尽力气大喊着,只希望师父能回答她一声,可空空的山谷里只有她的回声,几只鸟儿被她的喊声惊动,扑闪着翅膀朝天空蹿了过去,很快只留下几个小小的黑点。

空空道人拖着锄头从后院那边过来,满脸的焦急与失望:"后院没有。"

柳蓉想了想,忽然脑中灵光一现,扛起铁锹朝后山飞奔而去。

师父带她练武的地方!师父在那里做了机关,要是有人追杀她,她应该会躲避在那个地方。柳蓉一边跑一边在心中祈祷,师父一定要安安全全地躲在那里,一定要好好的,不能有什么意外发生。

赶到后山,柳蓉手中的铁锹摔到了地上,她愣愣地看着眼前的景象,一颗心瞬间提到了喉咙。

这里看起来是经历了一场苦战,树木杂乱地倒在一旁,几行脚印纵横交错,不远的地面上被炸出了一个洞,落在洞边的叶子已经变得焦黄。

打斗过的地方有一只断了的胳膊,那不是师父的,胳膊上残留的衣裳是黑色的,今天早上师父穿的是淡绿色的长袍。

柳蓉拖着铁锹,小心翼翼地朝旁边那片竹林走了过去。

一角青衣从竹林里露出来,柳蓉冲了过去,猛地跪倒在了地上:"师父,师父!"

空空道人听到柳蓉的声音,也从那边跑了过来:"阿玉,阿玉!"

玉罗刹扑倒在地,胸口扎着一支长剑,鲜血正汩汩地往外流,衣裳上浸着一大片血渍,看得柳蓉心惊胆战:"师父,你怎么了?是谁向你动手的?"

空空道人从背囊里摸出一瓶药,从里边倒出两颗药丸来:"阿玉,你要撑住,先含着续命丹!"他伸手抓住玉罗刹的脉门,感受到她还有细微的脉动,心中一喜,"蓉儿,你师父还有救!"

柳蓉看了看那柄长剑,有些惊诧,这一剑扎在玉罗刹的左胸,正是要害部位,怎么还会有救?

"蓉儿,这世上有一种人叫作偏心人,心所在的位置与常人不同,略略偏了一些,故此你师父并没有一剑致命。"空空道人颤颤巍巍伸出手压住了玉罗刹的胸口,脸上渐渐露出了笑容,"是的,没错,她的心真长偏了!"

柳蓉总算是舒了一口气,既然空空道人这样说,师父暂时没有性命之忧,空空道人精于医术,有他照顾,想来师父身子应该很快就会好转,只是他们的亲事必须要推迟了。

"蓉儿,蓉儿……"玉罗刹吃力地张开了眼睛,灰白的嘴唇轻轻地蠕动,"蓉儿,师父要死了……"

"不不不,师父,你不会死,不会死的。"柳蓉握住了玉罗刹的手,虽然知道她会没事,可还是心慌意乱,"师父你别说话,含着续命丹,赶快恢复体力。"

"蓉儿,你别说话!"玉罗刹挣扎了一下,喘了一口气,眼睛缓缓睁开,"有些话我不能带到棺材里,必须要告诉你……"

师父真固执啊,柳蓉摇了摇头,自记事以来,她就发现师父固执得像一头牛,她认为是对的要去做的事情,就非要做到不可。就像现在,她想说话,自己是无论如何也不能阻止她的,只能盼着她少说几句,保存体力。

"蓉儿,你并不是孤儿。"玉罗刹说了这句话,忽然停住了话头,好像在思索着什么,脸上浮现出一种愧疚之情。

柳蓉忽然间想到了苏锦珍。

"师父,我是不是苏国公府的人?"

玉罗刹惊讶地睁大了眼睛:"蓉儿,你都知道了?"

"我跟苏国公府的大小姐长得一模一样,我还替她出嫁去了镇国将军府。本来我根本没有想到我会与她是姐妹,可师父这么一说,我便猜到了。"柳蓉耸了耸肩,"不是姐妹就真奇怪了,就连苏国公府的老夫人与大夫人都看不出我不是她。"

"当年……"玉罗刹有片刻失神,呆呆地望着灰蒙蒙的天空。

"师父,你休息吧,不管当年发生什么事情,我都懒得听,你就是我的好师父,是我在这世上唯一的亲人。"柳蓉看了看玉罗刹胸前那柄剑,"师爹,你先帮师父拔了剑止住血吧,我担心她会体力不支。"

"好。"空空道人一脸严肃地看向玉罗刹,"阿玉,你忍着点。"

没想到玉罗刹却亢奋起来:"蓉儿,我必须告诉你!我活不了了,这秘密怎么能瞒着你?你必须知道你的身世!"

空空道人身子前倾:"阿玉,你别说话了,我给你拔剑。"

"你拔你的剑,我说我的话,有什么相关吗?"玉罗刹忽然激动起来,中气十足,柳蓉与空空道人相互看了一眼,很默契地点了点头,看起来玉罗刹死不了,口里含着这续命丹精神好着呢。

于是,在空空道人忙忙碌碌地给玉罗刹拔剑疗伤的时候,玉罗刹也将柳蓉的身世原原本本地说了出来——想当年,正值玉罗刹二八芳华的时候,她接了师父的命令下山,在执行任务的途中,遇到了当年风流倜傥、玉树临风的苏国公府的大公子。

玉罗刹对苏大公子一见倾心,千方百计想要跟他在一起,但遭到了各方阻力。

玉罗刹的师父:师门规矩你该清清楚楚,第一条就是不可动情,不可轻信男子的花言巧语,你为了这样一个俗人,竟然不惜叛出师门准备与他比翼双飞?

玉罗刹:师父,他是徒儿的挚爱!徒儿一定要嫁给他!

回答是:罗刹,你太让我失望了,为师一定得挽救你!

于是,门派禁地里多了一个面对石壁苦心修炼坐禅之人。虽然玉罗刹被关在谷底,可一颗心依旧留在京城,留在那翩翩美少年身边,只盼望师父能想通,将她放出去,好让她能与那苏大公子喜结良缘。

三年之后,师父跟着江湖豪杰围剿生死门,再也没能回来,金花门作鸟兽散,她的师姐找到了禁地的钥匙,溜到谷底将她救了出来:"师父已经过世了,各位姐妹都已经离开门派了,你走吧,从此江湖再无金花门。"

等到玉罗刹千辛万苦去京城找到苏大公子时,却发现一年前他已经成亲……

柳蓉惊讶地瞪大了眼睛,自己的父亲竟然是个这样的人渣、负心汉?

"也不能完全怪他。"玉罗刹还在很勉强地为他开脱,"毕竟他是苏国公府的长子,是要承继爵位的,怎么能娶一个来历不明的乡野女子?更何况国公府骗他说我已经跟着师父金花婆婆在剿灭生死门的时候死了,他这才死了心。"

空空道人冷冷地哼了一声:"负心汉就是负心汉,阿玉,你还给他找借口开脱。如果是我,不要国公府又怎么样?你死了我就终身不娶,怎么又跟别人去成亲了?"

"你又没在国公府待过,光只凭你嘴皮子几句话,谁不会说?"玉罗刹听着空空道人似乎对自己的初恋情郎很不屑,不由得激动了起来,"人在不同的环境自然有不同的思量。"

"哼!我连三清观都不要了。"空空道人反驳道,"你看这么多年,你不理睬我,我还不是没有多看别人一眼。"

"三清观算什么?哪里比得上苏国公府?"

"三清观再小,那也是我全部家当,我连家都抛了,祖师爷都不侍奉了,一心一意跟着你来了,难道不比那人好?"

玉罗刹怒目而视,想了半日决定将这前来搅局的空空道人忽略,拣着要紧的说:"蓉儿,师父时候不多了,挑些要紧的告诉你。"

她得知苏大公子已经成亲,自然不想再去打扰他的生活,准备再看苏大公子一眼,便独自浪迹天涯了此余生,以后再也不去京城,没想到却碰上苏大夫人生产。她忽然动了一丝歪念,想着要将苏大公子的第一个孩子带走,让这负心人后悔一辈子。

空空道人:"你也知道他是负心人?"

玉罗刹:"你能闭嘴吗?"

柳蓉:"师父,你继续说,别跟师爹计较……"

玉罗刹吃力地点了点头:"蓉儿,那时候我将一个稳婆给捉住,假扮成她的模样混进了产房,没想到你母亲竟然一次生了两个,我就点了你的穴道让你闭气,旁人以为你一出生就算是个死胎。都说死胎不吉利,夭折的孩子不能进祖坟,你祖母让丫鬟去将你埋了,我偷偷地跟在后边将你挖了出来……"她重重地咳嗽了两声,一点血沫从嘴角溢出,"随后……带着你四处漂泊,最后到了终南山安居……"玉罗刹费劲的喘了口气,"我全部说出来了,安心多了,总算能放心走了,蓉儿,你要好好照顾自己……"

"师父,你不会死的,师爹说你心长偏了,那一剑没扎到要害位置。"

"什么?"玉罗刹睁大了眼睛,"他怎么知道我心长偏了?"

"他刚才摸了你的胸口!"

"啪"的一声,空空道人挨了一巴掌,但他不怒反喜,"这一巴掌好有力气!阿玉,你真不会死了!"

"那你为什么不拦着我说出秘密?这秘密我是打算死前再告诉蓉儿的!"玉罗刹悔恨交加,以后看见徒弟心里总会有些不自在,毕竟她做了坏事,让她与至亲骨肉分离。

"我和蓉儿都说了你不会死,要你休息,可你一定坚持要说,说啊说的,一口气就全说出来了!"

……

天苍苍野茫茫,路上行人在奔忙。

虽然已经快十二月了,可柳蓉依旧奔波在途中。

她一定要找出伤害师父的凶手!

玉罗刹的名头在江湖上并不算响亮,她蜗居终南山,只是偶尔在没银子花的时候才接些单子,挣一笔要歇几年,等荷包空了再接第二笔。平常玉罗刹不下山,一心一意地指点柳蓉武功,也没有什么仇人,可为何忽然遭了变故?

原因就是那只花瓶。

出五万两银子买这只花瓶,只不过是一个圈套,那些人就是想通过江湖并不知名的玉罗刹,神不知鬼不觉地将花瓶弄到手,不会引起外界注意。而当玉罗刹把花瓶弄到手的时候,就是他们收网之日,这终南山的血案,就是走了这个程序。

"狡猾!实在是狡猾!"空空道人气得拍桌子,"阿玉,我替你去报仇!"

"师爹,你好生照顾师父,师父的仇,蓉儿去报!"柳蓉一把将空空道人按回床边坐着,"蓉儿虽然不能自夸武功登峰造极,可比师爹的身手会要好一些。"

空空道人的脸瞬间就阴沉沉了下来,唉!都怪自己当年不肯刻苦练习武功,现在就连十多岁的蓉儿都藐视他了!按着那些话本里的走向,难道不该是自己勇猛地出手,将那些陷害阿玉的人一个个踩在脚下,像撵死蚂蚁一样,一只只将他们碾死?

可是……这一切只能存在他脑海里,都只是想象!空空道人第一次体会到书到用时方恨少那句话的真谛,武功这东西,也一样啊!

"师爹,你擅长的就是治病救人,当然应该在这里陪着师父啦!"柳蓉朝玉罗刹挤了挤眼,师父一偏脑袋,"我要他陪什么?每天耳朵边上多了只苍蝇似的。"

"师父,你就别口是心非了!师爹陪着你,我去替你报仇!"柳蓉自顾自地收拾行李,"我大致知道是些什么人过来了。"

当时刚看到地上被炸出来的一个坑,柳蓉立即便想到了小香、小袖,应该是生死门的人做下的,即便不是他们,那也跟生死门的震天雷有关系。

许慕辰不是在调查小香与小袖两人吗?自己可以回去询问下他的情况。柳蓉忽然间就想到了那玉树临风的美男子,心头忽忽一热,看了一眼空空道人与玉罗刹,转身就奔了出去准备行囊。

怎么想起他来了？骑在马上,柳蓉百思不得其解,自己分明很看不起这个登徒子,怎么第一反应却是要找他去询问呢？她一边策马飞奔,一边不断地肯定自己的想法,自己去京城又不是办私事,自己是为了师父的事情去找他的,暂时去见下这登徒子也无妨。

再说,登徒子又不是没有优点,登徒子又不是吃人的怪物,登徒子脸上的疙瘩不知道有没有好……唉！这个人最自恋,又爱臭美,这时候恐怕是寝食难安地想将那脸疙瘩给夷为平地吧？

到了京城,第一件事情就是去找大顺。

也有好一段日子没见到过这孩子了,柳蓉还真是有些想他。去挖花瓶的时候,柳蓉还找了个石匠去大顺父亲、母亲的坟墓前看了下,让他给大顺的父母立一块石碑。大顺没记全父亲、母亲的名字,还是去不远处的村子里问了些老人才确定下他们两人的名字。

这次从终南山上下来,柳蓉先特地去看了下,坟墓重新给修好了,石碑也立起了,上等的麻石料子,刻的字也很漂亮,对得住她的五十两银子。

大顺回来看到一定会很高兴的,柳蓉的嘴角浮现出了笑容。

敲开义堂的大门,管事见着是柳蓉,惊喜交加,激动得眼睛都圆了,一双手都抖了起来："姑娘你来了？"管事太热情了吧……看他一双老眼好像都要淌出眼泪来,有必要这么激动吗？柳蓉摆了摆手,制止住管事大人的热情"表白"："我想见我弟弟。"

"好好好。"管事连声应承,"我这就带姑娘去看他。"

跨过房门,管事转头,很严厉地盯了一眼杵在那里的下属：难道还不知道快去报告许大人？

大顺见着柳蓉来,欢快地扑了过来："姐姐,你是来接我回去的吗？"

柳蓉摇了摇头,大顺很失望："姐姐说话不算数。"

"姐姐最近有要紧的事情要办,等办完事就可以带你回去了。"柳蓉笑着从荷包里摸出了一张纸,"你看看,满意不?"

大顺打开纸一看,就见一道圆弧,中间耸着一块四四方方的东西。

"姐姐,这是什么?"

管事好奇地伸过脑袋看了一眼,脸上的表情很茫然。

柳蓉一脸兴奋:"这是你父母的坟啊!已经全部修葺了,用泥浆沙子打底,把杂草都除掉了,给他们立了一块石碑,你瞧瞧,这里是他们的名字,张富贵,张王氏,孝子张大顺敬立。"

大顺将纸颠倒过来这才看清楚了他惊喜地瞪大了眼睛,一把抱住柳蓉:"姐姐你真好!大顺一定会好好报答你!"

柳蓉笑了笑:"只要大顺快快活活的,姐姐就开心了!大顺跟我说说,你在义堂过得怎么样?可认识了什么朋友没有?"

管事正愁怎样才能将柳蓉留到许慕辰过来,听着柳蓉主动问起大顺的情况,他抢在大顺前边开口:"柳姑娘,你放心,大顺在这里过得很好,他很乖,还会帮着我们照顾人,那边的大爷婆婆都很喜欢他……"

柳蓉白了他一眼,自己是想听大顺说话,这老头子插嘴做甚?

她的目光锋锐如刀子,管事缩了缩脑袋,不敢再吱声。大顺笑得欢快:"姐姐,管事爷爷对我们很好!我在义堂认识了不少好伙伴,每天都在一起玩,我们还帮大爷婆婆们洗衣裳洗鞋袜,管事爷爷教我们要尊老爱幼!"

咦,这管事还挺不错,柳蓉这才神色温和了些,笑着对管事点了点头:"管事辛苦了。"

我本来就很辛苦啊!管事心里发出了呐喊,既要帮皇上与许大人照顾这些孤寡老人与没人收养的孩子,还要暗地里帮大人打探情报,并对前来施舍的金主强作欢颜,还要时刻提防大人可能看上了自己……我活得容易吗?

唉!男人就是苦,男人就是累啊!特别是有一个断袖之癖的上司,更累!

"姐姐,我告诉你,这里的人都很好,管事爷爷很好,大爷婆婆很好,小伙伴很好,还有一个经常送银子衣裳来的大哥哥也很好!"大顺说得兴高采烈眼睛发亮,"有个大哥哥来了几次,他什么都会做,给王家阿婆看了病,给我们做了不少小玩意,草做的蚂蚱,还有纸折的灯笼,还要那钓鱼的杆子……"

站在门后的许慕辰几乎要垂泪,那还不是想哄着你多说些你姐姐的事情吗!要不是我用得着去学这些没用的东西吗?

"哦,还有这样心地善良的人啊?"柳蓉摸了摸大顺的脑袋,很是惊奇,"他都不要出去做事情养家糊口的吗?怎么老到义堂里待着呢?"

大顺呆了呆:"我也不知道。噢,姐姐,他还问起了你呢!"

"什么?"柳蓉顿时觉得脖子后边一阵发凉,那个什么大哥哥问起她做甚?京城里她有认识的年轻男人吗?

柳蓉忽然坐立不安,京城的年轻男人,她只认识两个,一个是许慕辰,一个是皇上许明伦。

用脚指头想都能想到,许明伦肯定是不会摸到义堂来问这些事情的,他身为皇上,哪有这些闲工夫来问她?除非是脸上痘痘又复发了想要找解药——可是即便复发了,他也不会知道摸到义堂来吧?唯一的可能是许慕辰将苏锦珍和她的丫鬟严刑拷打,得出了线索,顺藤摸瓜找到了这里。

柳蓉看了管事一眼,眼中又有寒意,那管事心虚地将脸转了过去。

"许慕辰,你出来吧,偷偷摸摸站到门后边,不觉得很累吗?"柳蓉见管事心虚,屏声静气地感受了下周围,觉察到了门后细微的呼吸。

原来许慕辰已经来了。

正好,自己也要找他,还不如喝破他的躲藏。柳蓉嘴角勾起了一丝笑容,望着从外边走进来的许慕辰:"许大公子,好久不见。"

"苏锦珍!"许慕辰见到柳蓉,颇有几分激动,关于自己被污蔑先写和离书,还有脸上这一脸疙瘩急需柳蓉的雪肤凝脂膏,这些都是他激动的理由。

"我不叫苏锦珍。"柳蓉淡淡道,"请叫我柳姑娘。"

管事朝旁边让了侧身子,把许慕辰让过来。他怎么瞧大人的眼神,都觉得他对这位柳姑娘甚是饥渴,莫非大人……男女皆宜?可是,再仔细一瞧,这眼神里怎么还带着愤怒,好像是来做什么清算?他悄悄地朝后边退了一步,将自己藏身在一个安全的地方,等下万一两人交手,他能迅速将旁边的盆子盖到头上抵挡一阵。

"柳姑娘?"许慕辰忽然想起来,苏国公府的大小姐现在正好端端地坐在府中,眼前这个,是冒牌货。

"大顺,这就是你说的那个心肠很好的大哥哥?"柳蓉伸手指了指许慕辰。

"是啊是啊。"大顺连忙点头,"这义堂就是他办的呢。"

"义堂是你办的?"柳蓉有几分吃惊,没想到许慕辰竟然这般好心,这么算起来,还真是一个五好青年了。她看着站在自己面前一脸疙瘩的许慕辰,不由得有些愧疚,虽然这人好色,可瑕不掩瑜,自己不该对他如此痛下杀手,将他引以为傲的脸给毁了。

"不错,义堂是我办的。"许慕辰气愤地看了柳蓉一眼,"那张画着乌龟的和离书是你写的?"

柳蓉点了点头:"不错,是我写的。"

"你……"许慕辰气急败坏。

柳蓉从荷包里摸出一个小瓶子:"雪肤凝脂膏。"

"你真是太好心了,柳姑娘。"许慕辰硬生生地把自己要说的话转了个弯。

第十章 打赌

"慢着,我还有个要求。"

许慕辰伸手的一刹那,柳蓉将手缩了回去,他一把捞了个空。

"你真是啰唆。"许慕辰没好气地看了柳蓉一眼,"我还不知道你是要银子?多少银子只管开价,小爷我不缺钱!"

"这次我不要银子,只是想打听一些情况。"柳蓉将瓶子朝许慕辰晃了晃,"你上次在飞云庄调查了小香与小袖暗中活动情况,有些什么收获?我想知道她们究竟是不是生死门的人,又是谁派出来的。"

许慕辰迷惑地看了柳蓉一眼:"你怎么知道飞云庄的事情?"

"许慕辰,你还记得那位金花婆婆吗?就是我。"柳蓉有几分得意,空空道人教的易容术可真是好使,连这位前刑部侍郎都给骗过了,到现在都还相信那金花婆婆真是年过七旬的老妪。

"什么?"许慕辰脸色一变,上上下下打量了柳蓉一眼,"你就是金花婆婆?"

"是。"柳蓉骄傲地挺胸,"我的易容术不错吧?你们那么多人,竟然没一个看出来。"

许慕辰盯着柳蓉看了很久,忽然想到一件事情。

自从他与苏国公府的大小姐成亲以后,他就交了霉运,每个他没在府中的晚上,京城必然会有富户失窃,那女飞贼还丧心病狂地将他与下属整成一堆,让京城到处都是他们的流言蜚语,这些是不是都与眼前的柳蓉有关?

他越想越有可能,柳蓉在京城的时候,女飞贼隔些日子就要出来晃动一下,可他与柳蓉一道游山玩水以后,京城出奇地平静,再也没了女飞贼的消息,好像她已经金盆洗手,回乡养老去了。

"柳姑娘,请你说实话,京城里前一阵子出现的女飞贼是不是你?"嘉懋望着相宜,眼中充满愤怒,他越想越可疑,越想越觉得柳蓉就是那个女飞贼,想到自己经历的各种苦难,他欲哭无泪。

"是,那女飞贼就是我。"柳蓉笑嘻嘻地点了点头,"你总算聪明了一回。"

许慕辰悲愤地大吼了一声,朝柳蓉扑了过去:"你还我清白!"

两人打成一团,小小的屋子里你一拳我一脚,几乎都伸展不了手脚。大顺吓得避到管事大叔那里,从他手里拿了盆子遮住脑袋,低声问:"大叔,大哥哥怎么和我姐姐打起来了?"

"打是亲骂是爱,没事,没事!"管事极力抚慰大顺,自己却不住地发抖,瞧着他们都好凶狠的样子,床铺竟然被他们轻轻一拉就散了架。他俩每人手里拎了根床腿,打得很是欢快。管事闭上眼睛,不管谁更厉害一些,只要别打到自己身上就好,老胳膊老腿,禁不住折腾。

大顺听管事这样说,放了心,原来大哥哥与姐姐只是在亲亲爱爱,这就好,大哥哥是个好人,姐姐也是个好人,好人怎么能打好人呢。

柳蓉与许慕辰在屋子里打了一阵,觉得不过瘾,又追着打到了屋子外头,义堂里的小子丫头们听到外边的动静,都从屋子里蹦出来看热闹。

"咦,这不是许大哥吗?那个姐姐是谁啊?"

"我知道,是大顺的姐姐!"

"他们怎么打架啊?"

大顺赶紧出来解释:"才不是打架!管事大叔说了,打是亲骂是爱,他们正在亲亲爱爱!"

"哦!"一群小屁孩半懂半不懂地喊起来,"许大哥,亲大顺姐姐一下!"

……

打斗的两人都停了下来,完全打不下去了。周围全是不懂事的小孩,还一个劲地往前边凑,嘴里嚷嚷要他们玩亲亲……许慕辰喘着气看了看柳蓉:"我一定要将你捉拿归案!"

柳蓉很平静地冲他笑了笑:"许慕辰,你又没有证据,凭什么抓我?前刑部侍郎,你不会想屈打成招吧?可我瞧着,你似乎也打不过我,咱们打了这么久,谁也没占便宜。"

"说,你盗窃来的赃物都去了哪里?"许慕辰义正词严,"你这样巧取豪夺,难道心中就没有一丝愧疚?"

"许慕辰,我可是劫富济贫。"柳蓉伸手指了指带着大顺站在屋檐下看热闹的管事,"你问问他,是不是先后收到十笔善款?每一次我都是从墙头抛过来的,里边都留了一张纸条,上边画着一根柳枝。"

"可有此事?"许慕辰回头望了望管事,"有人从墙头抛善款过来吗?"

管事走到面前,又惊又喜地朝柳蓉行礼:"原来善人就是柳姑娘!大人,除了第一笔里边留的是字条,后边几次全部画着柳枝,确实是柳姑娘送来的,我那本子上都记得清清楚楚呢,我这就拿给大人过目。"

"许慕辰,这义堂是你开的,我偷来的钱财都送到义堂来了,那你就是我的同案犯,要抓,首先把你自己抓起来再说。"柳蓉笑嘻嘻地瞅了许慕辰一眼,"而且,我觉得你好像还没捉到我的本事,不如就此罢手,咱们好好合作。"

"我有什么事情要和你合作的?"许慕辰嗤之以鼻,这鸡鸣狗盗之徒,还到他面前提要求?只不过……柳蓉似乎完全有这本事,一想到宁王府别院那飘飘离他而去的衣裳,他既觉得恼怒又有些敬佩。

这样身手好的女子,大周并不多见。

"我想你应该在与皇上密谋什么,要不要帮手?"柳蓉笑了笑,"我想你去飞云庄一定不是为了卢庄主的盐水鸭和白斩鸡去的。"

"帮手?"许慕辰看了柳蓉一眼,心中忽然有些振奋,如果柳蓉愿意帮他,那事情或许会更顺利一些,只不过他依旧嘴硬,"你能帮着做什么?不添乱就够了。"

"我可以帮你们潜入内部打探消息,你又不是不知道我的身手。"柳蓉对自己的本领还是相当自信的,"就算我去皇宫里偷宝贝,也不会有人发现。"

"吹牛!"许慕辰一脸不相信。

"试一试?"柳蓉挑了挑眉。

夜幕降临,青莲色的天空一点点深沉起来,一个宫女站在盛乾宫门口,用钩子将灯笼挑了下来,用火折子点亮,一团暖黄的灯影慢慢晕染开,门口顷刻间就亮了一片。等她举起竿子将灯笼挑上去,皇宫里各处的灯都亮了起来,从一点两点亮光慢慢连成一片,好像一条光带,蔓延到遥远的地方，仿佛没有尽头。

"皇上跟许侍郎不知道在寝殿里做甚，两人关着门，神秘得很。"两个守门的宫女窃窃私语，"许侍郎几个月前才被皇上免去官职，怎么昨日又让他官复原职了。"

"还不是想给苏国公府几分面子？现在苏大小姐都和离回府了，皇上自然不能再委屈许侍郎。"一个宫女掩嘴嘻嘻地笑，"只是可惜了许侍郎一张脸，咱们皇上的痘痘好了，他却长上了疙瘩。"

"今日瞧着比前些日子好多了，疙瘩浅了些，也没那么多了。"同伴眼中全是爱慕，"我觉得许侍郎就是有疙瘩也很好看。"

"太后娘娘！"两人听着有脚步声，抬头转脸，就看见那边有人抬着銮驾朝这边走了过来，赶紧跪倒在地，"太后娘娘千岁千岁千千岁！"

"听说皇上召见了许侍郎？"陈太后怒气冲冲地从凤銮上下来，两条眉毛成了一个倒八字，听着安插在盛乾宫的内侍偷偷传来密报，许侍郎今日下午进了盛乾宫，与皇上两人关在寝殿里，到现在都没有出来，连饭菜都是送进去的。

陈太后眼前一黑，自己的担心终于还是发生了。

关在寝殿一下午，就连饭菜都是送进去的，还不知道他们究竟在做什么？陈太后悲愤得无以复加，自己怎么努力，始终没有用，正如一位高僧对她说过，这世间有些事情总是会发生，即便你极力想阻止，可你做的一切……她还记得高僧当时脸上的表情，很古怪，憋了好半天都没有再说话。

"大师，您说哀家所做的一切怎么了？"陈太后不停追问。

高僧憋了一阵，才放出一个响屁，脸上露出舒服的神色："就像贫僧刚刚做的，命中早有注定，再努力，一切依旧只是一个屁。"

高僧说得真是有道理，自己做了这么多事情，想撮合苏大小姐与许慕辰，可两人依旧以和离告终，自己的皇儿竟然变本加厉，将许慕辰招进了寝殿，还能在里边做什么……陈太后以一种绝望的心情踏入了盛乾宫。

寝殿的门果然紧紧关着，能看到里边有灯影晃动，陈太后踏上汉白玉台阶，很威严地看了一眼站在门口的两个内侍，有一个内侍战战兢兢地拍了拍门："皇上，太后娘娘过来了。"

许明伦将门打开："母后，你怎么这时候过来了？"

陈太后将她拨到一边，大步走进了寝殿，眼睛往里边一打量，就看到站在床边的许慕辰，衣裳穿得整整齐齐，没有她想象中的衣裳不整。

陈太后舒了一口气："皇上，你跟许侍郎在商量什么军国大事呢？"话里满满的讥讽。

"母后，朕与慕辰真是在商议军国大事。"许明伦一看陈太后的脸色就知道她在想什么，她总是这样不纯洁，他跟许慕辰分明是很纯洁的兄弟情谊，白得像一张纸，啥都没有，可在他母后心里，他们两人之间是那样的—五颜六色、色彩缤纷。

"哼！有什么军国大事要到寝殿里商量，而不是等早朝的时候廷议？"陈太后压根不信，别说她不相信，就连跟着她过来的内侍宫女们心里都觉得太后娘娘说得实在有理。

许明伦也不着恼，笑着指了指那张阔大的龙床："母后，我跟慕辰正在捉贼呢，你看到床上放着的碧玉夜光杯没有？"

陈太后眯着眼睛朝床上看了看："皇上，你又来糊弄哀家，哪里有什么碧玉夜光杯？"

许明伦与许慕辰两人一齐转头往床上看去。

大红的锦缎被子铺得平平整整,那只本来该摆在上边的碧玉夜光杯……没了。

寝殿里的气氛有些怪异。

许明伦与许慕辰面面相觑,眼中流露出惊疑的神色,可是在陈太后看来,两人这眼神,可是柔情缱绻、翻江倒海、巨浪滔天!

还说没有什么别的感情,还狡辩!哀家两只眼睛是瞎了吗?两个人站得这么近,姿势那么暧昧,角度那样不对,竟然还矢口否认!陈太后摸了摸胸口,镇定了神思:"明日起,哀家就下懿旨,替你广选秀女!"

无论如何也要将自己的皇儿挽救过来!这不仅仅是出于一片慈母之心,更是为大周的百姓着想!陈太后觉得自己充满了力量,她面带微笑地看了呆若木鸡的许明伦一眼,由掌事姑姑扶着,一步一步地走了出去。

陈太后每走一步,许明伦就觉得危险离他又近了一步,到了恐惧的边缘,他冲上前,拉住了陈太后的衣袖:"母后,朕还不想成亲。"

"这由不得你,皇上。"陈太后没有回头,只是语重心长地安慰许明伦,"人总是要成亲的,若是年纪大了还不成亲,朝野自然会有议论。"她的心颤了颤,宫里早就有人在私底下谣传皇上与许慕辰的事情了,难道皇上要一直装糊涂?

"皇上,你就别想这么多了,哀家会替你选一位贤淑貌美的高门贵女,包你满意。"陈太后就像一卖西瓜的在推销自己的瓜一样。

许明伦绝望地看着陈太后的背影,他的好日子快到头了!

奔回寝殿,他一把抓住了许慕辰的手:"别光顾着看热闹!有福同享有难同当,快教我个法子,不要让我饱受折磨!"

许慕辰悠悠闲闲:"皇上,当年你下旨赐婚的时候,心情可真好啊!"

善有善报恶有恶报,不是不报时辰未到,现在该他抄着手到旁边看热闹了。许慕辰笑嘻嘻地望着在屋子里团团乱转的许明伦，心情大好。这一回，陈太后总算是替他报了一箭之仇，想当年，自己苦苦哀求，可许明伦仍毫不犹豫地给自己赐了婚，那可是零容忍啊！

只不过，赐婚好像也不是一件坏事。

眼前忽然闪过柳蓉的脸，一双灵活的大眼睛，嘴角总是微微上翘，笑吟吟地看着自己。她说话很风趣幽默，性格开朗活泼，身手矫健、武功上乘，好像有这样一个娘子也不错！只可惜人家看不上自己，甩了一张和离书就跑路了。

一想到柳蓉，许慕辰就想到了那只碧玉夜光杯："皇上，咱们还是先来找找，看看夜光杯在哪里，怎么一眨眼的工夫就没影子了？"

许明伦忽然也想起这事来，一个箭步蹿了过去。他掀开被子看了看，没见着那个通体碧绿的杯子，两人又趴在地上找了一阵，也遍寻不获。许慕辰抬头看了看屋顶，上头好端端的，没有一丝缝隙，肯定也不可能从屋顶行窃。

"看起来咱们输了。"许明伦有气无力地坐到了椅子里，一脸苦笑，"慕辰，你那娘子可真是厉害。"

"皇上，你该说柳姑娘真是厉害，她根本就不是我娘子。"许慕辰又想到了那张和离书，心情沉重，语气幽幽。

"哦，朕忘记这事情了。"许明伦点了点头，忽然间他一愣，脸上光彩熠熠，"朕可以娶她！朕要她做皇后！"

"什么？"许慕辰的心猛地一酸，"皇上，你在说什么？"

"刚刚你不是听到了，母后逼朕成亲？"许明伦一脸得意，"朕若是娶了柳姑娘做皇后，母后自然就不会再来逼婚了。"

娶柳蓉做皇后？许慕辰心中一紧，那里好像空了一块："皇上，这样合适吗?"

许明伦点了点头:"朕是认真的。柳姑娘活泼可爱,跟别的姑娘不一样,让人一看见就难以忘记。上回她来皇宫,朕见到她,就觉得宫殿里亮堂了不少,神清气爽的。要是娶了她,朕肯定每天都能高高兴兴的。"

"皇上,柳姑娘曾是我的娘子。"许慕辰满脸不高兴,许明伦怎么就没听出自己话里的弦外之音?不管柳蓉怎么好,可她也是自己的娘子,虽然是曾经的,可……也是他的!

"曾经而已,朕不计较。"许明伦摆了摆手,"朕意已决,慕辰你不必多说。"

"不,皇上,这事我必须得说清楚!"许慕辰有几分焦躁,他看了一眼许明伦,这才深深体会到什么叫夺妻之恨——若那里坐着的不是他的发小,头上还带着金冠,自己非得一拳头打过去不可。

柳蓉是他的,谁也别想打她的主意!

"还有什么要说清楚的?"许明伦愕然,"柳姑娘不喜欢你,她都甩了和离书给你。"

许慕辰瞪着许明伦,好一阵悲怨。

做了这么多年知心好友,只有在这个时候才深刻地体会到,原来发小皇上是个资深插刀党。这一刀子扎下去,他心头血淋淋的一个大洞。

"皇上,虽然说柳姑娘给我甩了和离书,可是我已经下定决心要将她追回来。"许慕辰拱了拱手,"皇上,你就挑别的姑娘给你做皇后吧。"

"慕辰,你这样做,不地道!"许明伦打量了许慕辰一眼,有几分生气,"你今天来找朕的时候是怎么说的?你说要给柳姑娘出个难题,让她不能得手,知难而退,而且你那时还跟我抱怨柳姑娘的各种不是,说她对你百般戏弄,你对她可是怨气冲天哪!怎么这阵子又改了口风?

不对不对，你肯定是在故意跟朕作对！"

许慕辰张大了嘴巴，没想到许明伦联想如此丰富！他真不是跟许明伦作对，他是真心的……呃，好像他真的喜欢上柳蓉了。

站在大殿外边的两个守着门的内侍依旧以那种姿势站着，好像里边的争论声跟他们两人一点关系都没有。只是其中有一个耸了耸肩膀，没想到自己还成了香饽饽，许明伦想要娶自己做皇后，许慕辰想追了自己回去。

咦，这好像有些不对啊，自己只不过是个乡野丫头罢了，怎么会忽然间桃花朵朵开？最最要命的是这些桃花实在太大朵了，砸下来会死人的！

许慕辰，京城第一美男子，镇国将军府的长公子，人家可是有钱人有权人，哪里是自己这乡下丫头能配得上的？不是说要门当户对吗？自己早些日子嫁给他，那是披了苏锦珍的名头，苏国公府的大小姐，这才去镇国将军府小住了几个月，现在自己早就没那个身份了—即便她是苏大夫人生下来的，可人家苏国公府压根不知道自己还活着。

至于许明伦，那就更可怕了，答应做皇后是一码事，能不能在皇宫里头顽强地活下去又是另外一回事了。只要自己点头答应许明伦，她相信那陈太后肯定会想出一万种法子来消灭自己这个上不得台面的儿媳妇。

说实在话，这些大户人家里真没有什么吸引自己的，柳蓉摸了摸衣袖里藏着的碧玉夜光杯，暗暗下定决心，自己替师父报了仇以后就赶紧回终南山去，才懒得跟他们这群公子哥儿打交道，那纯粹是浪费辰光。

寝殿里边，许慕辰与许明伦终于达成协议，柳姑娘喜欢谁就是谁！

许明伦握着拳头：柳姑娘肯定会答应我的！

许慕辰攥着拳头：柳姑娘本来就是我娘子！

无聊，无聊，真无聊！柳蓉听到最后没了兴致，趁着夜色茫茫，一闪身就溜之大吉，从竹林里提出那个被她点了穴道的小内侍，把他的穴道点开："对不住，让你受惊了。"

小内侍瞪眼瞧着柳蓉，满脸惊恐。

柳蓉笑得和蔼可亲人畜无害，从衣袖里摸出那个碧玉夜光杯来："你可知道这是什么？"

"皇上用来喝酒的碧玉夜光杯，那是皇上最喜欢的杯子，可是个宝贝。"小内侍吃惊地望着柳蓉手中的杯子，"它怎么在你手里？"

"你不用问这么多。"柳蓉笑着将夜光杯塞到他手中，很温柔地摸了摸他的脖子，小内侍全身一颤，眼泪水都快掉了下来："别杀我，别杀我！"

柳蓉叹了一口气，怎么这人如此胆小？

"我不会杀你的，你把杯子交给皇上，告诉许侍郎，明日辰时我会在老地方等他，请他记得那个赌约。"柳蓉瞅了瘫软在地上的小内侍，踢了他一脚，"快些起来，怎么这样害怕，你还是不是个男人啊？"

小内侍委屈地摸了一下裤子："我本来就不能算男人了。"

从小就被爹娘卖了，送到净身房，一刀子下去以后，他就变得不男不女了，没了那个东西，自己还能算是男人吗？

柳蓉："哦，真是对不住啊，我给忘记这码事了。别伤心啦，大家都说物以稀为贵，你们可是贵人哪！"

小内侍：我可以变回去吗？我不要做贵人，我只想做个普通人啊……

"这真是一件怪事。"许明伦与许慕辰坐在桌子边，神色都很深沉。

许慕辰与柳蓉立下赌约，子时之前，她若是没将这碧玉夜光杯偷走，便算她输，不仅要白给雪肤凝脂膏，以后还要乖乖听从许慕辰差遣，要她做什么便要做什么。若是柳蓉赢了这赌约，不仅雪肤凝脂膏的价格涨到一千两，还赔上了许侍郎这个人—就是让他学狗叫，他也不能学猫叫。

许慕辰抓着碧玉夜光杯坐在床上的时候，心情是十分舒畅的。

他与许明伦说好，两人轮流守着那只杯子，他就不信在众目睽睽之下，这杯子会自己长翅膀飞走！

可是事实胜于雄辩，杯子真的不见了，就像做梦一样，其间没有半点不对劲的地方，除了太后娘娘过来了一趟，

"慕辰，难道柳姑娘会隐身？"许明伦忽然热血沸腾起来，若是能娶到这样的姑娘，夫复何求！他眼前忽然显现出一幅画面，他向柳蓉学会了隐身的功夫，两人手拉手地从皇宫大门溜了出去。

这是多么难得的自由啊，他被关在皇宫里快二十年，出去一回很难得，要是娶了这样一个宝贝，那自己不就想去哪里就去哪里！想要整谁就整谁！

"隐身？不可能吧？武功里可没这一项，最多是穿着夜行衣不被人看见罢了。"许慕辰丝毫没有体会到许明伦为何忽然满脸放光，深思着摇了摇头。寝殿里烛火通明，再穿夜行衣，也能被看到啊！这柳蓉是怎么轻轻松松地将那夜光杯偷走的呢？

"皇上，奴才有要事相报！"外边响起一个发颤的声音，好像被拉成一截截的，好不容易蹦出一个字，半晌才又出来一个字。

"进来。"许明伦坐正了身子，外边是他寝殿看门的内侍小福子。

正在思考碧玉夜光杯去了哪里的两个人，忽然站起身来，两双眼睛紧紧盯住小福子手中捧着的那只碧玉夜光杯。

小福子吓得全身发抖，就像风里的树叶。

不对啊，皇上不至于会对这只杯子如此情有独钟吧，那样情意绵绵地望着这通体碧绿的夜光杯，眼神温柔得好像要滴出水来。许侍郎就更奇怪了，这杯子又不是他的，将眼睛瞪得铜铃大有意思吗？

许慕辰一个箭步蹿到了小内侍面前，伸出手来摸上了他的脸。

小内侍打了个寒战，手里的碧玉夜光杯差点掉到地上："许、许、许……大人，求放过！"

早听说许侍郎男女通吃，可他是个不男不女之人啊！

小福子几乎要痛哭流涕，这一刻，他的心是崩溃的。

许慕辰对着小福子的脸，又捏又掐又摸，许明伦目瞪口呆："慕辰，你这样做，也太过分了吧？"

—许慕辰当真……有些不对？可站在这里的是一个内侍啊，许慕辰这样亲热做甚？瞧他那双手，啧啧啧。许明伦看着小福子僵硬的表情，实在觉得不忍直视。

"原来真是小福子。"许慕辰使劲地揪着小福子的脸，想看看他是不是戴着人皮面具，可弄了好半天才发现自己想错了。眼前这人真是许明伦的内侍，不是柳蓉假扮的。

小福子眼泪汪汪：本来就是我啊，许侍郎才十九，怎么眼神就如此不济了呢，竟然要靠摸脸才能认出是谁……

"皇上，这是一位姑娘让我转交给您的，她说明天上午会在老地方等许侍郎，让他别忘了赌约。"小福子战战兢兢地看了许慕辰一眼，分明有了心爱的姑娘，怎么还要跟自己腻歪呢，刚才他那只手摸得自己真是毛骨悚然。

许明伦接过碧玉夜光杯看了看："不错，不错，正是那只失窃的杯子,小福子,快说,那姑娘是怎么找上你的?"

"回皇上,奴才正跟小喜子在外边守门,忽然听见一阵风响,奴才就被一个姑娘提到竹林里了。她把奴才的衣裳脱掉,然后比着奴才的脸抹了抹,才一会儿工夫,这世上就有了两个奴才!"小福子依旧惊魂未定,而且悲愤交加,"小喜子竟然见死不救,任凭奴才被她掳了去,还请皇上给奴才一个公道!"

事实证明,小喜子是无辜的,许慕辰走到外边的时候,小喜子依旧一动不动地站在那里,一点反应都没有。许慕辰一看便知道,他是被人点了穴道。

小喜子被解了穴道,连忙跪倒在地开始痛哭流涕,刚刚他一直提心吊胆,不知道出了什么鬼,他竟然全身都不能动弹,就连太后娘娘过来都没有下跪迎接!亏得太后娘娘那时候心急如焚,只想看皇上与许侍郎做什么,要不然他轻则屁股开花,重则脑袋搬家。

"柳姑娘真乃高人也!"许明伦眼中放光,要是他能娶到柳姑娘,那……快乐幸福的生活就要到来了!她可以带着自己做不少从来没做过的事情,她还可以帮他将那些看着不顺眼的官员的各种罪状弄到手,最好,把那讨厌的宁王从睡着的床上搬走,扔到猪圈里去,让他抱着母猪睡觉!

这么富有朝气的柳姑娘!

这么富有能力的柳姑娘!

这么富有神技的柳姑娘!

这样的佳人,可遇而不可求啊!许明伦的心怦怦直跳,眼前一片粉红。他一直不想成亲,难道就是为了等待这位柳姑娘吗?

许慕辰在旁边听着许明伦对柳蓉热烈的赞美,心中满不是滋味。皇上是铁了心要跟他抢柳蓉吗？天下这么多美人随他挑，一定要来抢兄弟妻？

虽说柳蓉现在已经不是自己的娘子了，可正是失去了才觉得珍贵，这时候他深深觉得，柳蓉才是配得上自己的那个人。

一定要把她追回来，无论用什么方法，许慕辰暗地里发誓。

"慕辰，明日辰时朕跟你一起去见柳姑娘。"许明伦咧嘴嘻嘻笑道，"不管你用什么办法，都要带着朕出宫。"

"皇上，万万不可！"小福子、小喜子"扑通"一声跪倒在地，皇上要微服私访？要是遇到什么歹人，万一有什么不测，只怕太后娘娘会将他们两个千刀万剐。

"朕意已决。"许明伦斩钉截铁，"敢阻拦朕出宫的，杀无赦。"

小喜子和小福子不敢再说话，两人趴在地上，五体投地，成了一个"大"字。

第二日早朝以后，几辆往玉泉山运水的马车晃晃悠悠地从里边走了出来，守门的侍卫查看了下腰牌，瞅了瞅马车："走吧。"

车子走到前边没多远就停了下来，小喜子、小福子冲到一辆马车前边，颤着声音喊："皇上，皇上，你没事吧？"

"喊我大公子。"马车底下伸出了个脑袋，许明伦吃力地喊了一句，"快将朕扶出来。"

许慕辰骑马追过来："皇上，你又要他们喊你大公子，又要自称朕，他们可真难办。"

许明伦手脚并用地从马车底下钻了出来，呼哧呼哧喘了口气："慕辰，你说得没错，朕……我忘记了，干脆我就叫黄振好了，别人听我说朕也不会想到这上头去。"

小喜子、小福子夸张地伸出两只手指在他面前比画了一阵："大公子圣明。"

出了宫，依旧是皇上的格调。

宫外的空气似乎比皇宫里清新许多，许明伦翻身上了许慕辰带过来的马，深深地吸了一口气："慕辰，宫外真是好啊，又热闹，又漂亮。"

许慕辰抽了一鞭子："宫外的人想住进去，宫里边的人想搬出来。"

"可不是？哎，等等我，等等我！"许明伦也赶紧跟了过去。

柳蓉见到许明伦的时候大吃了一惊，眼睛睁得溜圆："皇上？"

许明伦得意地笑了笑："柳姑娘，请叫我黄大公子。"

柳蓉很无语，责备地看了许慕辰一眼，赌约是她与他之间的事情，带许明伦过来做甚？难道许慕辰想赖账，让皇上给他撑腰？

"许大公子，昨日的赌约，你输了。"

"是。"许慕辰挺了挺胸，愿赌服输，现在自己整个人都是柳蓉的了，任凭她差遣。

"我想知道你在飞云庄里调查到了什么。"没想到许慕辰还真是说话算话，柳蓉有几分惊奇，许慕辰这厮，怎么越看优点越多？

"我已经调查过飞云庄参加鉴宝会的人，大家都说小香、小袖曾经拉拢过他们，说以后要是遇到什么难事，没地方可去，便能到京城西郊的荷风山庄去找致远散人，他能帮助他们。"许慕辰皱起了眉头，"我回京城也查过了，西郊确实有个荷风山庄，但庄主是谁却还没弄清楚，我已经布下了暗卫在日夜监视，总会有蛛丝马迹。"

"致远散人？好，我记下了。"柳蓉点了点头。

"柳姑娘，你不会想独自去闯荷风山庄吧？"许明伦担心地看了柳蓉一眼，"你千万别一个人去，要去也得等着我和你一起去。"

柳蓉：皇上，你这小身板儿，能行吗？

许慕辰：皇上，你就别说笑话了好吗……